El verano en el que rompimos las normas

K. L. Walther nació y se crio en las colinas del condado de Bucks, Pennsylvania, rodeada de familia, perros y libros. Pasó su infancia viajando por la costa noroeste como jugadora de hockey sobre hielo. Estudió en un internado en New Jersey y obtuvo una licenciatura en Humanidades de la Universidad de Virginia. Es feliz en la playa con un libro, animando a los New York Rangers o disfrutando de una comedia romántica mientras come un gran bol de palomitas de maíz. Es autora de *If We Were Us* y de la presente, *El verano en el que rompimos las normas*.

www.klwalther.com

El verano en el que rompimos las normas

K. L. Walther

Traducción de María Enguix Tercero

rocabolsillo

Título original: *The Summer of Broken Rules*

Primera edición en Rocabolsillo: mayo de 2024
Segunda reimpresión: agosto de 2025

© 2021, K.L. Walther
Edición publicada en acuerdo con Sourcebooks, LLC a través de International Editors & Yáñez Co., S.L.
© 2023, 2024, Roca Editorial de Libros, S.L.U.
Travessera de Gràcia, 47-49. 08021 Barcelona
© 2023, María Enguix Tercero, por la traducción
Diseño de la cubierta: © Source Books

Printed in Spain – Impreso en España

ISBN: 978-84-19498-25-0
Depósito legal: B-4.540-2024

Impreso en Liberdúplex,
Sant Llorenç d'Hortons (Barcelona)

RB 9 8 2 5 0

A papá, siempre. Gracias por los viajes
en coche con Dave Matthews de fondo,
por las tazas de crema de almejas
y por enseñarnos el lugar más maravilloso del planeta.

Y a Trip, por los paseos en tractor al atardecer,
los trompazos haciendo *tubing*,
las cenas de bistec a las nueve en punto
y por ser su mejor amigo.

LA FAMILIA FOX

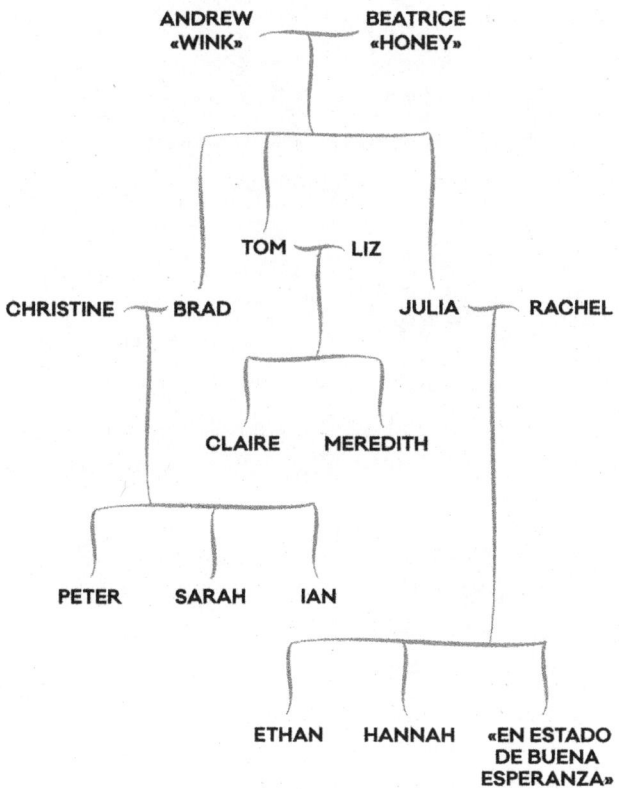

ANDREW «WINK» — BEATRICE «HONEY»

TOM — LIZ

CHRISTINE — BRAD   JULIA — RACHEL

CLAIRE   MEREDITH

PETER   SARAH   IAN

ETHAN   HANNAH   «EN ESTADO DE BUENA ESPERANZA»

DOMINGO

1

*N*adie pidió las patatas fritas. Tres tazones de crema de almejas, pero no la cesta con las patatas fritas más adictivas del cabo Cod.

—¿Algo más? —preguntó el camarero, como si supiera que faltaba algo.

A lo mejor lo sabía. A lo mejor nos había reconocido, porque para mi familia era una tradición almorzar en Quicks Hole antes de embarcar en el ferri, para celebrar la última etapa del viaje. Solo una hora más y por fin llegaríamos a la isla de Martha's Vineyard.

Vi que mis padres se intercambiaban una mirada. «¿Algo más?». Después de tantos veranos, lo hacíamos todo sin pensar; no necesitábamos la carta con el menú. Nuestros pedidos estaban incrustados en lo más hondo de nuestras mentes y ninguno incluía patatas fritas para la mesa.

Porque siempre era Claire la que se encargaba de pedirlas por nosotros. «En la cesta más grande que tenga —habría dicho—. ¡Estamos muertos de hambre!».

Comprendí que era responsabilidad mía tomarle el relevo.

—La verdad es que sí —dije, tragándome el nudo que se me había formado en la garganta—. Unas patatas, por favor. De trufa.

—Muy buena elección —asintió el camarero, y se alejó hacia la cocina.

Sentados a una mesa alta, mis padres y yo guardamos silencio, procurando no mirar la cuarta silla. Conscientemente o no, mi madre había colgado su bolso en el respaldo para que pareciese menos vacía, como si la persona que la ocupaba se hubiese levantado para ir al baño y fuera a volver de un momento a otro.

Quicks Hole Tavern hacía honor a su nombre. Apenas tardaron quince minutos en traernos la comida: tres tazas humeantes del mejunje mágico de Nueva Inglaterra y un cuenco de patatas fritas regadas con queso parmesano y perejil que parecía no tener fondo. Papá levantó su cerveza mientras yo me echaba las cinco gotas de tabasco de rigor en la sopa.

—Por Sarah y Michael —dijo—. Que esta sea una semana para recordar.

—Por Sarah y Michael —repetimos mamá y yo levantando nuestros vasos.

Brindamos.

—Y por nuestro regreso apoteósico —añadió papá besando a mamá en la mejilla—. Ha pasado mucho tiempo.

Dos años, para ser exactos. Mi familia veraneaba en Vineyard desde mi nacimiento —hacía más de dieciocho años—, pero el último verano lo habíamos pasado en nuestra casa, en el norte de Nueva York, alejados de todo. Miré de reojo la silla vacía otra vez.

«Sí —pensé—. Ha pasado mucho tiempo».

Luego removí la sopa con la cuchara, mirando la salsa roja picante hasta que desapareció, y me pregunté si durante nuestra ausencia habría cambiado algo.

Una cosa que no había cambiado en lo más mínimo era la compañía de transporte Steamship Authority de Falmouth. Bajo un sol resplandeciente en el cielo azul de julio, se habría dicho que la gente estaba haciendo cola para asistir al concierto más importante del siglo. Coches, coches y más coches tenían sus pasajes confirmados y aguardaban a sus respectivos barcos en carriles numerados. Me recogí el pelo, color miel, en una trenza suelta mientras mis padres y yo nos abríamos paso entre ellos. Había un colorido surtido de todoterrenos Wranglers, casi todos sin techo y algunos también sin puertas, y la música retumbaba desde sus altavoces. Luego estaban los Volvo con kayaks amarrados al techo y los elegantes Range Rovers plateados. Los portabicicletas hacían que los gigantescos todoterrenos parecieran aún más gigantes. Me llegó la voz de un niño al que le había dado una pataleta. «¡No, Jeffrey, se acabaron las patatas fritas!», decía su exasperada madre. La cola de espera era un batiburrillo de estudiantes universitarios, familias, perros, bicicletas, maletas rodantes y parejas de ancianos trotamundos que se tomaban con calma todo aquel revuelo.

Loki jadeaba aceleradamente, con la cabeza asomada por la ventanilla, cuando llegamos a nuestra camioneta Ford Raptor.

—¿Quieres darle un poco de agua, Meredith? —preguntó mamá cuando nos acomodamos en los asientos.

Sin responder, cogí mi botella de agua y la estrujé para que nuestro Jack Russell terrier pudiera beber un chorro. El perro se tragó el agua como un humano, un truco que Claire le había enseñado cuando solo era un cachorro. «Nos resultará útil —había dicho—. Así no tendremos que llevar un cuenco para el agua cuando lo saquemos de paseo».

Poco después, la Steamship Authority empezó a cargar el descomunal transbordador de las dos de la tarde, el *Island Home*.

—¡Esperen, abran el techo solar! —grité cuando el empleado nos hizo la seña de entrar en el barco y papá pisó a fondo el acelerador.

El pulso me latía con fuerza. Era otra de las tradiciones que Claire y yo teníamos y que quería mantener viva: sacar la cabeza por el techo y saludar como si fuéramos en limusina. Casi todos los años, la gente nos devolvía el saludo, especialmente los chicos de los Wranglers. «¡Qué buena estás!», habían gritado algunos de ellos en nuestro último viaje. Claire tenía diecisiete años; yo, dieciséis.

«¡Qué pena que ya esté pillada!», respondió mi hermana, suponiendo que se referían a mí y no a ella. Se rebajaba sutilmente muchas veces, y yo nunca había entendido por qué. Claire era guapa, alta y atlética, con el cabello rizado de color caoba, por no hablar de su chulísima colección de gafas. Como no podía llevar lentillas, había reunido un ecléctico repertorio de gafas, de todo tipo, desde retro hasta modernas. Aquel día llevaba las cuadradas con montura transparente.

Lo único que nos hacía parecer hermanas eran nuestros ojos verdes; por lo demás, yo tenía el cabello claro y las cejas oscuras («chocante», según la mayoría de las personas) y era unos buenos trece centímetros más bajita que Claire. De pequeñas, me llamaba «Mono Meredith» porque me había pillado escalando los estantes de la despensa de casa.

En esta ocasión, al subir por la rampa del ferri, no saludé (los chicos del todoterreno sí lo hicieron), sino que cerré los ojos e inspiré hondo. Me encantaba el olor de la brisa marina, lo había echado mucho de menos. Lo era todo para mi familia. Solíamos bromear con la idea de embotellar el aroma para que nos infundiera esperanza en los gélidos inviernos neoyorquinos.

Mis padres se desabrocharon los cinturones de seguridad cuando papá estacionó en el aparcamiento. Loki ladró y saltó por encima de la consola central hasta el regazo de mamá. Ella rio y le enganchó la correa al collar verde.

—Bueno, esta es la señal —dijo—. Vamos arriba.

Con «arriba» se refería a la cubierta superior del ferri. Por supuesto, podías quedarte en el coche, y también había muchos asientos en el interior del barco. Pero, al igual que la brisa del mar, no había nada como el viento azotando tu cabello mientras la isla se iba haciendo visible en el horizonte.

—Suena bien…

No terminé la frase porque algo llamó mi atención. Era mi teléfono, que había empezado a brillar y vibrar como un incordio en el portavasos del asiento trasero. El nombre en la pantalla también era un incordio: Ben Fletcher.

Se me hizo un nudo en el estómago. Ben me había enviado un mensaje.

—Hum, id yendo —me oí decir, mientras miraba fijamente su nombre, que se puso un poco borroso cuando se me humedecieron los ojos—. Voy dentro de un minuto.

No leí el mensaje de Ben hasta que papá me entregó las llaves y él, mamá y Loki desaparecieron por la escalera. Luego lo leí: «¿Cómo va el viaje en coche?».

Solo había escrito eso. Ni un saludo, ni una disculpa, ni un cambio de opinión.

No es que quisiera eso, pero aun así….

¿Cómo va el viaje en coche?

¿En serio? ¿Solo eso?

«No respondas», me dijo una vocecilla en mi cabeza, pero no hice caso y le escribí: «Ya se ha terminado. Vamos en el ferri».

«Ah, ya veo. ¿Cuánto dura el viaje?», escribió.

«Una hora», respondí. Lo había mencionado cientos de veces, de lo emocionada que estaba después de recibir la invitación en abril. «Señorita Meredith Fox», escrito en letras plateadas sobre un sobre azul claro.

—En la tarjeta que me enviaron para confirmar mi asistencia… preguntan si voy a llevar pareja —le dije a Ben más tarde, acurrucada en sus brazos mientras veíamos Netflix—. ¿Quieres ser mi acompañante?

—¿Tu acompañante? —repitió con una amplia sonrisa—. ¡Pues claro!

Nos besamos.

No me enjugué las lágrimas cuando me resbalaron por la cara. Si la Meredith de unos meses atrás pudiera verme en estos momentos, de camino a la boda de Sarah, no solo «sin pareja», sino en general «sin novio»... Porque después de cuatro años juntos, Ben y yo habíamos roto.

Bueno, él había roto conmigo. Hacía un mes, sin venir a cuento y en su fiesta de graduación. En un segundo estábamos bailando al ritmo de la divertidísima lista de reproducción de Woodstock de su padre, y, al siguiente, me estaba sacando de la pista para decirme cosas como: «Ha estado muy bien... pero quizás es mejor que seamos amigos..., por eso que dicen de vivir lejos y tal...».

—Pero dijimos que sí —lo corté—. Lo hablamos, ¿no te acuerdas? —Me aferré a su robusto brazo, de pronto mareada—. Y dijimos que íbamos a intentarlo.

En otoño, Ben iba a empezar en la Universidad de Carolina del Sur en otoño, mientras que yo iba a quedarme en la ciudad y solo tendría que subir la gran colina de Clinton para ir al Hamilton College. Mi padre era el entrenador de fútbol de la universidad, y yo quería estar cerca de casa.

—¿Te acuerdas? —insistí.

Ben no dijo nada.

Lo apreté más fuerte.

—No, Ben. —No pude impedir que la voz me temblara—. Por favor, te necesito. Sabes lo mucho que te necesito. Después de todo...

—Lo sé, lo sé. —Ben me atrajo a sus brazos y me hundió la cabeza en su pecho; ese gesto solía reconfortarme, pero en ese momento me pareció que intentaba que no siguiera hablando—. Mira, yo te quiero, Mer —susurró, y dejó que me pegara a él y llorara. Los latidos de su corazón amortiguaron casi todas sus palabras e hicieron que me deshiciera en más sollozos. La última parte fue lo único que me dio fuerzas para resistir—. Así que iré a la boda de todas maneras —dijo—. Si tú quieres.

—¿Cómo? —Di un paso atrás, temblando en el aire frío de la noche—. ¿Como mi acompañante?

—Sí. —Me apretó el hombro con la mano—. Esto no cambia nada. —Sonrió a medias y recitó esa frase que sonaba anticuada y que sabía que yo adoraba—: Sigues siendo mi chica favorita a la que llevar del brazo.

No recordaba qué le respondí, pero desde luego la historia había terminado conmigo corriendo sobre mis altísimos zapatos de cuña. Y, vale, puede que además la policía me parara de camino a casa. ¿Por exceso de velocidad? ¿Por girar bruscamente? Apenas pude hablar, entre sollozos, de manera que el agente Woodley dejó que me fuera con una advertencia (y me siguió a casa).

El intercomunicador del ferri emitió un pitido. «Hora de irse», pensé, pero sentí otro zumbido en la mano. Era un tercer mensaje de Ben: «Mer, te juro que habría ido contigo esta semana».

Antes de darme cuenta, se me encendieron las mejillas y marqué su número.

Contestó al primer timbrazo.

—Hola…

—Yo no «quería» que vinieras —le corté, a punto de llorar—. ¡Quería que viniera mi novio, «mi novio», no el mierda de mi ex!

Silencio.

Ben suspiró.

—Mer…

Colgué y me sequé las lágrimas. Necesitaba salir del coche y respirar aire fresco. La sirena del ferri sonó mientras buscaba el tirador de la puerta, pero la gigantesca bodega del barco parecía abarrotada y los vehículos estaban tan juntos que era imposible abrir la puerta sin chocar con el coche de al lado. «El techo solar», me dije. Seguía abierto; intenté no pensar en cuánta gente me habría oído gritarle a Ben. Tenía la cara tumefacta por el llanto y revolví en mi mochila para sacar las gafas de sol. Me las puse junto con una de las gorras de béisbol de mi padre y salí de la camioneta colándome por el techo. Sonreí un poco.

«Sin problema».

Entonces se produjo el desastre.

En vez de saltar al suelo, me agarré a uno de los travesaños del portaequipajes..., pero no comprobé si el estrecho pasillo entre los coches estaba despejado. Me balanceé como si estuviera en la jungla, sintiendo que me atravesaban unas ondas expansivas, cuando mi pie chocó contra algo.

Y por «contra algo» quiero decir «contra alguien».

—¡Eh, so! —dijo el chico. Sus hombros se encorvaron y vi que se apretaba con la mano el punto donde le había propinado la patada. En la cara, cerca de la nariz—. ¡Ay...!

—¡Lo siento! —exclamé—. Cuánto lo siento. Lo siento mucho, de verdad.

—No —respondió—. Esto..., no pasa nada...

Sin embargo, antes de darle tiempo a enderezarse y ver bien a la persona que lo había agredido, me fui. Corrí hacia las escaleras y las subí de dos en dos hasta la cubierta superior.

Mi madre me rodeó con el brazo cuando la isla surgió en el horizonte. Era un día precioso, sin una sola nube en el cielo. Nada de niebla alrededor del faro de East Chop ni de los barcos que se mecían en el puerto de Vineyard Haven.

—¡Qué bienvenida! —comentó papá.

Al acordarme de Claire, se me llenaron los ojos de lágrimas. Una parte de mí estaba muy contenta de volver, pero la otra quería que el ferri diera media vuelta y me llevara a casa. Era extraño estar en Vineyard sin mi hermana. A ella le encantaba.

«Ha pasado mucho tiempo», había dicho mi padre durante el almuerzo, pero en estos momentos yo no podía evitar preguntarme: «¿Ha pasado el tiempo suficiente?».

—Ojalá Claire estuviera aquí —le susurré a mamá.

—Lo está —me respondió ella, dándome un cálido apretón en los hombros. Luego señaló el cielo—. Ella hace que brille el sol.

—Para Sarah —dije.

—No —negó—. Para todos.

2

Mi prima iba a casarse. Sarah Jane Fox y Michael Phillipe Dupré habían fijado la boda para el sábado 16 de julio a las cuatro de la tarde en la iglesia de San Andrés de Edgartown. Después habría cena y baile en la Granja Paqua.

La Granja Paqua, o la Granja, como la llamábamos, había pertenecido a la familia Fox desde antes de la Primera Guerra Mundial. Ya no era una granja en funcionamiento, sino unas extensas tierras de seiscientos acres entre Edgartown y Tisbury, con un kilómetro y medio de playa privada. Durante horas, nos dejábamos mecer por las olas del mar y luego flotábamos felizmente en los famosos lagos y estanques de Vineyard. El favorito de Claire y el mío siempre había sido el lago de Paqua, que estaba alejado de todo.

Abracé a Loki, que intentaba escabullirse mientras papá aceleraba por el camino de tierra de Paqua, que discurría a lo largo de cinco kilómetros; levantamos una nube de polvo a nuestro paso.

—Papá, más despacio —le dije desde el asiento trasero, pero él estaba demasiado ocupado riéndose.

El límite de velocidad no oficial de la carretera era de cuarenta kilómetros por hora, pero a todo el mundo le gustaba saltarse la norma. «En nuestros tiempos montábamos competiciones —decía a veces el tío Brad, dándole una palmadita a mi padre en el hombro—. Ay, cómo volábamos».

Antes, saltarse las normas era divertido, pero ahora se me revolvían las entrañas, y me incliné hacia delante para ver el velocímetro: un poco menos de ochenta.

—¡Por favor, papá! —repetí, esta vez irritada. Mi corazón latía con fuerza—. ¡Más despacio!

Mamá apoyó una mano en el brazo de mi padre.

—Tom —dijo con calma.

Mi estómago se tranquilizó cuando papá pisó el freno y el velocímetro bajó inmediatamente a treinta. Pronto llegamos a la bifurcación de la carretera, donde un alto cartel de madera se mantenía firme año tras año. Por fin lo habían repintado de blanco —seguro que por iniciativa de la tía Christine— y señalaba la dirección de cada una de las casas de verano. Había ocho casas dispersas por la Granja, y ninguna era igual a la otra. Unas eran más grandes, otras más pequeñas, todas rústicas, con un nombre y carácter personales. La mayoría de los invitados a la boda se alojaban en ellas, y por eso yo sabía que todas estarían al completo; tal vez más, porque el tío Brad le había dicho a mi padre que algunos invitados habían instalado tiendas de campaña.

Papá giró a la izquierda y unos minutos más tarde las ruedas del Raptor chirriaron en la entrada de grava del Anexo. O, mejor dicho, en un sitio donde aparcar. Las otras casas tenían entradas para los coches, pero el Anexo solo tenía una zona de aparcamiento. Era una casita de campo de una sola planta y tejado inclinado de cedro, y la considerábamos nuestra siempre que íbamos a Vineyard. Normalmente la alquilábamos durante tres semanas, y el resto del verano albergaba a distintos parientes y amigos. Tenía dos sillas Adirondack verdes en la diminuta terraza erosionada, con vistas al extenso campo verde moteado de flores amarillas. La hierba alta y los arbustos se mecían en la brisa y, a lo lejos, se oía el océano que bañaba la playa.

«Estamos aquí —pensé, y de pronto me entraron ganas de bailar—. ¡Estamos aquí, estamos aquí, estamos aquí!».

Al otro lado de la puerta mosquitera se encontraba el salón, con una alfombra trenzada que cubría el desgastado suelo de roble y un descolorido confidente de rayas verdes y blancas frente al pequeño televisor encajado entre las dos ventanas delanteras. Las dos estanterías estaban atestadas de libros, y numerosas fotografías, algunas en blanco y negro, cubrían las paredes. Décadas y décadas de la familia Fox y de nuestros amigos.

A un lado del angosto pasillo estaba la cocina, en un extremo; en el otro, el dormitorio de mis padres. Después venía el dormitorio que compartía con Claire, el de las literas, que tenía más o menos el tamaño del camarote de un barco. Muchas noches, Claire me despertaba sin querer porque se daba la vuelta y le propinaba una patada a la pared. «Lo siento, Mer», me decía con voz soñolienta.

Me mordí el labio y empujé la puerta del dormitorio, y comprobé que cada cosa estaba en su sitio y que nada había cambiado. Allí estaba la cómoda azul claro y, encima, el espejo con el marco de abalorios y vidrio marino, junto con el mapa de Paqua que mi hermana y yo habíamos dibujado cuando éramos pequeñas. Después de tantas búsquedas del tesoro y juegos de caza del hombre, conocíamos de memoria cada centímetro de la Granja.

Al lado de las literas había una mesita de noche de mimbre blanco, a juego con las colchas blancas. Como a Claire le daba miedo la altura, era ella quien dormía siempre abajo, y yo arriba. La escalera se había roto hacía mucho tiempo y nunca la sustituimos, pero yo era especialmente mañosa para trepar por el lateral.

Después de deshacer la maleta y colgar mi vestido para la boda, resguardado en una funda, oí abrirse y cerrarse la puerta del Anexo.

—¿Hay alguien en casa?

Mamá y papá estaban fuera, descargando las últimas cosas

del coche, pero yo devolví el saludo y entré corriendo en el salón…, tropezando con la alfombra al llegar. El corazón se me paró al ver a Claire allí en medio, sonriéndome.

Pero no, no era Claire.

Las comisuras de los ojos empezaron a escocerme cuando mi prima pronunció mi nombre. Porque, aunque Claire y yo no nos parecíamos en nada, ella y Sarah eran casi idénticas. La misma melena caoba en cascada y la misma esbelta figura, el mismo gusto por andar descalzas, incluso la misma inclinación de cabeza al sonreír. Solo cuando me fijé en el vestido rosa y verde de Lilly Pulitzer y en los pendientes de perlas me relajé. Sarah, era «Sarah».

—Hola —dije con voz vacilante.

Avancé hacia la novia y dejé que me abrazara con fuerza. Hacía mucho tiempo que no la veía, meses y meses. El tío Brad, la tía Christine, Sarah y sus hermanos eran de Maryland y pasaban todos los veranos en Vineyard, donde ocupaban la Casa del Farol. Si alguien buscara «pijo» en una enciclopedia, vería su postal familiar de Navidad ilustrando la definición.

Sarah había cumplido veintiséis años; después de graduarse en Tulane unos años antes, había empezado a trabajar en la sociedad de preservación de Nueva Orleans.

—¿Cómo va todo? —me preguntó, apartándose un poco y mirándome a través de sus gafas de pasta. Al igual que Claire, a Sarah le gustaban las gafas interesantes, pero estas le quedaban un poco grandes.

Vi que se las subía sobre la nariz, lo que atrajo mi atención hacia la pronunciada cicatriz que le cruzaba la frente y que iba desde el nacimiento del cabello hasta la sien derecha. Era recta y fina en su mayor parte, pero dibujaba un zigzag irregular sobre la ceja izquierda. Todo por culpa de los cristales rotos, de aquella noche horrorosa de hacía dos inviernos.

Parpadeé.

—¿Cómo estás? —volvió a preguntarme.

«Ben». Sabía que me preguntaba por Ben. Porque, a falta del hombro de Claire sobre el que llorar, llamé a Sarah a la mañana siguiente de su fiesta de graduación.

—Di-jo que i-ba a ve-nir —dije con un hipo entrecortado al otro lado de la línea—. Si yo que-rí-a... que... vi-nie-ra.

—Espera, ¿qué? —dijo ella—. ¿Que dijo *qué*? ¿Estaba cortando contigo, pero, aun así, quería venir?

—Ajá.

—Madre mía, Mer... —suspiró Sarah—. Lo siento. Menudo capullo. Por favor, dime que le has dicho que no.

—Pero dije que vendría acompañada —balbucí—. En tu invitación. Te dije que tenía un acompañante. Necesito un acompañante.

—No, no lo necesitas —dijo Sarah—. Para nada. Que sobre un filete, o lo que sea que comiera él, no va a mejorar o empeorar la boda.

Miré a mi prima con una sonrisita.

—Es que me ha enviado un mensaje antes —dije cruzando los brazos sobre el pecho—. Y le he dicho directamente que era un mierda.

Sarah se quedó sin aliento.

—No me lo puedo creer.

Sonreí.

—Créetelo.

Es verdad que en ese momento lloré, pero, técnicamente, se lo había dicho.

—¡Sí! —exclamó sonriéndome a su vez—. ¡Eso es, Mer! ¡Hazte valer!

Se me borró la sonrisa.

«Hazte valer».

A Claire le encantaba esa frase. «Sé que lo veo desde fuera —recordé que me dijo una vez—, pero me parece que tienes que plantarle cara a Ben. —Se encogió de hombros—. Si no quieres ir a la fiesta, díselo. Hazte valer».

Estaba empezando a darme cuenta de que Ben siempre era el centro de todo. Nuestra relación era desigual, yo nunca llegué a ser el centro de nada. Todo giraba en torno a él.

Claire se había dado cuenta, pero yo no la escuché. «No tiene novio; nunca lo ha tenido», me decía a mí misma mientras me ponía vaqueros y tops bonitos y me rizaba el pelo y me aplicaba delineador. «Ella no lo entiende, se equivoca...»

—¡Sarah! —Mis padres acababan de entrar en el salón. El espacio, de por sí acogedor, lo era aún más con la presencia de cuatro miembros de la familia. Diez personas era lo máximo que habíamos conseguido apretujarnos dentro—. ¡Nos ha parecido oír tu voz!

—¡Tía Liz! —Sarah los abrazó a ambos—. ¡Tío Tom! ¡Bienvenidos!

—Estás preciosa —dijo mi madre, y percibí que sus ojos se posaban en la cicatriz de Sarah. Se me encogió el corazón. Una parte de mí sospechaba que mi madre no podía apreciar lo bien que se había curado, porque seguía viendo todos los puntos de sutura. Limpios y ordenados, pero también espeluznantes y brutales. Yo no los había visto en persona, como mis padres, solo en fotos..., pero habían sido muchos. Me preocupaba que terminaran persiguiendo a mi madre para siempre—. ¡Irradias ese brillo especial, propio de la novia el día de su boda!

Sarah sonrió.

—Solo he pasado a saludar —dijo, y luego se volvió hacia mi padre—. Y para decirte que el retrete de fuera está «completamente» abastecido.

—¿De papel Charmin? —preguntó mi padre.

Ella asintió muy seria.

—Faltaría más.

Todo el mundo se rio. Otra de las peculiaridades del Anexo era que no tenía cuarto de baño. Todas las casas de la Granja tenían duchas al aire libre —algo divino después de un largo día de playa—, pero es que nuestra casita no tenía cuarto de baño. Había que seguir un camino de tierra muy trillado que se adentraba varios metros en el bosque al final del cual encontrabas una estructura de madera alta. Una expedición especialmente desalentadora en plena noche.

—¡Bien! —Di unas palmadas en son de burla y retrocedí hacia la puerta mosquitera. Quería oír de nuevo la risa de mi madre—. Con respecto a esto último, si me disculpáis un momento...

Sarah nos dijo que pensaban hacer una barbacoa por la noche para dar la bienvenida oficial a todo el mundo, pero, en cuanto se hubo marchado, saqué una de las bicis de playa del cobertizo, hinché los neumáticos y fui a dar un paseo para hacer una ronda de reconocimiento. Al final del camino estaba la Cabaña, cubierta con un revestimiento de madera color herrumbre y construida como un viejo motel con forma de «T», cuyas habitaciones daban al porche delantero. Reduje un poco la velocidad cuando vi algunos coches aparcados desordenadamente en el lateral de la casa, con los maleteros todavía abiertos, y una pandilla de chicos sentados alrededor del enorme brasero del jardín. Los padrinos de Michael.

Vi al novio entre ellos, con una lata de cerveza apoyada en las rodillas mientras usaba los brazos para representar alguna historia. Incluso de lejos, a nadie le pasaba por alto lo guapo que era Michael: tenía una constitución de *quarterback*, la piel bronceada, el cabello oscuro, que Sarah siempre surcaba con sus manos, y un acento sureño muy suave. Él y mi prima se habían conocido en Tulane, pero Michael había vivido en Nueva Orleans toda la vida. Su familia tenía raíces criollas, ascendencia francesa y africana. Fan acérrimo del fútbol americano, trabajaba actualmente en la oficina de los Saints.

Michael también me vio y levantó la mano para saludarme,

pero justo en ese momento un chico se asomó por la puerta principal de la Cabaña.

—¿Por qué no hay más hielo en el congelador? —preguntó mientras todos se volvían hacia él—. La cara está empeorando..., un auténtico desastre. Parece que ha disputado dos asaltos en un combate de boxeo...

«Bueno, pues buena suerte», pensé, fuera lo que fuera. Hablaría con Michael por la noche. Agarré el manillar y reanudé el pedaleo, acelerando y luego dejando la bici en punto muerto hasta girar por el camino que conducía directamente a la Casa Grande.

La Casa Grande no era la casa más grande de Paqua, pero sí la más antigua. Era una casa de campo victoriana con tejas de cedro y persianas verdes deslucidas, y la única que no se alquilaba en verano, porque era la residencia permanente de Wink y Honey, mis abuelos.

Estaban en el porche ligeramente hundido de la parte delantera; Honey balanceándose serenamente en la hamaca, y Wink apoyado en una de las columnas, siguiendo mis movimientos a través de sus antiguos prismáticos.

—Son para observar las aves —decía siempre, pero yo sabía que a mi abuelo le gustaba vigilar la actividad de la Granja. El porche de la Casa Grande era la perfecta base de espionaje. Como rodeaba la casa entera, podías verlo todo.

—¿Pasa algo interesante? —pregunté después de bajar el caballete con el pie.

—Julia y Rachel acaban de llegar al Campamento —respondió Wink, todavía oteando el horizonte—. Parece que Ethan tiene una rabieta, y Hannah debe de estar disfrutando mucho de su clase de ballet. Lleva un tutú rosa.

Me reí. La tía Julia era la hermana menor de mi padre. Ella y su esposa Rachel tenían dos hijos: Ethan, de seis años, y Hannah, de cuatro. La tía Rachel estaba muy embarazada de su tercer hijo, un niño. Salía de cuentas al mes siguiente.

—Ven a sentarte a mi lado, cariño —dijo Honey, que me señaló el sitio junto a ella en la hamaca.

Cuando me hube acomodado, me rodeó con el brazo, y pude oler su aroma de lavanda, que tan bien conocía. Para mí, la abuela era una de las mujeres más guapas del mundo, con una larga cabellera blanca, los ojos azules, sus túnicas de lino de colores claros y sus gruesos collares para añadir «toques de color». Ella misma los diseñaba y les ponía las cuentas, y siempre eran muy solicitados en las joyerías de la isla.

—Parece que ha venido todo el mundo —comenté—. Me he cruzado con Michael y los padrinos fuera de la Cabaña.

Wink dejó los prismáticos.

—Sí, antes pasó por aquí para prometerme que no harían ningún destrozo.

Honey se rio.

—Adoro a este chico.

Sonreí. La debilidad que mi abuela sentía por Michael no era ningún secreto.

—¿Dónde se aloja su familia?

—Christine les ha asignado la Casa del Páramo —dijo Wink, señalando la colina a lo lejos—. Está en la hoja de Excel. —Refunfuñó un poco—. Sinceramente, cualquiera pensaría que se trata de «su» boda.

—Oh, venga, venga. —Honey puso los ojos en blanco—. Eso no es justo, Andrew. Sarah es su única hija, y ya sabemos cómo es Christine...

Asentí, recordando la invitación de boda y la solapa del sobre con el pequeño faro en relieve, un detalle que no podía ser sino obra de la tía Christine.

—Puede que sea un poco estirada —había reconocido mi madre—, pero tiene un gusto impecable.

—Por lo menos Sarah se puso firme con lo de la corbata negra —dijo Wink—. ¿Llevar una corbata negra en julio?

—Negó con la cabeza—. Me la he puesto cientos de veces, y os aseguro que no tiene nada de divertido.

—Pues estoy segura de que Michael estará guapísimo de esmoquin —dijo Honey con aire soñador.

—Entonces, ¿por qué no te casas con él, Bea? —preguntó Wink, y, cuando me guiñó un ojo, solté una risita. Por eso sus nietos lo llamábamos Wink, «guiño».

—Pues Sarah ha dicho que tenía una sorpresa —dije al cabo de un rato—. Cuando estábamos en el Anexo ha dicho que ella y Michael iban a anunciarnos algo esta noche.

Mis abuelos se miraron.

—Vosotros ya lo sabéis —supuse—. Ya sabéis lo que es.

—Puede. —Wink frunció levemente la comisura de los labios—. Puede que sí.

—¡Contádmelo!

Wink esbozó una sonrisa más amplia.

Gruñí y enterré la cara en el hombro de Honey. Un segundo después noté que me besaba la cabeza.

—Estamos muy contentos de verte, Meredith —susurró—. Muy muy contentos.

Tenía muchos primos en la Granja, pero también había una mezcla de amigos íntimos de la familia. Eli, Jake, Luli y Pravika eran prácticamente de la familia. Cuando mis padres y yo llegamos para la barbacoa, ya estaban en la Casa del Farol, sentados a la mesa de pícnic a la sombra del gran roble.

—Ahí está el equipo —dijo mamá al verme vacilar y dándome un empujoncito hacia ellos.

Dos años: hacía casi dos años que no había visto a mis amigos, y todo sería diferente sin Claire. Ella era la mayor, nuestra capitana oficiosa.

—¡Meredith! —me llamó Pravika—. ¡Meredith!

«Vale, allá vamos», pensé cuando vi que las otras cabezas se volvían y me miraban a los ojos. Un escalofrío de timidez me recorrió la columna. Yo había desaparecido prácticamente, apenas había intentado localizarlos ni había respondido a sus mensajes, llamadas, *snapchats* o solicitudes de FaceTime.

Pravika fue la primera en darme un abrazo y me estrujó tan fuerte que creí que me iba a asfixiar.

—Lo siento, lo siento, lo siento —susurró—. Te quiero, te quiero, te quiero.

Las comisuras de los ojos me escocieron al instante.

—Yo también te quiero —respondí.

—Vale, Pravika, déjala respirar —dijo Eli, que se acercó para abrazarme a su vez cuando Pravika y yo nos separamos—. Te he echado de menos.

—Yo también —respondí—. Me gusta mucho tu pelo.

Desde la última vez que lo había visto, Eli se había dejado crecer hasta los hombros los rizos, castaño claro. Llevaba la mitad recogido en una especie de moño de hombre.

Se apartó un poco hacia atrás y me sonrió, atusándose un mechón.

—Gracias.

—¡Uy, no! —Jake sacudió la cabeza—. Tío, te lo «tienes» que cambiar.

—A ti lo que te pasa es que estás celoso —le dijo Luli a su hermano—, porque estás siguiendo los pasos del príncipe Guillermo.

Todos evaluamos el cabello rubio de Jake. Todavía le quedaba suficiente mata, pero lo tenía más ralo que la última vez que lo había visto. La calvicie le venía de familia.

—Vale, Jake —dije para cambiar de tema—. ¿Dónde está mi abrazo de bienvenida?

Después solo quedaba Luli. Si bien Jake se quemaba al cabo de una hora de estar en la playa (incluso tras untarse abundante protector solar), a su hermana la habían adoptado en Centroamérica y se bronceaba como si hubiera nacido para vivir junto al mar. Luli no se acercó a abrazarme y se contentó con decirme:

—Me alegro de verte, Meredith.

—Yo también me alegro de verte —respondí, tragando saliva.

Sus mensajes, que yo había ignorado, regresaron a mi mente. ¿Qué probabilidades había de que ella estuviera pensando en lo mismo?

Se me hizo un nudo en el estómago.

«Altas que te cagas», pensé.

Se produjo un momento incómodo y luego Pravika sugirió que fuéramos a comer. Sarah y Michael no habían llegado todavía, pero, como se estaba formando una cola respetable de parientes, damas de honor, padrinos y otros invitados fuimos a la casa y nos hicimos un hueco. Incluso desde la parte trasera pude ver al tío Brad y a mi padre bromeando detrás de la parrilla, mientras que mi madre, la tía Julia y la tía Rachel iban unas cuantas personas por delante de nosotros.

—¡Oh, lo noto! —exclamó, con una mano posada sobre el abultado estómago de la tía Rachel—. ¡Menuda patada!

Mientras esperábamos, me volví a echar un vistazo a la Casa del Farol. Era una casa innegablemente bonita: tablones blancos con grandes ventanales y un pequeño estudio en el último piso que parecía un farol cuando lo iluminaban de noche. La puerta de la terraza lateral se abría y se cerraba sin pausa, y la tía Christine entraba y salía con otro cuenco grande de ensalada de patatas o más cajas de zumo para los niños.

—¿Necesitas ayuda, Christine? —preguntó Honey desde su silla Adirondack. Cada casa tenía unas cuantas; las de la Casa del Farol eran amarillas.

—No, no —le respondió la tía Christine—. No te preocupes, lo tengo todo controlado. —Suspiró—. Ahora solo falta que aparezcan Sarah y Michael...

Los vítores estallaron de golpe. Porque, finalmente, los novios aparecieron caminando de la mano. Sarah, que seguía descalza, se había puesto un vestido de cóctel azul y, aunque no llevaba maquillaje, sus mejillas estaban rosadas del sol. Llevaba el pelo mojado y enredado, como el de Michael. Probablemente habían estado en la playa y habían perdido la noción del tiempo; Sarah nunca había destacado por su puntualidad.

—¡Hola a todos! —exclamó antes de que su madre se acercara con paso decidido hasta ella y le dijera:

—Llegas tarde.

Mi prima sonrió y saludó:

—¿Qué os parece si nos colamos en vuestra fiesta?

Me sentó de maravilla volver a estar con mis amigos. Después de llenarnos los platos, reclamamos la mesa de pícnic y nos quedamos de sobremesa tras terminarnos las hamburguesas.

—A que no sabéis qué —dijo Eli después de que Pravika reconociera que trabajar en Murdick's Fudge durante el verano la había convertido en una adicta total al dulce de azúcar.

—¿Qué? —preguntamos.

—Que lo he visto —respondió Eli, incapaz de contener su emoción—. Hoy, en el centro.

Todo el mundo, menos yo, gruñó.

—Espera, ¿cómo? —pregunté, volviéndome hacia Eli—. ¿A quién has visto? ¿Estás con alguien?

—No, no está con nadie —respondió Luli, adelantándose a Eli. Negó con la cabeza—. Es solo un chico que ha visto en Edgartown unas cuantas veces, y ahora está convencido de que están predestinados a estar juntos y lo sigue a todas partes.

—Ja, ja—. Eli puso los ojos en blanco—. No lo sigo.

—¿Y entonces cómo sabes que da clases de vela en el club náutico?

—¡Vaya! ¿El club náutico? —exclamé—. ¡Qué pijo!

—Escucha —dijo Eli—. ¡Llevaba un impermeable! No es como si hubiera ido a los muelles a espiarlo durante una clase entera.

—Tiene gracia —dijo Jake con sorna—, porque, si no recuerdo mal, esos chicos tenían sólidas habilidades...

Eli escondió la cabeza entre las manos mientras nos reíamos.

Le di un codazo.

—Bien, ¿dónde lo has visto hoy?

—Entrando en la librería. —Suspiró—. Lo que significa que es lector, y cualquiera que salga conmigo tiene que ser lector.

—¿Por qué no has entrado?

—Porque... —Dudó, luego volvió a suspirar y miró su plato vacío—. Porque sabes que no sabría qué decir.

—Oh, vamos —replicó Luli, recogiéndose el pelo en una imitación no tan sutil del moño de Eli—. «Hola, me llamo Eli. Te vi en el club náutico el otro día y creo que estás muy bueno, así que no te he quitado ojo desde entonces...».

—Vale, vale. —Las mejillas de Eli estaban tan rojas que juraría haber visto un parpadeo de llamas—. Déjalo.

Luli le dio un cariñoso apretón en el hombro, y luego su interés se desplazó hacia mí.

—¿Y tú, Meredith? —preguntó.

—¿Qué pasa conmigo? —pregunté, sintiendo la tensión entre ambas.

—Bueno, nos hemos enterado de que Ben te ha dejado —dijo sin más, con tanta naturalidad que mis mejillas empezaron a arder como las de Eli—. Lo que significa que has venido sola. —Ladeó la cabeza—. ¿También tú vas a buscar a alguien a quien seguir?

—¡Que no lo estoy siguiendo! —protestó Eli.

La mesa rio entre dientes mientras yo hacía de tripas corazón por mantener la voz serena.

—No —dije—. No creo.

—¿Por qué no? —preguntó Pravika—. Todo el mundo liga en las bodas. —Señaló el jardín delantero, donde algunos chicos habían empezado una partida de *cornhole*—. Son perfectas para tener un rollo.

—Puede —dije—, pero no estoy buscando a nadie para desquitarme. —Me sacudí cualquier pensamiento de Ben de la cabeza—. He venido a celebrar la boda de Sarah y Michael y pasar tiempo con mi familia. —Mi voz se calmó, y deseé por enésima vez que Claire estuviera sentada a mi lado—. Y con vosotros —añadí—. He venido a pasar tiempo con vosotros, los amigos y la familia. —Moví el dedo como la tía Christine para que se rieran—. ¡Olvídate de rollos!

Incluso después de un montón de bromas y risas, seguí notando la tensión entre Luli y yo cuando todo el mundo se levantó de la mesa. Eli y Jake salieron a jugar al *cornhole*, y Pravika quiso ver de cerca el anillo de compromiso de Sarah, mientras que Luli se alejó para hablar con otra amiga y su novio, ambos agarrados del brazo. «Esos hubiéramos sido Ben y yo», pensé antes de decirme a mí misma que dejara de enfurruñarme. Era la boda de Sarah, ¡y había venido a divertirme!

Pero ante todo sentía que debía disculparme con Luli. Su nombre era el que más había sonado en mi teléfono en los últimos dieciocho meses, y yo había pasado de ella una y otra vez. ¿Por qué? Porque cuando no estaba trabajando en la tienda de *bagels* de Clinton, me pasaba la vida con Ben; además, después del accidente, me aferré a él todavía más, y solo iba a almorzar de uvas a brevas con mis amigos del colegio. Me vi rechazando invitaciones para arreglarnos y beber antes de ir a las fiestas. «Vaya tela, Meredith», me dijo una amiga en una fiesta mientras le sujetaba el pelo hacia atrás. Estaba borracha e inclinada sobre el retrete, pero, aún así, consiguió reírse mucho. «Esta es la vez que más tiempo hemos pasado juntas desde hace una eternidad...».

«Mañana —pensé ahora al ver a Luli sonreír mientras estrechaba la mano del novio—. Mañana te disculparás, te disculparás por haberle hecho luz de gas, te disculparás por haber desaparecido del mapa».

Me rugió el estómago, así que me deslicé del banco para ir a buscar el bufé: era hora de tomar el postre. No era una misión fácil: había gente por todas partes. Sarah y Michael habían querido una boda pequeña, pero debía de haber un centenar de invitados.

—¡Meredith!

La tía Julia me abrazó, y luego conocí a la madre y a la hermana mayor de Michael, cuyo hijo pequeño tenía los mofletes más bonitos del mundo. Luego Ethan, Hannah y un par de niños más me tiraron al suelo. Luché con ellos durante un minuto, sin preocuparme realmente si me quedaban manchas de hierba o se me deshacía el peinado.

—¡Niños! —llamó la tía Rachel desde la terraza—. ¡Ya está bien!

Después de cepillarme, intenté sortear un círculo de damas de honor, pero alguien me agarró el brazo con la mano.

—Espera, ¿eres Meredith? —me preguntó una chica afroamericana con la sonrisa más blanca y reluciente que había visto jamás. Era Danielle, la dama de honor principal de Sarah. La reconocí por el Instagram de mi prima—. ¿La hermana de Claire?

«La hermana de Claire».

—Sí —dije—. La misma.

Sentí que sonreía. Era agradable que me llamaran así. Aunque yo era un año más joven, Claire siempre era «la hermana de Meredith» en el instituto Clinton. Ella era callada y tímida y se escondía detrás de los deberes, mientras que yo iba a los partidos y a las fiestas, y podía poner nombre a todas las caras. «Deberías presentarte a presidenta del consejo de estudiantes», me animaba Claire, pero, cuando llegó el momento, no lo hice. La posibilidad de ganar me angustiaba, sabiendo que no podría llamarla después.

Danielle me apretó el brazo.

—Claire era la más guay —dijo amablemente—. Unos cuantos la conocimos cuando vino de visita a Nueva Orleans. —Sacudió la cabeza—. Era tan vital…

—Sí —asentí con una sonrisa que se ensanchaba, pero con los ojos llenos de lágrimas—. Lo era.

Parpadeé para alejar algunas lágrimas, porque esa era la verdadera Claire: vital, llena de energía…, especialmente en Vineyard. «Mi lugar feliz», lo llamaba ella. Tres semanas nunca eran suficientes. «Voy a vivir aquí —recordé que decía—. Cuando termine el primer año de universidad, conseguiré un trabajo y podré pasar aquí todo el verano».

Me gustaba pensar que habría trabajado en Edgartown Books o en la librería Bunch of Grapes de Vineyard Haven. Claire nunca iba a ningún sitio sin un libro, y me había enseñado a hacer lo mismo.

Alguien detrás de nosotros pronunció el nombre de Danielle y aproveché la oportunidad para escabullirme, porque mi estómago suplicaba por un postre.

Los famosos sándwiches de helado de la tía Christine me aguardaban en una de las voluminosas neveras Yeti junto a la mesa del bufé. Suspiré al verlos: galletas de chocolate del tamaño de una mano con una enorme bola de helado en el centro. De chocolate, de vainilla, de menta, de plátano, de todo. Los distintos sabores estaban dispuestos en cajas forradas con papel encerado y, por supuesto, etiquetadas con la hermosa caligrafía de la tía Christine.

Escogí un sándwich de menta y chocolate, uno de caramelo salado y otro de miel y lavanda, y luego vi que mis abuelos seguían dominando la situación desde sus sillas Adirondack. Wink había pasado despreocupadamente un brazo por la cintura de Honey, y yo, después de morder un helado que me congeló el cerebro, me abrí paso hasta ellos para ver si se iban de la lengua respecto al anuncio secreto de Sarah.

Cuando por fin llegué a su altura, habían entablado una conversación con alguien desconocido: un hombre misterioso que me daba la espalda.

—Puedes llamarme Wink —decía mi abuelo—. Y esta es mi prometida, Honey.

Sonreí mientras le daba otro bocado al sándwich. Wink y Honey llevaban casados más de medio siglo, pero el abuelo siempre la presentaba así. «Y así es como yo lo llamaré algún día», recordé haberle dicho a Claire hacía años. Estábamos en la Granja, apretujadas en una silla las dos juntas. «Diré "te presento a mi prometido" en lugar de "te presento a mi esposo"».

Mi hermana resopló.

—¿Y cómo se llama ese prometido tuyo?

—¿Cómo quieres que lo sepa, si aún no lo conozco? —respondí.

—¡Stephen! —dijo Claire con una risita—. ¡Se llamará Stephen!

—¿Stephen?

—Stephen.

Hice como que lo meditaba y luego le lancé un ataque de cosquillas.

Sarah nos había dado a conocer los primeros álbumes de Taylor Swift aquel verano, y había una canción que yo ponía desde que nos levantábamos hasta que nos acostábamos, hasta la cantaba bajo la ducha. No me cansaba de escucharla. Tarareé la melodía en voz baja como si siguiera escuchándola a diario.

La cara de Honey se iluminó al verme. Me hizo una seña para que me acercara, con el helado al corte que se iba derritiendo sin pausa.

—¡Cariño!

—¡Hola! —saludé.

Cuando el hombre misterioso se volvió, hice de tripas corazón para obligar a mis pies a avanzar y poner una sonrisa agradable en lugar de dar media vuelta y salir pitando como había hecho esa misma tarde en el ferri. Se me revolvieron las entrañas al ver el cardenal que le había salido en el pómulo y que se extendía por debajo del ojo y por el puente de la nariz.

«¡Eh, so! —había dicho después de que le propinara una patada—. ¡Ay...!».

«Sí, so. Ay», pensé yo.

3

$\mathcal{M}$e dije que no me había reconocido, que no *podía* haberme reconocido. Era imposible: yo iba disfrazada, con un sombrero y gafas de sol.

—Te presento a Wit —me dijo Honey—. Es uno de los padrinos de boda, el hermano de Michael.

«¿Hermano?», pensé, porque el chico no se parecía en nada a Michael. Wit era enjuto, no medía más de metro ochenta y tenía una mata de pelo rubio pajizo que pedía a gritos un pequeño retoque.

—Técnicamente hermanastro —dijo Wit sin una pizca de acento sureño—. Es mi hermanastro.

—¡Ah! —asentí— Ya veo.

—Su madre y mi padre se casaron cuando yo tenía dieciséis años —explicó—. Soy de Vermont.

—Debe de hacer un frío que pela —comenté, de pronto consciente de que llevaba un helado en cada mano, como una niña pequeña. Qué vergüenza. Escondí las manos detrás de la espalda para tirarlos al suelo, deseando hacerlo disimuladamente.

—¿Un frío que pela? —Wit ladeó la cabeza para mirarme—. ¿No eres del norte del estado de Nueva York?

Me puse más tiesa que el palo de una escoba.

—¿Y tú cómo lo sabes?

Señaló a mis abuelos, que habían desaparecido con sigilo y

en esos momentos salían a la terraza, donde Sarah y Michael se susurraban cosas al oído. «Su anuncio —recordé—. ¿Cuándo van a hacerlo?».

—¿Y qué más te han dicho? —le pregunté a Wit con una voz más dura de la que pretendía.

Se habría dicho que le habían dado un informe sobre mí o algo parecido. Y, bueno, quería mucho a Honey, pero no sería de extrañar que le hubiera contado lo mío con Ben.

—Relájese, agente —dijo Wit, levantando las manos—. No mucho. Que te llamas Meredith Fox, tienes dieciocho años y vas a empezar en la Universidad de Hamilton este otoño. Solo lo básico. —Sonrió—. ¿Todo correcto?

En lugar de responder, me aparté para que mi cuerpo no estuviera en ángulo directo con el suyo. El estómago me dio un vuelco, una sensación desconocida e incómoda. Porque su sonrisa era la clase de sonrisa torcida imperfecta que te hacía querer sonreírle también, y sus ojos…, si te olvidabas del cardenal, parecían salir directamente de una de las novelas de fantasía que Claire y yo adorábamos. El color de ojos de un seductor desconocido en quien no sabrías si confiar, pero con el que tendrías que compartir cama por el motivo que fuera durante una misión en común, y de quien al final te enamorabas tan perdidamente que terminarías dando la vida por él, y viceversa. Básicamente, un color de ojos que se suponía que no existía en la vida real: turquesa intenso con anillos dorados.

«No estoy bromeando, Claire. ¡Turquesa!», pensé.

—¿Cuántos años tienes? —pregunté, cruzando los brazos sobre el pecho.

—Diecinueve —respondió Wit, cruzando también los suyos, como si hubiéramos empatado o algo así.

¿Estaba imitándome?

—¿Así que vas a la universidad?

Un asentimiento.

—Acabo de terminar primero en Tulane.

—Dios, ¿qué pasa con esa universidad? —murmuré.

Sarah, Michael, Wit y, si no hubiera pasado nada, mi hermana.

—¿Repite eso? —dijo Wit.

—No, eh, nada. —Sentí un hormigueo en la nuca—. Parece que todo el mundo adora ese lugar.

Wit se quedó callado un momento.

—La mayoría de la gente piensa que es genial. —Se atusó el pelo—. Pero todo depende…

—¡Atención, todo el mundo! —La voz de Sarah, clara y animada, interrumpió a Wit. Nos volvimos y la vimos subida a uno de los bancos de madera de la terraza, junto a Michael—. Acercaos todos, por favor…

El grupo migró alrededor de Sarah y su prometido como si estuvieran en un escenario. No intenté pegarme a Wit, y él no intentó pegarse a mí, así que me hice un hueco entre Eli y Pravika. Luli y Jake también estaban allí.

—¿Quién era ese chico con el que estabas hablando? —preguntó Pravika.

—Nadie —respondí—. Uno de los padrinos.

—El hermanastro de Michael —dijo Eli, quien, por supuesto, tenía toda la información—. El chico al que básicamente reventaron en el ferri. —Se rio—. Has visto el cardenal, ¿no? ¡Tiene la mitad de la cara azul! —Me dio un codazo—. ¿Te ha dicho quién fue?

—No lo sabe —respondí apresuradamente, rezando porque fuese cierto. Me ardía el cuello—. Al parecer, la persona en cuestión llevaba gafas de sol.

Los otros dos asintieron y volvimos a centrarnos en Sarah.

—Michael y yo estamos muy contentos de que hayáis podido acompañarnos esta semana —dijo— para celebrar a la familia, los amigos y nuestro matrimonio. —Se rio cuando todos aplaudieron, y luego su expresión decayó un poco—. Pero hay alguien muy especial que no ha podido venir. Mi prima Claire.

Le tembló la voz y Michael le cogió la mano. Del mismo modo, alguien cogió la mía.

—Tranquila —susurró Eli—. No pasa nada.

Asentí y le devolví el apretón con toda la fuerza de que fui capaz.

—Esta semana no es solo en nuestro honor —dijo Sarah—. También honramos la memoria de Claire. —Sonrió, o se esforzó por sonreír—. Y creo que hablo en nombre de toda la familia Fox cuando digo que solo hay una manera de rendirle homenaje.

«Un momento —pensé, con el corazón acelerado—. ¿De qué está hablando?».

—¿Os acordáis de cuando rellenasteis la confirmación de asistencia? —preguntó Michael después de intercambiar un asentimiento casi imperceptible con Sarah—. ¿De cuando marcasteis esas aburridas casillas?

—Bueno, la última no era aburrida —dijo Sarah, golpeándole el pecho juguetonamente—. ¡Pensé que era intrigante! —Ahora sonreía genuinamente—. ¿Os acordáis de esa casilla?

Como todo el mundo había confirmado su asistencia hacía meses, nadie asintió con la cabeza siquiera, pero a mí me faltó poco para gritar cuando, de pronto, resolví el enigma. ¿QUIERES JUGAR?, la pregunta figuraba en la tarjeta de bordes plateados, y yo había marcado sí sin darle más vueltas. Ni mis padres ni yo sabíamos lo que significaba, pero yo no quería perderme nada. Deseaba participar en todo lo que se organizara durante la boda.

«El juego del asesino», murmuré para mis adentros mientras Sarah lo decía en voz alta. Sin saberlo, nos habíamos apuntado a jugar al asesino. «Yo» me había apuntado a jugar al asesino sin saberlo.

Se me encogió el corazón. Era una tradición de la Granja Paqua. Todos los veranos jugábamos una partida al juego del asesino por toda la Granja y los jugadores utilizaban pistolas de agua para eliminarse unos a otros y convertirse en el último asesino activo. A cada persona se le asignaba un objetivo inicial, y cuando se «encargaban» con éxito de dicho objetivo, heredaban el de su víctima. Durante el par de semanas que jugábamos, la paranoia en la Granja no tenía parangón. La gente dudaba antes de dar un paseo en kayak con otras personas, espiaba a sus objetivos desde las dunas e incluso se formaban alianzas secretas. Era muy divertido, y la tradición del juego del asesino había perdurado para siempre.

—Michael y yo no jugaremos —dijo Sarah mientras Michael hacía un mohín amistoso—. Tenemos muchas obligaciones. —Le pellizcó la mejilla—. ¡Pero estamos deseando veros luchar para que Claire se sienta orgullosa!

Mi hermana había sido la reina indiscutible del juego, nuestra campeona más condecorada. Se lo tomaba tan en serio que poseía múltiples armas: una pistola de agua, una Super Soaker, así como una especie de pistola de alta presión parecida a una mochila propulsora con acción de bomba y múltiples boquillas.

Mientras me balanceaba de un pie a otro, Sarah y Michael cedieron la antorcha a nuestros «comisarios», Wink y Honey. «Pues claro —comprendí entonces—. Por eso lo sabían todo de antemano».

Mis abuelos habían dejado de ser asesinos activos hacía varios años y supervisaban el juego entero en calidad de oficiales. Hacían las asignaciones iniciales y, cada vez que eliminabas a alguien, tenías que informarlos de la baja. Si se producía alguna disputa entre competidores o algún empate, los comisarios tomaban la decisión final.

—Para los que juegan por primera vez —explicó Honey—, solo existen tres reglas. —Levantó tres dedos para enfatizar sus palabras—: Número uno: el juego dura las veinticuatro horas del día.

—¿Veinticuatro horas? —oí decir a alguien—. ¿Cuándo se supone que dormimos?

Naturalmente, Wink y Honey hicieron oídos sordos a esa pregunta.

—Número dos —continuó Wink—, el juego solo es válido al aire libre.

La hermana de Michael levantó la mano y, cuando mi abuelo la señaló, preguntó:

—¿Qué constituye el aire libre? ¿Pórticos? ¿Terrazas? ¿Patios?

—Hay que estar a tres metros de una puerta —respondió Wink, sonriendo—. Mínimo.

—Y número tres —concluyó Honey, también sonriendo (aquello les encantaba)—. Nada debe interferir en los actos oficiales de la boda.

—¡Me opongo! —gritó Sarah.

Pero la tía Christine insistió:

—¡Nada en absoluto!

La fiesta entera soltó una carcajada.

Esa noche, tumbada en la cama, con los ojos muy abiertos, recordé todos los asesinatos icónicos de Claire. No eran los ronquidos de papá los que me mantenían despierta, ni los gimoteos de Loki mientras dormía, ni siquiera el goteo del grifo de la cocina. No, eso no me impedía dormir.

Pero no podía dormir «aquí», en el dormitorio con literas del Anexo, sin mi hermana. Siempre me había parecido muy pequeño para dos personas, pero ahora se me hacía demasiado grande para mí sola. Demasiado grande... y «solitario». «Claire», susurré; como no respondió, aparté el edredón y me deslicé al suelo.

—¿Meredith? —oí que me llamaba mi madre desde el otro dormitorio, medio dormida. Había aterrizado sobre una de las tablas del suelo que crujían—. ¿Eres tú?

—Baño —respondí en voz baja, y luego me puse unas chanclas y una sudadera.

La temperatura en Vineyard siempre bajaba por la noche. Sin embargo, en lugar de salir por la puerta trasera para ir al bosque y al retrete, encendí la linterna de mi teléfono y salí de puntillas por la parte delantera.

No sabía adónde iba, la verdad. Solo a dar un paseo. Soplaba una brisa dulce y salada, así que inspiré hondo y eché la cabeza hacia atrás para contemplar las estrellas. Eran luminosas.

«A lo mejor voy a la Casa Grande —pensé—. ¿Y si duermo en la hamaca de Honey?». A excepción de la de Claire, todas las camas de la Granja estaban ocupadas por los asistentes a la boda. La familia de Jake y Luli se había mudado de la Casa del Páramo para hacer sitio a los Dupré. Sus padres se habían apretujado en el Campamento con la tía Julia y la tía Rachel, mientras que Jake y Luli pasaban la semana en un círculo de tiendas de campaña con Pravika, Eli y otros primos y amigos. El «Complejo de Condominios de Nailon», lo llamaba Eli. Por suerte, nadie había mencionado nada de dormir en la cama de Claire.

Paseé por los caminos de arena trillados, con la linterna apuntando al suelo para no cruzarme con ningún bicho nocturno. A mí nunca me había pasado nada, pero todo el mundo oyó a Sarah gritar como una descosida la vez que se topó con una mofeta cuando volvía de hacer una fogata en la playa con sus hermanos.

Sin embargo, unos minutos más tarde, oí un susurro. Supuse que sería el balanceo de las ramas de los árboles, hasta que el susurro se convirtió claramente en unas pisadas que crujían sobre trocitos de conchas marinas rotas. Apreté el paso, pero no pude distinguir de dónde venía la persona. Lo único que sabía era que caminaba hacia mí.

La sangre me latía en los oídos. Nunca había pasado miedo en la Granja; no sabía cómo reaccionar. Mi primer impulso fue gritar, pero era como si me hubieran cosido la boca. Luego consideré la posibilidad de salir corriendo en mitad de la noche —a la mierda las mofetas—, pero mi cuerpo se había vuelto rígido.

Así que decidí parar en seco y, después de tragar saliva, dije en un tono que deseé sonara amenazante:

—Tengo un cuchillo.

—¿En serio? —respondió una voz masculina. Me resultaba familiar, pero no podía identificarla después de haber hablado con tantas personas a lo largo del día—. ¿Tienes un cuchillo?

—Sí —mentí—. Lo tengo.

—¿De qué tipo?

—Una navaja suiza —dije, pensando en un documental de Netflix que había visto con Ben una vez, sobre la historia de la empresa que las fabricaba. Lo escogimos al azar y no tenía nada de romántico, pero el intrincado diseño y el proceso de fabricación me parecieron interesantes.

—Mmm, una navaja suiza —silbó por lo bajo—. Impresionante.

No dije nada. La voz sonaba cada vez más cerca y era tan melodiosa que resultaba casi inquietante. Los dedos de mis pies se retorcieron en mis chanclas. ¿Con quién estaba hablando?

—Entonces supongo que esta tarde no has tenido bastante —continuó el chico—. ¿Necesitas machacarme la cara aún más?

Se me cortó la respiración.

Mierda.

Wit se me apareció como por arte de magia, su espantoso cardenal iluminado por la luz de las estrellas. No sabría decir si tenía mejor o peor aspecto.

—Ejem, eh… —balbucí—. ¿Tú, esto…, sabías que, *mmm*, era yo?

—Sí.

Hice una mueca.

—¿Cómo?

—El numerito del sombrero y las gafas de sol solo funciona en la tele, matona.

—Lo siento. Fue un accidente. No estaba prestando atención. —Suspiré—. Y acababa de hablar por teléfono con...

—El mierda de tu ex —terminó Wit por mí con una sonrisa torcida—. Si estoy citando correctamente.

—¿Eso también lo oíste?

No hubo respuesta.

—Ah, pues genial... —murmuré, sintiendo un hormigueo en el cuello, en parte por la vergüenza, pero en parte también porque él seguía sonriendo. Sonriendo con ese pelo rubio despeinado que le caía sobre la frente y vestido con una sudadera tan deshilachada como la mía. Sentí ese extraño vuelco en el estómago—. ¿Qué estás haciendo aquí? —pregunté, deseando que se me pasara.

Wit se encogió de hombros.

—Explorando.

—¿De noche?

—Sí, quería ver las estrellas. Aquí no hay contaminación lumínica como en la ciudad. —Hizo una pausa—. También quería huir del golpeteo del padrino y la dama de honor en la habitación de al lado.

—¡Uf! —exclamé—. ¿En serio?

—Sí —asintió—. Bueno, ya sabes cómo se pone la gente en las bodas...

—Sí —asentí a mi vez, y las palabras de Pravika me vinieron a la memoria: «Son perfectas para tener un rollo».

«Pero no para mí. Familia y amigos. Yo he venido por la familia y los amigos», pensé.

El mar ahogó lo que Wit dijo a continuación, las olas rompían con fuerza en la playa. No me había dado cuenta de lo cerca que estábamos de las dunas, así que encendí mi linterna y le indiqué que me siguiera para buscar un rincón alejado del ruido. Mis chanclas golpeaban la arena, y Wit arrastraba las zapatillas de deporte medio desatadas como si tuviera la costumbre de caminar sin levantar los pies.

—¿Y qué haces tú aquí fuera? —preguntó una vez que nos sentamos con los juncos agitándose a nuestro alrededor, pero a resguardo del viento.

—Oh, solo estaba pensando —respondí, metiendo las manos en el bolsillo de la sudadera.

Wit guardó silencio durante un segundo y se subió la capucha de la sudadera. Pensé que era más que evidente en qué estaba pensando, pero él no pronunció el nombre de Claire, cosa que agradecí.

—El asesino, ¿eh? —se aventuró finalmente—. ¿Preparándote para mañana?

—Es posible —respondí, en un intento de evasiva.

Wit no necesitaba saber lo indecisa que estaba respecto a si participar o no en el juego; ni siquiera había abierto el sobre que habían dejado en el buzón de cada casa para averiguar cuál era mi primer objetivo. meredith fox, rezaría la etiqueta de uno, y dentro habría un papelito plastificado con un único nombre.

—Las reglas parecen bastante sencillas —comentó Wit, y yo asentí—. Pero la estrategia…, tiene que haber mogollón de estrategias para jugar bien: el tipo de pistola de agua, jugar a la ofensiva o a la defensiva, y cosas así. —Hizo una pausa y se movió de tal forma que su pierna rozó la mía, su pantalón de pijama de rayas contra el mío de estampado floral. ¿Lo había hecho a propósito?—. También las alianzas —añadió mientras se me ponía la piel de gallina bajo la fina tela—. Seguro que se forman mogollón de alianzas.

Me quedé callada, comprendiendo adónde quería ir a parar. Casi inmediatamente después del anuncio, Luli había creado un grupo de chat que nos incluía a Eli, Pravika, Jake y a mí. «Mañana, en el lago Oyster —había escrito—. A mediodía. No se lo digáis a nadie, no invitéis a nadie. Tenemos cosas de las que hablar».

Me gustara o no, parecía que formaba parte de una alianza.

Wit dejó pasar un segundo.

—Supongo que ya tienes una —dijo—. Siendo una veterana experta y todo...

—Yo no diría que soy una «experta» —lo corté, volviéndome hacia él. Nuestras rodillas chocaron de nuevo—. Nunca he pasado de los cinco días, y la mayor parte los pasé escondida. Mi primo Peter me siguió un día hasta el viejo patio de tractores y me disparó antes de que lograra cruzar la puerta del granero. —Me encogí de hombros—. Siempre adopto una postura defensiva.

—¿En serio? —preguntó Wit—. Yo habría pensado lo contrario.

Resoplé.

—¿Y eso por qué?

Se rio, efusivo como su voz.

—¿Porque me has amenazado con sacar un cuchillo?

—¡Es que no tendrías que haberte acercado a mí de esa manera! —exclamé, aturullada y con las mejillas encendidas—. ¡Tendrías que haberte anunciado!

—Vale, sí, debería haber dicho algo —concedió—, pero volviendo a las alianzas...

—No puedo traicionar la mía —le dije, porque centrarme en mis amigos esa semana implicaba mantenerme fiel a ellos. Si Luli me necesitaba para conducir a su objetivo hasta una trampa, no la defraudaría. Llevaba desaparecida más de un año, ignorando los mensajes y las llamadas de mis preocupados amigos, y el hecho de que se mostraran dispuestos a perdonar y olvidar..., no podía jugar con eso.

—No te lo estaba pidiendo —respondió Wit—, pero me preguntaba... —me echó un poco de arena sin querer, y yo hice lo mismo—... si estarías interesada en hacer un pacto.

Mis oídos se aguzaron.

¿Un pacto?

—Piénsalo —dijo Wit—. Podríamos ayudarnos mutuamente. Tú estás en el bando de la novia, y yo, en el del novio. Hay mucha gente que no conozco y tú sí, y al revés.

Se me hizo un nudo en la garganta. Me estaba dando cuenta de que Wit abordaba el juego del asesino exactamente igual que Claire, de forma ofensiva y astuta, planeando y tramando desde el principio. Wit no necesitaría buscarse un buen escondite en la Granja en un futuro cercano.

—Así que, en lugar de que vayas husmeando y preguntando a todo dios quién es la hija del tío de Michael —continuó—, yo sería tu fuente de información.

—Y en lugar de resolver el misterio de la tercera esposa del hermano de Honey —dije, cogiéndole cada vez más gusto al juego—, yo te chivaría toda su agenda y cuál es su estudio de pilates favorito en Vineyard Haven.

—Exacto —dijo Wit—. Nos guardaríamos la información entre nosotros para evitar rumores de traición; no le daríamos el soplo a nadie. —Soltó un hondo suspiro—. ¿Qué me dices?

Mi estómago se revolvió de la emoción.

—Creo que es una idea brillante.

—Excelente. —Sonrió y me tendió la mano—. Ahora nos damos la mano.

—Espera —dije, cuando solo unos centímetros separaban nuestras manos. Podía sentir el calor que irradiaba su piel—. Una cosa más.

—Suéltalo.

—Si escuchamos nuestro nombre circulando por ahí, nos avisaremos.

Wit meditó un momento la propuesta y luego asintió.

—Trato hecho.

Asentí a mi vez.

—Trato hecho.

Y nos dimos un apretón de manos.

Antes de volver a colarme en el Anexo, fui a ver el viejo roble al fondo del jardín y pasé los dedos por las muescas talladas en el tronco. Cada verano, Claire usaba un hacha para llevar la cuenta de sus victorias. «Voy a ganar —susurré cuando alcancé la última marca—. Este año voy a ganar yo».

LUNES

4

$\mathcal{M}$e desperté en el sofá del Anexo al alba, con la cara aplastada contra un viejo cojín de punto de aguja y las piernas dobladas en un ángulo extraño, casi doloroso. «No puedo volver a la habitación de las literas —decidí cuando Wit y yo nos separamos la noche anterior—. No puedo dormir allí sin ella».

Al otro lado de la sala de estar, Loki me miraba fijamente desde su cama para perros. Era muy temprano, pero el Jack Russell ya estaba listo para empezar el día. «De acuerdo, de acuerdo —dije después de frotarme los ojos y estirar los brazos por encima de la cabeza—. Hora de desayunar».

Loki se levantó de un salto y me siguió hasta la cocina, donde le llené el cuenco con una taza de croquetas, que engulló mientras yo cogía un plátano para mí. Se terminó su comida antes de que yo terminara de pelar la fruta, así que paré para abrirle la puerta trasera y lo vi salir disparado y desaparecer en el bosque. Todos los perros de la Granja hacían lo mismo: devoraban el desayuno y desaparecían hasta la cena. A veces incluso más tarde.

Cualquier otra mañana temprano me habría vuelto a la cama, pero no era una mañana temprano cualquiera. Era el primer día que íbamos a jugar al asesino. Mamá y papá seguían durmiendo, así que entré de puntillas en mi dormitorio, me quité el pijama y me puse la ropa que siempre llevaba en Vineyard: un bikini, unos vaqueros cortos y una camiseta de pescar ligera por encima. En lugar de chanclas, cogí mis zapatillas de deporte y me las até en la entrada trasera, por si me veía en la necesidad de correr para salvar la vida.

Tras una rápida visita al retrete, abrí el cobertizo que hacía las veces de trastero. Porque, además de las bicicletas, las redes para pescar cangrejos, las tablas de *boogie*, las cajas de herramientas y demás, aquí era donde Claire guardaba su arsenal. La pistola de agua, la Super Soaker, y el *big kahuna* de mi hermana: el artilugio propulsor de alta presión. Todo el mundo tenía un arma preferida y, gracias a Dios, Claire guardaba la suya en la Granja. Como nadie había sabido de antemano que jugaríamos al asesino, cada casa recibió una cesta de pistolitas de agua por cortesía de los novios. La víspera, Wit me había dicho que la suya era de color rosa y que no serviría.

—A ver, Amazon es rápido —repliqué, creyendo que quería pedir algo por Internet—, pero por estos lares no tanto.

—¡Ah, no! —Sacudió la cabeza—. ¡No necesito la ayuda de Jeff Bezos para esto! Ya tengo una idea...

Por supuesto, él ya había abierto su sobre, y yo crucé los dedos cuando rasgué el mío al llegar a casa; crucé los dedos para no haber cometido el error de esperar y de haber desperdiciado la oportunidad de un informe. Como Wit y yo no nos habíamos pasado los números de teléfono, no podía enviarle mensajes de texto. Pero resultó que tuve suerte. Mi primer objetivo no solo era alguien que conocía, sino además alguien cuya rutina conocía.

rachel epstein-fox, rezaba mi papelito, y sonreí para mis adentros. Era la tía Rachel, conocida por levantarse al amanecer para meditar en el patio delantero del Campamento. El juego del asesino no enfrentaba al bando de la novia contra el del novio, sino que cada cual iba por su lado.

Examiné las armas de Claire una vez más antes de decantarme por el arma corta. La Super Soaker era su favorita: le gustaba intimidar a los demás, que la paranoia se apoderara de ellos cada vez que la veían paseándose con la llamativa pistola colgada al hombro, las veinticuatro horas del día. El color naranja y verde eléctrico de neón advertía a todo el mundo que más valía que se guardasen las espaldas.

«No —pensé, incapaz de imaginarme tan de mala—. No es para mí».

Después de cerrar la puerta del cobertizo, cargué la pistola que había elegido en la ducha del Anexo, la metí en la parte trasera de mis *shorts* y salí como si estuviera dando un paseo matutino sin rumbo fijo. El Campamento estaba un poco más adelante, al otro lado de la Cabaña. Me pregunté si vería a Danielle, la dama de honor principal de Sarah, embarcarse en un paseo de la vergüenza desde la habitación del padrino. ¿O era demasiado pronto para eso? El sol estaba cada vez más alto; tenía que darme prisa para pillar a la tía Rachel en plena meditación.

Sin embargo, cuando apreté el paso, alguien gritó mi nombre.

—¡Meredith! —llamó Michael, y, al volverme, vi que venía corriendo hacia mí. Sudoroso, sin camiseta, exhibiendo su musculoso pecho. Michael brillaba tanto que tardé en darme cuenta de que había alguien a su lado. Los dos se detuvieron frente a mí.

—Es un poco temprano para ti, ¿no? —preguntó Michael, sonriendo con la cabeza ladeada. En la Granja todo el mundo sabía que me gustaba dormir hasta tarde.

—Oye, perdona —dije, con una mano en la cadera, haciéndome la graciosa—, pero la gente cambia, Michael.

El prometido de Sarah se rio.

—Este es mi hermanastro, por cierto —dijo, haciendo un gesto a su compañero de carreras para que le pasara la botella Gatorade llena de agua. Luego se echó un chorro en la cara—. No sé si tuvisteis la oportunidad de conoceros ayer.

—Sí, ya nos conocemos —se me adelantó Wit. Llevaba una camiseta blanca y parecía muy canijo al lado de Michael, que medía alrededor de uno noventa, pero me fijé en los músculos nervudos que se formaban en sus brazos cuando recuperó la botella. Él también era fuerte, aunque a su manera. Me pareció recordar que, durante nuestro paseo de las dos de la madrugada, había mencionado que practicaba esquí y escalada—. Meredith me dejó muy impresionado —añadió, señalándose el cardenal—. La nueva Picasso.

Michael se quedó boquiabierto, horrorizado.

Fulminé a Wit con la mirada.

Él sonrió satisfecho.

—¿Por qué, Mer? —preguntó Michael—. En serio, ¿por qué? ¡La madre de Sarah ya está diciendo que lo dejemos fuera de las fotos de la boda!

—Escucha, no fue nada personal —me defendí—. Y estoy segura de que se habrá curado para entonces…

Me interrumpí. Sin darme cuenta, Wit estaba detrás de mí.

—Espera un segundo —susurró, y noté su aliento cálido en mi oído—. Esconde tu arma. —Me levantó la camisa por la espalda para tapar mi pistola. Unos lentos escalofríos me recorrieron la columna—. Si no, perderás el elemento sorpresa.

—Gracias —le susurré—. No me queda mucho tiempo. Tengo que irme.

Michael tenía una ceja levantada cuando nos enderezamos, como si nos hubiera pillado liándonos o algo así. Sus ojos se desviaron de mí a Wit, y luego de Wit a mí otra vez.

Noté que se me aceleraba el pulso y decidí no dar explicaciones.

—Disfrutad de la carrera, Duprés. ¡Luego nos vemos!

Wit respondió rociándome con su botella de agua. Esquivé el chorro, pero tenía buena puntería. «Olvídate de la pistolita de agua», pensé, descifrando su mensaje tácito. La botella de Gatorade era el arma de Wit. Astuto, sagaz, algo que nadie sospecharía.

Era inteligente.

—Un momento —dijo Michael cuando empecé a alejarme a toda prisa, y pensé que se dirigía a mí, pero, antes de girar sobre mis talones, le oí decir:

—¿Piensa que te apellidas Dupré?

El Campamento se había construido unos años antes de la Primera Guerra Mundial; en aquel entonces, era el campamento de caza de patos de George Fox. Por fuera se parecía al Anexo —una estructura sencilla de una planta con tejado y porche delantero de pino—, pero por dentro era aparentemente grande, con capacidad para doce personas y espacio para dos baños completos. «Los hijos de la tía Julia nunca conocerán el terror de salir a hurtadillas a un retrete en plena noche», habíamos bromeado Claire y yo. ¡Qué crueldad!

Como era de esperar, ataviada con ropa deportiva Lululemon, la tía Rachel, con su gran barriga, había desenrollado una esterilla de yoga junto al asta de la bandera y estaba sentada con las piernas cruzadas y la columna perfectamente erguida. Tenía las palmas de las manos apoyadas en el regazo, boca arriba, y los ojos serenamente cerrados. Recordé que una vez mencionó que era contraproducente apretarlos, porque eso impedía que el resto del cuerpo se relajase.

Me arrastré con el mayor sigilo posible por la hierba, haciendo una mueca cada vez que mis zapatillas crujían debido al rocío de la mañana.

—¿Hola? —dijo tía Rachel cuando estuve a pocos metros, sin abrir los ojos—. ¿Julia?

Mis hombros se hundieron.

—No —sentí que debía decir—. Soy, ejem, Meredith.

—Oh, Meredith. —Con los ojos aún cerrados, no cambió de postura, pero sonrió—. ¿No es un poco temprano para que estés ya levantada?

No respondí, incapaz de respirar. El corazón me latía muy deprisa.

—Acompáñame si quieres —dijo mientras yo sacaba la pistola de detrás de los *shorts*. La apunté a la cabeza, con la mano temblando—. Tu madre y yo estuvimos hablando ayer, y pensamos que la meditación podría venirte bien...

Apreté el gatillo y le asesté un golpe mortal en la sien.

Mi tía se rio. Sus ojos se abrieron de súbito, se desplomó contra su esterilla de yoga y «se rio».

No fue el asesinato dramático que yo habría querido. Ni mucho menos.

—¡Oh, venga! —me quejé como uno de sus hijos pequeños—. ¿Crees que es gracioso? —Di un pisotón para dar mayor énfasis a mis palabras—. ¿De verdad?

—Sí —asintió, sentándose—. Estoy embarazada, boba. —Se frotó la barriga—. Estaba deseando que alguien me disparara. Es imposible que pueda jugar a esto; he estado a punto de enviarle un mensaje a Wink para decirle que abandonaba, pero no quería desbaratar la organización del juego.

Solté un suspiro especialmente melodramático.

—Bueno, supongo que es comprensible...

La tía Rachel me dedicó una sonrisa torcida.

—Siento no haberme cabreado más. —Luego le dio una palmadita a su esterilla—. Acompáñame.

Se me hizo un nudo en el estómago. Claire solía levantarse temprano los fines de semana para hacer yoga, y siempre me hacía demostraciones de las posturas difíciles cuando pasábamos el rato en su habitación. Yo fracasaba estrepitosamente cada vez que intentaba reproducirlas.

—No te preocupes —dije con amabilidad—. No soy flexible.

—Esto no es yoga —respondió la tía Rachel con la misma amabilidad—. Es simple meditación. —Volvió a señalar la esterilla—. Por favor, siéntate.

Me escapé del Campamento en cuanto la tía Rachel me pasó su objetivo, después de unos veinte minutos de ejercicios de meditación.

—¿Lo sientes? —preguntó al concluir una secuencia de respiración profunda—. ¿Sientes el flujo?

—Sí —susurré, aunque era una verdad a medias. Me sentía más tranquila, pero no completamente tranquila, y apretaba los ojos para contener las lágrimas. Puede que la meditación no fuera exactamente lo mismo que el yoga, pero seguía siendo muy «Claire»—. La verdad es que sí.

Michael estaba haciendo abdominales cuando llegué a la Cabaña. «Bien», pensé; esperaba que él y Wit hubieran vuelto de correr. Porque el nombre de mi nuevo papelito…

No me sonaba de nada.

—Hola —saludé—. ¿Está Wit por aquí?

Esta vez Michael no levantó ninguna ceja; siguió haciendo sus abdominales, pero evitó mi pregunta.

—¿A quién te has cargado? —me preguntó.

—No sé de qué estás hablando —respondí—. He ido al Campamento a meditar.

—¿A la tía Rachel?

—Joder —dije entre dientes.

—No te preocupes —dijo Michael—. Sarah y yo somos imparciales. Wink y Honey nos hicieron jurar que no ayudaríamos en ninguna eliminación.

—¿Y confías en que Sarah lo cumpla?

Mi prima era pésima con lo de guardar secretos. Claire siempre usaba eso a su favor, y le daba a Sarah información errónea para que la difundiera por la Granja. Michael se rio.

—Hará todo lo posible.

—Entonces… —me aventuré después de un momento—. ¿Wit?

—Ah —asintió con la cabeza—. ¿Qué hay entre tú y Witty, a todo esto?

—Nada —respondí rápidamente.

Michael frunció la comisura de los labios, desconcertado.

—Imparcial —me recordó—. Soy imparcial. —Hizo el gesto de sellarse los labios con los dedos y luego señaló el extremo de la Cabina, la última habitación de la fila—. Ahora mismo está en la ducha, pero esa es su habitación.

—¡Gracias! —dije, y corrí a la puerta de Wit antes de que Michael pudiera preguntarme nada más.

Me senté en el viejo banco de madera que había fuera de la habitación. Mientras esperaba, desbloqueé mi teléfono y le envié un mensaje a Wink para comunicarle que había eliminado a la tía Rachel.

Respondió: «Oído cocina». Y al poco añadió: «¿Qué haces despierta, Meredith?».

Puse los ojos en blanco y empecé a escribirle una respuesta, pero entonces oí un sorprendido «Oh».

Wit apareció con una toalla de playa roja anudada a la cintura por toda prenda. Ni siquiera parpadeé, pues estaba acostumbrada a ver a la gente moverse por ahí solo en toalla; era lo normal con las duchas al aire libre. Para disgusto de la tía Christine, el tío Brad era tristemente famoso por degustar su cerveza enrollado en una toalla mientras escuchaba a James Taylor en la terraza de la Casa del Farol.

—Hola —saludé a Wit, levantándome del banco—. Misión cumplida. —Acaricié mi pistola—. No ha sido tan dramático como hubiera querido, pero...

—Pero has cumplido la tarea —dijo—. Impresionante. —Se ajustó la toalla a la cintura, y no fue mi intención darle un repaso, pero eso es lo que ocurrió. Gotas de agua resbalaban por su pecho, sus marcados abdominales bronceados y tersos.

—Necesito tu ayuda —dije, aclarándome la garganta—.

No sé quién es. —Saqué mi nuevo objetivo del bolsillo y lo blandí en el aire.

—Claro, por supuesto —asintió Wit; cuando abrió la puerta mosquitera, lo seguí hasta su habitación. Se volvió y bloqueó la puerta, con esa sonrisa torcida suya—. Buen intento, nena.

—Se señaló el cuerpo semidesnudo—. ¿Me das un segundo?

—Uy, sí, lo siento.

Mis mejillas se encendieron, tanto de la vergüenza como de la irritación. No me gustaba que me llamaran «nena». Ben solía llamarme «nenita».

«Hola, nenita. Te quiero, nenita. Adiós, nenita».

Cuando empezamos a salir, me llamaba su «chica» de una forma entrañable y a la antigua, y parecía tan especial…, pero luego, en algún momento, me convertí en una «nenita» impersonal. Nenita en público, nenita en privado, nenita siempre.

—¡Ya estoy! —me llamó Wit desde el interior del dormitorio—. ¡Puedes pasar!

Se estaba poniendo una camiseta cuando la puerta se cerró detrás de mí, y tuve que reprimir una risa.

La camiseta era una versión transformada de la invitación de boda de Sarah y Michael: azul pastel con un faro dibujado por delante, y en el reflejo del espejo de Wit distinguí en la espalda: «#HurraEsUnaDupré».

—¿Hurra es una Dupré? —dije.

—Sí… —Miró por encima del hombro—. Es el *hashtag* de la boda. Ya sabes, para Instagram y esas cosas.

Sonreí.

—Ya sé para qué es, «nene».

Wit se sonrojó a través de su cardenal.

«Bien —pensé—. Chúpate esa».

—En realidad no me gusta Instagram. —Se encogió de hombros—. Pero todos los padrinos y las damas de honor han recibido instrucciones de usarlo cada vez que hagamos algo juntos.

—Instrucciones de mi tía Christine —adiviné.

—De tu tía Christine, sí, pero totalmente respaldada por Jeannie. —Se tumbó en la cama doble cubierta con una colcha de retales escoceses—. La madre de Michael.

Asentí y me senté en el borde de la cama, mirando alrededor; hacía tiempo que no estaba en la Cabaña, la casa con la decoración más masculina de todas. Las paredes de Wit tenían paneles de madera y su cómoda era de color verde oscuro. Recordé que había un cuadro ridículamente horrible de un tigre enseñando los dientes colgado sobre la enorme chimenea de piedra de la habitación principal.

En resumen, era la casa perfecta para que el novio y sus seis colegas pasaran la semana.

—¿Qué vais a hacer hoy? —pregunté—. ¿Vais a ir a la ciudad?

Mi corazón se aceleró, deseando secretamente que respondiera que no. Sarah y Michael serían unos excelentes guías turísticos para su convite de bodas, pero yo no quería que Wit se sentara a almorzar en el Atlantic, en Edgartown, y exprimiera limón y regara las ostras de tabasco (por muy deliciosas que estuvieran). Quería que se metiera en el atestado antro local, el Dock Street Coffee Shop, y devorara un caótico sándwich de queso conmigo.

«Eso» era Vineyard.

—No —negó Wit moviendo la cabeza, y mi pulso se aceleró y luego se ralentizó, aliviado—. Hoy no. Vamos a hacer una foto de grupo y luego iremos a la playa, creo. —Bostezó—. Eso me va bien, porque quiero empezar. —Señaló con un gesto perezoso la botella de Gatorade encima de su cómoda, intuyendo correctamente que yo había descifrado por qué me había rociado con ella. Lo observé hacerse un ovillo con la almohada, esbozar una mueca de dolor a causa del cardenal y después bostezar de nuevo y cerrar los ojos—. Dime quién es tu objetivo —dijo mientras yo me movía un poco más hacia dentro del colchón—. Soy todo oídos.

Se lo dije, y luego me informó de lo que necesitaba saber.

—Y puedes acostarte si quieres —dijo después—. Estoy oyendo tus bostezos.

—Uy, no —dije, aunque sí que había bostezado más de una vez y de dos. Porque, aunque pareciera mentira, ni siquiera eran las nueve de la mañana. Necesitaría una siesta antes de hacer *tubing* a mediodía—. No pasa nada. Me vuelvo al Anexo.

—*Nooo*, quédate —dijo abriendo los ojos. Sus increíbles ojos turquesa—. Te prometo que no volveré a llamarte «nena».

Sentí pinchazos en el cuello. ¿Tanto se me había notado? ¿Tanto me había molestado?

—Así es como te llamaba el Mierda —dijo Wit—. ¿A que sí?

—El Mierda se llama Ben —respondí, suspirando—. Y me llama más «nenita» que nena.

—¿Ben? Me gusta más el Mierda.

—A mí también, la verdad.

Me reí y me tumbé a su lado. No lo suficientemente cerca como para tocarnos, pero sí lo bastante cómoda como para quedarme dormida. Las sábanas y las almohadas olían a mar y a cítricos.

—Naranjas —murmuré.

—Mi champú —murmuró Wit.

—Me encantan las naranjas.

—Entonces te encanto yo.

Solté una risita. No lo formuló como una pregunta y, por alguna razón —la falta de sueño, probablemente—, eso me hizo reír. Reírme de verdad.

—Tienes una risa chula —comentó Wit.

—¿Una risa chula? —pregunté sin reírme ya.

Nunca nadie me había dicho eso, al menos no desde hacía mucho tiempo. La última vez que alguien había mencionado mi risa, había sido mi padre para decir que la echaba de menos.

—Ajá —contestó, y se dio la vuelta, de manera que los dedos de nuestros pies se tocaron. Encogí los míos, sintiendo que los recorría un cosquilleo, pero no me aparté.

—Me gusta.

«Entonces te gusto yo», pensé decir, pero no lo hice. Un poco de coqueteo con Wit estaba bien, pero no mucho. Era mi nuevo cómplice en el crimen, mi nuevo colega, mi nuevo «amigo». Quería que «siguiera siendo» mi amigo. Hacía mucho tiempo que no había hecho amigos.

—¿Wit? —susurré.

—¿Sí? —susurró él.

—¿Cuál es tu apellido? No es Dupré, ¿verdad?

—No —dijo—. Mi padre está casado con la madre de Michael. Nuestro apellido es Witry.

—Cuánta aliteración —dije—. Wit Witry.

—Mmm, eso es... —empezó a decir, pero se entregó a los brazos de Morfeo antes de que pudiera terminar su pensamiento, con una respiración lenta y constante.

Tuve el impulso de acercarme más a él y sentir los latidos de su corazón.

Pero, en lugar de hacerlo, me hundí más en su almohada y cerré los ojos.

5

Cuando nos despertamos, una parte de mí quería invitar a Wit a hacer *tubing*, pero entonces recordé que estaba con él para una reunión de nuestra alianza en el juego del asesino y que Wit tenía obligaciones de padrino por cumplir.

«#HurraEsUnaDupré».

«¿Será así toda la semana?», me pregunté mientras Wit mencionaba que su punto de encuentro para la foto de grupo era la Casa del Lago, porque tenía las vistas al lago Oyster más imponentes. «¿Luego saldrá por ahí con el grupo de la boda?».

—Después hacemos algo —solté antes de salir de su cuarto—. Quiero llevarte a un sitio.

Wit levantó una ceja.

—¿Quieres llevarme a un sitio?

Levanté una ceja a mi vez.

—¿Alguna objeción?

—No —dijo negando con la cabeza—. Pero ¿crees que es una buena idea? Quiero decir, ¿no deberíamos mantener esto en secreto para que nadie sospeche nada?

—Odio tener que decírtelo, «cariño» —dije—, pero Michael nos ha visto antes, y además se lo ha dicho a Sarah, así que me apuesto lo que quieras a que a estas alturas toda la Granja sabe que somos amigos.

Wit arrugó la nariz.

—«Cariño» no me gusta.

—Bien, táchalo de la lista. —Sonreí, con el corazón acelerado; no tenía ni idea de a qué venía lo que acababa de decirle, quién era la persona que me salía de dentro, pero me hacía bien. «Yo» me sentía bien: segura y un poco atrevida.

—Nada de «nena» y nada de «cariño» —dije.

—Me parece bien, querida. —Wit me guiñó un ojo—. A ver, ¿adónde vamos hoy?

—Es una sorpresa, querido —respondí—. Tú reúnete conmigo en el Anexo a la una y cuarto.

Asintió.

—De acuerdo.

Asentí.

—De acuerdo.

—Entonces… —dijimos los dos al mismo tiempo, sin saber cómo despedirnos. ¿Un incómodo apretón de manos? ¿Un abrazo aún más incómodo? ¿Había un punto medio que no fuera incómodo?

—Buena suerte ahí fuera —dije un minuto después para romper el silencio.

—¿Con mi objetivo? —preguntó—. ¿O con tu tía Christine y la sesión de fotos?

—Con las dos cosas.

—Gracias. —Sonrió, y yo estaba tan ocupada devolviéndole la sonrisa que no me percaté de que cogía su botella de Gatorade de la cómoda—. Que tengas una productiva sesión de estrategia…

Cuando levantó la botella para lanzarme un chorro, intenté fugarme con tanta elegancia que me golpeé la rodilla en el marco de la puerta. Se me pondría morada seguro.

—¡Ahora estamos en paz, los dos con moratones! —exclamó Wit.

A las once y cincuenta había un montón de miembros de la familia Fox merodeando por la Granja. Mi padre y el tío Brad parecían adolescentes mayorcitos, vestidos con sombreros de camuflaje, escondiéndose detrás de los matorrales y arrastrándose por la hierba alta con sus pistolas idénticas. Eché un vistazo a la calle para averiguar a quién le seguían la pista: era una pareja mayor que caminaba hacia la playa.

Por su parte, la tía Julia no había adoptado la misma estrategia sutil que sus hermanos; apostada fuera de la Casa del Farol, apuntaba con la pistola a la puerta.

—¡Sé que estás ahí, Peter Fox! —exclamó—. Sé que estás apurando tu tercera taza de café, pero será mejor que te des prisa, porque «también» sé que tienes que ir a un sitio pronto...

Peter tenía treinta años y era el hermano de Sarah y otro padrino del novio. En lugar de la Cabaña, se alojaba en la Casa del Farol con su mujer y su recién nacido. «¿La tercera taza de café? —pensé—. Seguro que Nell lleva toda la noche sin dormir».

—¡Ya lo tienes, tía Julia! —grité al pasar, pero luego aceleré el ritmo: de repente comprendí que mi asesino podría andar a la caza.

Noté un puñado de bichos imaginarios subiéndome por la columna.

¿Quién iría a por mí?

Para no arriesgarme, me desvié del camino de arena y tomé uno de los senderos trillados y laberínticos que terminaban en la playa. Era como un cuento de hadas: una senda boscosa donde la luz del sol se filtraba por las ramas de los árboles y los pájaros trinaban.

Finalmente, el camino desembocó en la orilla del lago Oyster, con sus relucientes aguas azul verdosas. Entrecerré los ojos y vi a un grupo ya reunido en la otra orilla, en lo que todos considerábamos como la «verdadera» playa, una franja de arena en un punto intermedio entre el plácido lago y el ondulado océano, de manera que podías nadar en cualquiera de los dos. Ofrecía lo mejor de ambos mundos. Claire y yo nos retábamos a dar vueltas en las olas del océano sin quedarnos atrapadas en las «lavadoras» (cuando una ola rompía contra otra que se estaba retirando mar adentro). Luego íbamos al lago y nos quedábamos un rato flotando de espaldas. «Es el paraíso —dijo una vez mi hermana—. Me encanta esto, Mer».

Vadeé en dirección contraria al mar, con el agua dulce empapando mis zapatillas, hasta llegar al pequeño muelle enclavado entre las dunas. Unas viejas y desvencijadas escaleras conducían a la Casa del Lago.

—La tía Christine se está tomando esto «muy» en serio —me dijo Eli desde el Boston Whaler de Wink.

Yo era la última en llegar. Pravika y Jake estaban ordenando los chalecos salvavidas mientras Luli ataba el tubo de gran tamaño a la parte trasera de la barca con un complicado nudo. Eli señaló la colina, donde estaban sacando la foto de la boda: «Escucha», dijo moviendo los labios en silencio.

—No, no, todos —decía mi tía—. Sarah y Michael se pondrán en el centro, luego las damas de honor a un lado, y los padrinos, al otro.

—Pero ¿no crees que alternar sería más chulo? —preguntó alguien con una voz segura que reconocí al instante.

Wit.

—Sí, mamá —convino Sarah—. Michael y yo seguiremos estando en el medio, y podemos alternar con dama de honor, padrino, dama de honor, etcétera. Será menos formal y más divertido. Deberíamos dejar las poses tradicionales para el día de la boda.

Después de un momento de silencio:

—Supongo que sí.

—¡Bien! —exclamó Sarah.

Al mismo tiempo, Wit decía:

—¡Yo me pondré al lado de Isabel!

«No —pensé, reprimiendo un resoplido—. Seguro que no, aquí no».

Isabel Davies era la compañera de universidad de Sarah y el primer objetivo de Wit. «Ella ya ha estado en la Granja —le había informado a Wit—, así que la conoce muy bien. No es de las que se pasan el día tumbadas en la playa. Le gusta jugar al tenis por las mañanas, hacer *paddle boarding* después de comer y luego suele leer un libro cerca del lago Job's Neck antes de la cena…».

—Está bien, Wit —respondió la tía Christine mientras Jake me ayudaba a subir al bote. Luli terminó de asegurar el tubo—, pero deshazte de la botella de agua, por favor.

—Madre mía —susurré para mis adentros—. «Seguro que sí, aquí sí».

No llegué a oír el primer asesinato de Wit, porque Eli arrancó el motor del Whaler, que ahogó todos los sonidos.

—¡Vamos! —exclamó Luli por encima del zumbido.

Eli nos condujo hasta el centro de Oyster, más o menos, a unos buenos metros de la orilla, esquivando a gente con kayak, practicantes de *paddleboard*, veleros y nadadores. Los cuatro gritábamos «¡Hey!» y «¡Hola!» a todo el mundo, aunque no conociéramos a nadie. El lago estaba rodeado de casas, desde cabañas cucas hasta mansiones grandiosas. Mi favorita siempre organizaba un fiestón el 4 de julio, y en nuestro último verano juntas, convencí a Claire de que se colara conmigo. «Nadie se dará cuenta —le dije—, ¡la casa ya está petada de gente!».

Miré la inmensa casa con tejados de cedro y la playa privada, y recordé que Claire había dado su primer beso aquella noche, durante el estúpido juego de la botella alrededor de la fogata, con un apuesto chico de ojos azules.

—Muy bien —dijo Luli cuando tuvimos abrochados los chalecos salvavidas; nadie hizo ademán de acercarse al tubo—. Lo primero es lo primero: ¿a quién tenéis?

Sin dudarlo, revelamos nuestros objetivos. Todo el mundo había decidido jugar al asesino, excepto Eli.

—No puedo, chicos —dijo mientras nos lamentábamos—. Sabéis que este juego me provoca ansiedad. ¡Incluso la pregunta «¿Vas a jugar?» ha hecho que me entren náuseas!

No les conté que había eliminado a la tía Rachel y confié en que ella tampoco abriera el pico. Por alguna razón, no quería que nadie supiera que este año estaba jugando muy duro. Bueno, nadie excepto Wit.

—Así que ahora tengo al tío abuelo Richard —dijo Pravika un par de minutos más tarde, después de que hubiéramos «mezclado la baraja».

Una de las estrategias habituales de nuestra alianza era filtrar nuestros objetivos, o nuestros «supuestos» objetivos. Naturalmente, había sido idea de Claire. En realidad, el tío abuelo Richard era el objetivo de Jake, pero haríamos correr la voz de que Pravika lo tenía en el punto de mira.

—Eso es una genialidad, Claire —dijo Luli el día en que mi hermana presentó el plan unos años antes—. «Una genialidad».

Y a mí también me lo pareció, porque, cuando no sabías quién iba a por ti, te entraba la paranoia y sospechabas de todo el mundo. Pero, si te enterabas de que eras el objetivo de fulano, automáticamente volvías a confiar en los demás.

—Buena suerte con el tuyo, Meredith —dijo Jake—. ¿Daniel Robinson? —Sacudió la cabeza—. ¡Sea quien sea ese!

—Uf, sí, dímelo a mí. —Fingí una carcajada mientras se me revolvía el estómago—. ¡En su casa lo conocen!

Gracias a Wit, Daniel no era un misterio para mí, y nunca se me había dado bien mentir. Mi risa había sido demasiado aguda, y noté que los ojos de Luli se posaban sobre mí. Antes de darle tiempo a preguntarme, me ofrecí voluntaria a enfrentarme al tubo. Pravika vino conmigo, y las dos nos tumbamos boca abajo, con los brazos, los chalecos salvavidas y las piernas apretadas, esperando a que Eli saliera disparado lago adentro. Nos agarramos a los asideros con toda la fuerza que pudimos, porque Eli era famoso en la Granja por darte unos buenos meneos cuando te arrastraba.

Pravika suspiró y me dio un caderazo. Nuestras braguitas de bikini estaban anudadas dos veces, pero era posible que se desprendieran una vez en el agua. Siempre pasaba.

—¿Por qué hacemos esto? —preguntó.

Sonreí.

—Porque estamos piradas.

Se rio, y justo en el momento oportuno, el estruendoso Whaler se tambaleó hacia delante y nuestro tubo empezó a salpicar agua y a girar. Era la idea que Eli tenía de un «calentamiento».

Pero un calentamiento «breve». Enseguida aceleró, poniendo el motor a su máxima velocidad. Se levantó viento, ansioso por echarnos hacia atrás, y rozamos la estela del barco como una piedra rebotando en el agua, arriba y abajo.

—¡Madre mía! —gritó Pravika tras el primer giro brusco de Eli, que nos hizo virar en dirección contraria. Pravika se desgañitaba siempre, por más veces que hubiera hecho *tubing*; por alguna razón, nunca se cansaba—. ¡Meredith!

—¡Aguanta! —grité.

A estas alturas todo resbalaba y el agua nos salpicaba en la cara. Cerré los ojos durante un segundo y luego entreabrí uno para ver a nuestro público a lo lejos. Jake nos hacía un gesto de aprobación con los pulgares, pero su hermana tenía los brazos cruzados en el pecho y sonreía como una villana. Le encantaban las derrotas aplastantes.

Tragué saliva, sabiendo que aún le debía una disculpa.

Pronto Eli volvió a atacar, frenando para que Pravika y yo nos golpeáramos contra las olas formadas por la estela.

¡Ay, yai, yai, yai, yai!

—¡Ahhh, que me caigo! —exclamó Pravika tras otra rápida

combinación de giro y zigzag. Su voz se perdió prácticamente en el viento—. Creo que tengo que...

No pudo terminar la frase, porque de repente «desapareció». Me quedé sola en el tubo; delante de mí vi a Luli taparse la boca. Debía de haber ocurrido una completa catástrofe.

Pero Eli no se detuvo; nunca paraba hasta destruir a los dos jugadores. Pravika se balancearía como una boya hasta que yo perdiera el control, cosa que no parecía estar muy lejos de suceder: mi cuerpo había resbalado por el tubo y tenía los dedos de los pies sumergidos en el agua. Intenté levantarme para agarrarme mejor a las asas.

Sin embargo, al final salí volando por los aires y apreté los dientes preparándome para el impacto. Me estampé contra al agua con una fuerte bofetada. El lago Oyster me engulló..., y mi chaleco salvavidas me devolvió a la superficie. Me dolía «todo».

Después, inesperadamente, me eché a llorar; para cuando Eli se paró a mi lado, sollozaba desconsoladamente. Jake y Luli me ayudaron a subir a la barca en medio de mi aturdimiento y me preguntaron si me encontraba bien al ver que las piernas me temblaban. Apenas los oí, de tanto llorar.

«¿Esto es lo que se siente?». No quería preguntármelo, pero lo hice. Era imposible no preguntárselo: «¿Así es como se sintió cuando le dieron el golpe?».

Atribuí el llanto a la falta de práctica.

—De verdad, estoy bien —reconforté a mis amigos, envolviéndome en mi toalla de playa. Todas las extremidades de mi cuerpo seguían en estado de *shock*—. Solo necesito cogerle el tranquillo.

—Pero, mira —dijo Pravika, señalando mi rodilla—, tienes un moratón. —Se volvió hacia Eli—. ¡Eres un monstruo!

Eli se disculpó inmediatamente, pero yo negué con la cabeza, el brazo me temblaba demasiado como para hacerle el gesto de rechazo con la mano como de costumbre. Luego fue el turno de Jake y de Luli de subir al tubo. No los miré, sino que me arropé con otra toalla y me tumbé en la cubierta del Whaler para guarecerme del viento.

—Entonces, ¿estamos listos? —preguntó Luli cuando anclamos el barco cerca de la playa. Wink y algunos padres venían hacia nosotros, y los niños iban en fila delante de ellos. Ahora les tocaba a ellos subir al tubo—. ¿Ha llegado la hora de la filtración?

Pravika, Jake y yo asentimos. La playa era el sitio perfecto para empezar a difundir mentiras; el sol estaba alto en el cielo, y la mayor parte de la Granja había establecido aquí su campamento para pasar el día. Mis padres me saludaron desde un corro de sillas de playa en el que se encontraban el tío Brad y la tía Christine, junto con la madre de Michael y un hombre rubio con mechas plateadas que debía de ser el padre de Wit. Honey y la tía Julia supervisaban a los pequeños Ethan y Hannah, que jugaban con algunos Dupré más jóvenes a orillas del lago. La tía Julia llevaba una pistolita verde metida en el bañador y no dejaba de escrutar la playa por encima del hombro.

—¡Tía Julia! —llamó Pravika—. ¿Has podido con Peter esta mañana?

Mi tía sonrió.

Sí.

A varios metros de distancia, la tía Rachel parecía totalmente despreocupada, sorbiendo soda e intercambiando revistas *People* y *Us Weekly* con Kasi, la hermana mayor de Michael.

Sarah, Michael y su pandilla estaban descansando en la zona poco profunda del lago, subidos a unos flotadores de piscina gigantescos. El primero era un flamenco rosa; el otro, un cisne; y el tercero, un unicornio arcoíris, tan grande que el novio y tres de sus padrinos habían subido a bordo y flotaban tan campantes.

—¡Aquí, chicos! —gritó Danielle, la dama de honor principal, desde tierra firme. Levantó su teléfono—. ¡Para Instagram!

Todos se rieron.

Los cinco nos dispersamos entre diferentes grupos para sembrar el engaño, pero, después de charlar con mis padres unos minutos, le pregunté a mi padre qué hora era. Sonrió y me dijo que era mejor que me pusiera en marcha. Era la una del mediodía y todo el mundo en Vineyard sabía que las famosas tartas de Morning Glory estaban listas a las dos. El tiempo corría.

Miré rápidamente a mi alrededor en busca de mi compinche, pero no vi a Wit. Probablemente ya estaba en el Anexo.

—¡Nos vemos esta noche, Meredith! —me dijo Honey mientras yo intentaba correr por la arena, una hazaña imposible, reduciendo la velocidad cuando estuve en lo alto de la duna y sobrepasando los coches polvorientos del aparcamiento de la playa.

«Fuera de peligro», pensé, puesto que no había nadie en los alrededores. El aparcamiento estaba desierto, para mi gran seguridad.

Entonces oí una voz.

—Hola, Meredith —saludó Luli; al volverme, vi que me estaba siguiendo—. ¿No te apetece quedarte en la playa?

—Uy, sí, no —dije mientras me acordaba de que su objetivo era otra persona de la familia Fox, no yo—. Es que tengo que hacer un recado, así que... —Señalé las casas que teníamos delante.

—¿Para la cena de Wink y Honey?

Asentí. Por la noche, mis abuelos organizaban una cena en la Casa Grande, pero solo para la familia más cercana: hijos, nietos y cónyuges o seres queridos. Supongo que, visto desde fuera, parecía algo exclusivo, pero era una de las pocas ocasiones que teníamos de estar todos juntos a lo largo del año. «No hay peros que valgan —decía siempre Honey—. ¡Tienes una silla esperándote!».

Luli y yo seguimos caminando juntas; a medida que nos acercábamos a las casas, supe que no podía postergarlo más. Era el momento.

—Lo siento, Luli —me disculpé—. Siento todo lo que hice el año pasado. —Me callé para exhalar una larga respiración y que mi voz dejara de temblar—. O todo lo que «no» hice, de verdad. Me porté fatal, sin responder a tus mensajes, tus llamadas o *snaps*…

Luli se quedó en silencio. Mi corazón se aceleró, pero se calmó un poco cuando atisbé a Wit al lado del Anexo. Llevaba una camiseta verde; el azul claro de la boda había desaparecido.

—Gracias, Meredith —dijo finalmente Luli—. Eso significa mucho. En serio. —Levantó un poco de polvo y añadió con una vocecilla—: Pero ¿por qué? ¿Por qué no respondías? Tú sabes lo mucho que yo la quería. —Su voz se hizo más queda—. Las dos necesitábamos…

—¡Eh! —exclamó Wit, interrumpiéndola—. ¡Ángel!

Luli se paró en seco.

—Esto…, ¿perdona?

—Ni caso —dije—. Solo es una broma. Es inofensivo. —Luego le respondí a Wit—: ¡Cierra el pico, demonio!

Wit esbozó su sonrisa torcida. Luli suspiró.

—Así que es ese, ¿eh?

Asentí.

—Sí, es Wit, el hermanastro de Michael. Nos conocimos anoche. Es…

—El nuevo Ben —terminó la frase secamente, señalando a Wit, que venía corriendo hacia nosotras—. Por lo que parece.

¿El nuevo Ben? Apreté con más fuerza la toalla. ¿Qué se supone que significaba eso?

—He oído que has salido a correr con él y con Michael esta mañana. Como al amanecer. ¿Cuándo te has levantado tú tan temprano?

«Mil gracias, futuros esposos», pensé. Efectivamente, Michael le había hablado a Sarah de esta mañana, y ella había corrido la voz de que Wit y yo andábamos juntos, lo cual no me molestaba…, pero ¿por qué Luli me daba la lata con eso? ¿Por qué mencionaba a Ben?

Murmuré algo así como «no podía dormir» en el momento en que Wit frenaba al pasar por mi lado, con una sonrisa de oreja a oreja. La visión me despertó las ganas de sonreírle a mi vez. Aunque «hubiera» aceptado mantener nuestra amistad en secreto, no habríamos podido durante mucho tiempo. Wit era todo sonrisas conmigo y yo hacía exactamente lo mismo con él.

—Hola —le dijo a Luli, ofreciéndole una mano para saludarla—. Tú eres Luli, ¿verdad?

—Sí —asintió ella—. Y tú eres el padrino que se llevó un buen golpe en toda la cara, ¿verdad?

Wit chocó su codo contra el mío, provocándome esa extraña sensación de mariposas bajo la piel.

—Cortesía de esta, sí.

Luli me miró.

—Es una larga historia —dije, y luego tiré de la manga de Wit para que fuéramos al cobertizo que hacía las veces de trastero. Necesitábamos bicicletas—. Te la contaré más tarde.

—Claro —dijo Luli lentamente—. Tu recado.

—Espera, ¿recado? —preguntó Wit—. Creía que ibas a llevarme a un sitio especial.

—La granja Morning Glory «es» especial —respondí.

Eso hizo reír a Luli.

—Lo es, amigo —le dijo a Wit—. La granja Morning Glory es «muy» especial.

Luli y yo intercambiamos una sonrisa.

Deseé que ese gesto significara que estábamos bien, aunque tuve el presentimiento de que Claire habría dicho que la sonrisa de Luli era forzada.

6

La granja Morning Glory estaba a un corto paseo en bicicleta de Paqua, pero primero Wit y yo teníamos que recorrer los cinco kilómetros de la vereda de tierra que conducía a la Granja. «¡Dame cinco segundos!», le dije cuando Luli se marchó a la playa, recogiéndome el pelo en un moño desordenado. Luego corrí al Anexo para cambiarme el bañador. Como seguía teniendo las zapatillas húmedas del lago, me puse las de repuesto.

Íbamos montados en nuestras bicicletas de playa, bajo un sol de justicia, aunque soplaba una suave brisa. Supuse que habría unos veinticuatro grados, la temperatura perfecta en Vineyard. Quería preguntarle a Wit si había eliminado a Isabel, pero su cabeza pivotaba en todas las direcciones, asimilando el entorno, la magia del lugar: los altos robles y los cortos matorrales cuyas ramas parecían patas de araña, los juncos y los retazos de flores violetas, sin una farola a la vista.

—Cuando éramos pequeñas —dije en un punto del camino—, era un reto.

—¿Qué era un reto? —preguntó Wit.

—Esto. —Señalé con la cabeza el camino ante nosotros—. Cuando Claire y yo íbamos a secundaria, los hermanos de Sarah nos retaban a ir hasta lo alto del camino y volver solas.

Wit no pareció sorprendido.

—Eso parece bastante factible.

—De «noche» —añadí—. En plena oscuridad, sin linternas, con todos los animales al acecho.

—Vale, sí —dijo al cabo de un rato—. Ahora lo veo.

—Y a pesar de todo lo conseguimos —dije con un pequeño nudo en la garganta—. Bailamos sin parar, cantando canciones de Taylor Swift.

El álbum *Fearless* me cruzó la mente como un relámpago. Habíamos cantado todas las canciones a pleno pulmón y además desafinando para ahuyentar a las posibles mofetas, mapaches o zorros. Zorros «de verdad».

Wit se rio.

—¿Ganasteis algo?

—Nada —contesté—. El derecho a fanfarronear, supongo, aunque Peter e Ian nunca nos creyeron. —Puse los ojos en blanco—. Según mi madre, eso también nos dio un chute de autoestima.

Wit asintió.

—Bueno, me apunto —dijo—. ¿Lo hacemos algún día de esta semana?

—Claro… —dije lentamente, imaginando ya que dábamos un paseo juntos como el de la noche anterior por la Granja, hablando, bromeando y riendo.

—«Claro»… —repitió Wit—. Eso no ha sonado muy convincente.

—No, lo haremos. —Parpadeé un par de veces y me giré para ofrecerle una sonrisa socarrona—. Te reto oficialmente.

—Excelente —dijo Wit—. Y, oye, si todavía tienes miedo, siempre puedes traer tu «navaja» como protección.

Mi navaja, la navaja suiza de bolsillo con la que lo había amenazado en la oscuridad.

—Pues la verdad es que tengo una —dije cuando alcanzamos el obelisco de piedra que había al final del camino y que tenía la palabra paqua tallada en vertical—. Wink me la regaló por mi cumpleaños este año, pero está en casa.

Estaba escondida en mi joyero, porque a Ben le parecía raro que tuviera una navaja. «Para Meredith, que siempre manejes el cotarro», era la frase grabada en la hoja.

Wit y yo entramos por la derecha en el carril bici pavimentado de West Tisbury Road.

—Uy, ya me lo imaginaba, créeme —dijo—. Te pega mucho.

«¿Me pega mucho?».

—¿Qué se supone que significa eso? —pregunté, casi sin respirar—. ¿Qué es lo que me pega?

Porque a lo mejor quería que me lo dijera. A lo mejor quería oír lo que pensaba de mí.

Sin embargo, Wit se limitó a sonreír y a encogerse de hombros.

Fruncí el ceño y seguí pedaleando en silencio durante los siguientes diez minutos hasta que llegamos a nuestro destino.

—¡Bienvenido a Morning Glory! —exclamé, frenando y deslizándome de la bicicleta al suelo.

Wit me imitó, y apoyamos las bicis en la valla de rieles divididos.

La granja Morning Glory era uno de mis lugares favoritos de Vineyard: sesenta y cinco acres de campos con grandes graneros, invernaderos y, lo mejor de todo, la tienda de la granja comunitaria. Era la antítesis de todos los supermercados de la península, un caserón lleno de calidez, vigas de madera, frutas y verduras frescas, y un montón de delicias caseras. Morning Glory era tan popular que había publicado su propio libro de cocina. Claire les había regalado un ejemplar a mis padres un año por Navidad; ahora ya tenía el lomo agrietado de tanto usarlo.

Observé a Wit admirar la granja, sin duda fijándose en toda la gente que desenvolvía y degustaba deliciosos sándwiches en las desgastadas mesas de pícnic, los niños que jugaban al pilla-pilla y los perros que correteaban alrededor. Pero entonces miré mi teléfono y vi que eran las dos menos cinco. Solo teníamos unos minutos.

—Vale, vale —dije, agarrándolo de la larga tela de su camiseta—. ¡Vamos!

Me dejó que lo arrastrara por el camino de grava, y pasamos por delante de los cubos rebosantes de hermosos ramos de flores silvestres, subimos los escalones del porche y atravesamos las puertas batientes. Las voces reverberaban en el alto techo y estallidos de todos los colores del arcoíris nos saludaron al entrar. Yo tenía ganas de enseñárselo todo a Wit, pero primero teníamos una misión que cumplir, y la multitud ya empezaba a congregarse.

—¿Vas a decirme qué está pasando? —preguntó.

—Las tartas —susurré, como si fuera un gran secreto y no algo de dominio público—. Las tartas salen a las dos, pero arramblan con ellas enseguida. A las dos y cuarto ya se las han llevado todas.

Wit levantó una ceja.

—¿Así que están sabrosillas?

—¿Sabrosillas? —Lo fulminé con la mirada—. ¡Están deliciosas! Mi padre y el tío Brad se comieron una vez nueve en tan solo cinco días… —Me callé; esa era una historia para otro momento. El olor dulzón de las tartas nos llegó en cuanto los pasteleros de Morning Glory las sacaron de la cocina y las colocaron en el expositor. Teníamos que concentrarnos—. Aquí —dije, y mis manos se posaron en la cintura de Wit y lo obligaron a avanzar unos pasos. Mis dedos cosquillearon un poco al sentir su piel cálida a través de la camisa—. Quédate aquí y no te muevas. Tienes que servirme de pantalla.

—¿Para qué?

Señalé a nuestro alrededor, a los clientes que se acercaban a las tartas. En un momento así, el espacio personal dejaba de existir. Tampoco me asustaba jugar sucio y tirarme al suelo para colarme a rastras entre la gente: una de las ventajas de ser menudita.

Cuando volví a mirar a Wit, vi que se mantenía en su sitio como una columna rígida, pero inclinaba la cabeza y tenía una comisura de los labios más elevada que la otra. El pelo arenoso le caía sobre la frente.

—¿Qué? —pregunté.

—Nada —dijo—. Que eres…

—No digas «mona» —atajé, el cuello cada vez más caliente—. Todo el mundo dice eso.

Ben era una de las personas que lo decía, especialmente cuando algo me entusiasmaba o me apasionaba. Vineyard, por ejemplo. «¡Y las tartas!», recordé haber dicho una vez, bien alto y orgullosa. «Las hacen a diario, por la tarde, y ni siquiera hace falta recalentarlas después de cenar. Siguen estando calientes, y con una enorme bola de helado». Después de eso me besó y me dijo lo mona que era por enésima vez. Era como cuando me llamaba «nenita». Claire sabía que me molestaba; por eso, siempre que estaba de mal humor y quería que me callara o la dejara en paz, me decía rotundamente: «Jo, qué mona eres, Meredith».

Wit me lanzó una mirada irónica.

—Esa no era exactamente la palabra que tenía en mente…

Dijera lo que dijera a continuación se ahogó en el ruido de fondo, porque la lucha por hacerse con una posición privilegiada había empezado. Empecé a empujar arrastrando las piernas por el suelo y sonriendo para mis adentros. Era oficialmente la hora de la tarta.

—¡Válgame Dios! —exclamó un panadero cuando aparecí inesperadamente delante del expositor. Ya nada se interponía entre mi premio y yo—. ¿De dónde sales tú?

Después de hacerme con tres tartas (de arándanos, de melocotón y de fresas y ruibarbo), se las entregué a Wit y encontré una cesta de mimbre para llenarla de cosas ricas.

—El pan de calabacín está de muerte —dije, cogiendo una barra—. También la uva moscatel. —Balanceé un racimo delante de Wit, sus uvas moradas adorablemente diminutas—. Sobre todo si la congelas. Son el aperitivo perfecto para la playa.

Nuestra cesta pesaba cada vez más, a medida que Wit añadía ciruelas maduras, frambuesas, pimientos morrones grandes, tomates y zumo de naranja recién exprimido. Pronto necesitamos otra cesta para guardar dos docenas de mazorcas de maíz. Luego pedimos sándwiches en el mostrador de la charcutería: de pavo, *cheddar* y manzana verde en rodajas con pan de masa madre.

—¡Vaya! —comentó la chica de la caja registradora cuando por fin conseguimos llegar hasta ella. Llevaba el pelo rubio recogido en una coleta y miró con curiosidad el cardenal de Wit, pero no dijo nada—. ¡Os lleváis un buen botín!

Asentí con la cabeza y nos pusimos a charlar mientras escaneaba nuestras compras…, bueno, ella charló con Wit. Sonrió al ver su camisa, arrugada por donde yo había tirado de ella para arrástralo hasta el pequeño mercado. SUGARBUSH, decía en el pecho.

—Sí, soy de Vermont —explicó Wit—. Mi madre trabaja en la estación como instructora de esquí.

—¡Me encanta Sugarbush! —exclamó ella mientras yo escondía las manos detrás de la espalda y encogía los dedos, resistiendo el impulso de alisarle la camiseta a Wit—. Allí es donde mi familia y yo pasamos las Navidades, y está a solo una hora de Middlebury. Este otoño empiezo segundo de carrera.

Wit se quedó callado.

—Esa fue mi primera opción —dijo por fin—, pero ahora voy a Tulane.

—¡Genial, Nueva Orleans! —La cajera seguía descargando, escaneando y embolsando con pericia; una chica muy talentosa para las multitareas—. Tengo un amigo que va a Tulane, y espero ir a verlo en Mardi Gras. ¿Sabes…?

«Vale, ya está bien», pensé, alargando los dedos y acercándome a Wit para que nuestros brazos quedaran juntos. «¡Basta!».

Estiré un brazo para alisar la camiseta de Wit y sentí los latidos de su corazón. Enseguida se aceleró, y el mío hizo lo mismo cuando me rodeó el cuello con naturalidad, las yemas de sus dedos bailando a lo largo de mi clavícula.

—¡Oh! —exclamó Sage mientras yo contenía la respiración—. Oh, no…, lo siento, no pretendía nada. —Se rio y sacudió la cabeza. Luego levantó el último artículo que le quedaba por escanear: un pastel—. El de ruibarbo y fresa es el favorito de mi novio. —Su cara se iluminó como el sol—. Dice que es totalmente épico.

La apariencia de mi noviazgo con Wit terminó tan rápido como había empezado, justo después de pasar la tarjeta de crédito de mi padre para pagar la escandalosa factura. Wit estaba completamente alucinado.

—¿En serio? —preguntó cuando regresamos a las bicicletas y acomodamos las bolsas de papel en las viejas cajas de fruta atadas al portaequipajes—. ¿Esas tartas te han costado veinticinco dólares «cada una»?

—Ajá —respondí, y recité uno de los dichos favoritos de Wink—: ¡Es imposible salir de Morning Glory con tartas y una factura inferior a cien dólares!

Wit se rio, pero lo único en lo que yo podía pensar era en sus dedos en mi clavícula, en cómo habían centelleado sobre mi piel, en las pequeñas descargas de electricidad. Me había dejado tan mareada que sentí que me mecía.

—Oye. —La voz de Wit me hizo parpadear. No sé cómo, terminamos sentados uno enfrente del otro a una mesa de pícnic, masticando nuestros sándwiches—. ¿Estás bien?

—Sí —dije, y me obligué a dar un mordisco al sándwich—. Estoy bien.

Wit no parecía convencido.

—¿Estás segura?

Evadí la pregunta con otra.

—¿Querías ir a Middlebury?

—Ajá —asintió—. Me dio un bajonazo cuando me rechazaron.

—Entonces, ¿por qué Tulane? —pregunté—. Parecen polos opuestos.

Wit suspiró.

—Porque si no podía ser Middlebury, quería que la universidad fuera una aventura. Nueva Orleans sonaba como lo más. —Se encogió de hombros—. Es donde vive mi padre, pero nunca he pasado allí mucho tiempo. Siempre he vivido con mi madre. —Desvió la mirada un segundo—. Y a mi padre le chiflaba, porque a los Dupré les gustaba mucho.

—Pero a ti no te gusta, ¿verdad? —adiviné—. ¿No es una aventura?

—Sí que es una aventura —respondió Wit—, solo que no estoy seguro de que sea mi aventura. —Se rio—. Pero ya me callo. No quiero arruinarte la utópica Nueva Orleans de Michael y Sarah.

—Ya está arruinada —murmuré, más para mí que para él—. Hace un tiempo.

Pero Wit me oyó de todos modos y abrió los ojos de par en par.

—Mierda —dijo—. Meredith, lo siento. —Se dio una palmadita en el lado de la cara que no tenía morada—. Pégame con toda libertad si quieres.

Negué con la cabeza e intenté sonreír.

—Cambiemos de tema.

Wit asintió y pasó la pierna por encima de su banco para venir al mío, sentándose cerca, como en la cola de la caja en el supermercado.

—¿Has entrado en Instagram últimamente?

—No desde anoche —respondí mientras él desbloqueaba su teléfono y tocaba la aplicación—. Pero pensaba que me habías dicho que no tenías Instagram. —Busqué su alias en la pantalla—. Al parecer me equivoqué, @sowitty17.*

Wit suspiró.

—Sarah me pidió que hiciera un esfuerzo esta semana.

—Ah, ya veo —comenté—. Pero dime: ¿soy la única que piensa que tu nombre de usuario es odioso?

Por toda respuesta obtuve un gruñido.

Me reí y toqué distraídamente su cardenal con el dorso de la mano. Seguía siendo grande y azul; por cómo Wit se estremecía, era extremadamente sensible. Sus dedos dejaron de teclear.

—¡Ay! —exclamé, como si fuera yo la herida—. *Mea culpa.* Literalmente.

Wit levantó la vista, sus claros ojos turquesa iluminados por el sol y sus relucientes anillos de un dorado imposible.

—Eres muy afectuosa —dijo, atrapando mi mirada—. ¿Lo sabes?

Sacudí la cabeza, incapaz de responder. ¿Quién decía cosas así? ¿Afectuosa? No podía imaginarme a Ben ni a ninguno de sus amigos utilizando esa palabra. Y la forma que tenía de decirlo..., su voz. Era suave, honesta, cercana. ¿Cómo podía ser tan cercano? Acabábamos de conocernos.

Mi hermana habría dicho que no importaba. Aficionada a la astrología, Claire creía que algunas personas tenían conexiones predestinadas que estaban escritas en las estrellas; aunque yo siempre había puesto los ojos en blanco cuando la oía soltar esas cosas, puede que ahora empezase a creerla. Se me puso la piel de gallina al recordar el roce de las rodillas de Wit y las mías cuando sellamos nuestro pacto y mi desilusión cuando nos despedimos. «Quiero verlo mañana», fue lo último que

* *So witty*, «tan ingenioso» *(N. de la T.).*

pensé antes de quedarme dormida en el salón del Anexo. Era innegable que había «algo» entre nosotros.

Pero todavía no acertaba a saber qué exactamente.

—Solo es una observación —susurró Wit después de varios segundos de silencio. Se removió en su asiento y recuperó su teléfono.

«#HurraEsUnaDupré», tecleó en la barra de búsqueda, y yo casi di un respingo cuando me di cuenta de lo que quería enseñarme.

—¡Ostras! —exclamé—. ¡La foto de grupo!

Wit se rio, ese sonido melodioso.

—Espera a verla.

Se desplazó por unas cuantas fotos con el hashtag de la boda —entreví a Michael y a los tres padrinos en el flotador del unicornio—, y luego pulsó en una foto publicada por @Sarah_Jane. La habían sacado en el patio trasero de la Casa del Lago, y Sarah y Michael estaban abrazados en el centro, con el padrino al lado de mi prima, y la dama de honor, al de Michael. Sus sonrisas eran muy fotogénicas.

Pero, al final de la fila, la cara de la dama de honor, Isabel, mostraba una expresión de «horror» total y absoluto. Tenía los ojos tan abiertos que, si los ampliabas, parecían a punto de salirse de sus órbitas, y su boca se abría en un grito.

Porque Wit, mientras sonreía a la cámara como le habían ordenado, había levantado un brazo para verter su botella entera sobre la cabeza de Isabel.

—¡Joder! —solté, perpleja—. ¿Por qué no le echaste solo un chorro?

El tapón naranja de la botella no se veía por ninguna parte, lo habían desenroscado y tirado con antelación.

—Acababa de llamarme «chico» —respondió.

Fingí un grito ahogado.

—¡¿Cómo se atreve?!

Wit frunció el ceño.

—No me gusta que me llamen «chico» —dijo—. Eso solo lo puede hacer mi madre.

—¿Qué pasó después? —pregunté, deseando que Eli hubiera esperado un minuto más antes de poner en marcha el barco. ¡Podríamos haberlo oído todo!

—Bueno, pues se pasó un buen rato insultándome y luego se fue con tu exasperada tía a buscar una camisa nueva y a secarse el pelo; cuando volvieron veinte minutos después, tuvimos que repetir la foto.

—¿Y luego te pasó su objetivo?

—Después de otra serie de insultos, sí.

Me reí.

—Entonces, ¿quién es? ¿A quién tienes?

Wit se inclinó hacia mí; al tiempo que me susurraba un nombre conocido al oído, posó apenas la mano sobre mi rodilla. No la apretó con un gesto tranquilizador como solía hacer Ben, sino que se limitó a dejarla encima…, lo cual, de alguna manera, resultaba aún más tranquilizador. El calor prendió bajo su palma y me entraron ganas de entrelazar nuestros dedos.

—Tú también eres afectuoso —murmuré.

Cuando Wit me miró, sonreí.

—Solo es una observación —dije.

7

Cuando Wit y yo volvimos de Paqua, mi alianza había sufrido su primera baja.

—Papá, ¿en serio? —pregunté más tarde, mientras íbamos a casa de Wink y Honey para cenar. Mis padres llevaban cada uno una bolsa de maíz, y yo, las tartas—. ¿No podrías haberle dado más tiempo a Pravika?

Papá suspiró.

—¿Qué quieres que te diga, Meredith? Ella estaba «justo» ahí. Sé que es parte de tu equipo, pero bajó la guardia y no pude desperdiciar la oportunidad.

A su lado, mi madre sofocó una carcajada, y yo la fulminé con la mirada.

Pravika había mandado un mensaje a nuestro grupo de chat mientras yo volvía a casa en bici: «¡¡¡Meredith!!!». «¡¡¡Tu padre!!!».

Jake explicó: «Estaba dormida en la playa, y digamos que tu padre la despertó…».

Luli envió después un vídeo —filmado por el tío Brad— en el que se veía a mi padre acercarse sigilosamente a la toalla de Pravika y hacerle un gesto de aprobación a la cámara antes de poner fin a su carrera en el juego del asesino salpicándola con uno de los cubos de mis primos pequeños. Ella se despertó sobresaltada; cuando se dio cuenta de lo ocurrido, gritó: «¡Te odio, tío Tom!».

Lo único bueno que había salido de todo aquello era que todos sabíamos quién era el siguiente objetivo de mi padre. En el vídeo, se veía a Pravika rebuscando en su bolsa de playa y lanzarle con rabia el papelito. Era otro de los primos.

El tío Brad volvió a chocar los cinco con mi padre cuando llegamos a la Casa Grande. Él también había eliminado con éxito a su primer objetivo.

Dejé las tartas en la encimera de la cocina, lejos del golden retriever de Wink y Honey; Clarabelle era célebre por subirse a las mesas y arruinar más de una comida. Los perros intuían que algo iba a pasar esa noche, porque habían abandonado cualquier aventura en la que estuvieran inmersos para juntarse en la cocina. Incluso Loki, al que no había visto desde la mañana. «Pórtate bien», le dije. Después de todo, se llamaba así en honor al dios de las travesuras.

La cocina estaba abarrotada; nadie había respetado la definición tradicional de la cena de sobaquillo. Todo el mundo había llevado comida, pero sin cocinar. Sarah estaba en el fregadero lavando lechuga para la ensalada mientras Michael cortaba pepinos a su lado. Wink y la tía Julia sazonaban los filetes en la encimera. Mi madre se había puesto a espolvorear albahaca en la bandeja de tomate y mozzarella mientras la tía Rachel vigilaba algo en el horno. El hermano pequeño de Sarah, Ian, mezclaba cócteles en la mesa. Acababa de cumplir veintiún años y todo indicaba que se las daba de *barman*.

Se me hizo un nudo en el estómago. La cocina estaba a punto de reventar, pero al mismo tiempo la noté muy vacía. ¿Dónde estaba? ¿Dónde estaba Claire, haciendo equilibrios con los platos, los vasos de agua y los cubiertos para poner la mesa? ¿Dónde estaba?

—¡Vale, vale! —Honey empezó a sacar al jardín a los revoltosos Ethan y Hannah—. ¡Este maíz no va a desgranarse solo! —Se volvió hacia mí, y me obligué a alejar los pensamientos de mi hermana—. Meredith, ¿les enseñas?

—Sí, por supuesto —dije, pero señalé el pasillo—. Pero necesito usar el baño primero.

—Yo les echo un ojo, Honey —dijo Kate, la mujer de Peter. Luego salió de la cocina y le pasó su balbuceante bebé a su marido—. Pete ten a Nell.

«Perfecto», pensé, pero, en lugar de escabullirme hacia el baño del primer piso, subí sigilosamente la vieja escalera de roble de la Casa Grande hasta el segundo piso y me colé en el dormitorio donde se alojaban el tío abuelo Richard y su Esposa 3. Vendrían en coche a Vineyard Haven para la cena, así que la costa estaba despejada. Tragué saliva y me quedé mirando el ventanal al otro lado del dormitorio, un ventanal que no solo daba al mar, sino que era lo suficientemente grande como para que una persona pudiera trepar por él hasta el techo del porche. «Sé que ayudarnos mutuamente con la ejecución no forma parte de nuestro pacto —había dicho Wit en la comida—, pero ya que vas a cenar esta noche, parece el momento ideal».

Al principio dudé. Sí, ayudarnos en las eliminaciones no era lo que habíamos acordado; únicamente compartiríamos conocimientos, información y posibles amenazas. Punto. Si tendíamos juntos alguna trampa, nos arriesgábamos a que nos tacharan inmediatamente de cómplices. Mis amigos se mosquearían.

Pero...

—Te abriré la ventana —le dije cuando terminó de explicarme su plan—. Eso es todo. Abriré la ventana para que sepas qué habitación es, pero eso es todo. —Pensé un momento—. Tampoco puedes hacer nada hasta que vuelva a salir con todo el mundo. No puedo permitir que ninguna pista los lleve hasta mí.

Me senté en el acogedor asiento que quedaba junto a la ventana del dormitorio, envié un mensaje de texto y esperé a que Wit apareciera corriendo como si estuviera haciendo su segunda carrera del día. Cuando lo hizo, saludó a los desbrozadores de maíz y al resto de los miembros de mi familia que habían salido al porche. «¡Witty!», oí que lo llamaba Michael mientras yo empujaba la ventana para abrirla y rezaba porque su potente voz amortiguara el chirrido. Había que engrasar las bisagras. «En otra racha, ¿eh?».

«¡Imparcial, Michael! —pensé—. ¡No le des ideas a nadie!».

Wit llevaba los auriculares puestos y se limitó a sonreír y a saludar. No se detuvo a charlar; al contrario, aceleró el paso. Lo tomé como una señal para volver a bajar las escaleras, consciente de que Wit planeaba salir corriendo del campo de visión para luego dar la vuelta y colarse por la puerta lateral, puerta que yo me disponía a atrancar con una de las piedras pintadas de Honey para que nadie oyera el chirrido de las bisagras. También había que lubricarlas. Casi todas las bisagras de las puertas de la Granja necesitaban lubricante, excepto la de la Casa del Farol. La tía Christine estaba pendiente de esos detalles.

Wit levantó una ceja cuando me encontró en la puerta.

—Creía que habías dicho que nada de conspiraciones —dijo, quitándose los auriculares y ofreciéndome una sonrisita—. ¿Esperarme aquí no parece una conspiración?

Preferí hacer caso omiso del comentario.

—¿Dónde llevas el arma? —le pregunté, por el contrario, muy tranquila—. ¿Y la botella de agua?

—Todo el mundo sabe que la usé con Isabel —respondió, más tranquilo que yo—. No podía pasar exactamente por delante de la familia Fox con ella. Podría levantar sospechas.

—¿Y? —pregunté—. ¿Ahora qué?

Wit sacó su pistolita rosa del lateral de sus pantalones cortos.

—Ahora sal ahí fuera. —Señaló la fachada de la casa—. Vamos a ceñirnos a nuestro plan.

—«Tu» plan —le corregí.

—«Nuestro» plan —dijo con un guiño, y luego se fue.

Puse los ojos en blanco y fingí que daba un paseo relajado por el jardín. Michael y Sarah estaban en la hamaca, hablando con la tía Christine acerca de los detalles de la boda (y sorbiendo sabiamente unos cócteles). Honey colocaba los cubiertos de la larga mesa del porche y, por suerte, parecía que mis primitas y Kate no habían avanzado mucho con el maíz. Estaban sentadas en los amplios escalones del porche, que era lo mejor que Wit podía esperar; no estaban bajo techo.

Sin embargo, mientras yo me había ausentado, Peter le había devuelto Nell a Kate. «No —pensé, avanzando hacia ellos—. No se permiten bebés en la línea de fuego».

—Oh, gracias, Meredith —dijo Kate cuando le quité a Nell de los brazos—. Nos olvidamos el biberón, así que Peter ha vuelto corriendo a casa a cogerlo. —Se volvió y sonrió a Ethan y Hannah—. Ahora «sí» que podemos ponernos manos a la obra. Atención, los Epstein-Fox, miradme…

Ese flanco de la Casa Grande daba al lago, pero me acomodé en el césped con Nell en el regazo y de espaldas a la vista del millón de dólares.

Porque la vista de los «mil millones de dólares» había empezado. Fingí interés en cómo mis primas aprendían a desgranar el maíz, pero seguí echando ojeadas al segundo piso, donde Wit maniobraba con cuidado para salir por la ventana. Se quedó parado un segundo, como para respirar hondo, y luego se arrodilló en el tejado. Cuando establecimos contacto visual de forma accidental, me lanzó un beso…, y juro que sentí un ligero cosquilleo en la mejilla, seguido de una oleada de calor.

«Mierda», pensé, temiendo que alguien se percatara.

Pero parecía que nadie se daba cuenta de nada, especialmente el objetivo de Wit.

—No, espera un segundo, Han —decía Kate—. Tienes que estar seguro de que quitas toda la barba del maíz. —Cogió la mazorca de Hannah y le hizo una demostración, arrancando el resto de las fibras filiformes—. Así, ¿ves?

Wit se arrastraba lentamente por el tejado como si fuera un soldado en plena maniobra, con la pistola en la mano. Se movía varios centímetros, tal vez un palmo, y luego se detenía y aguzaba el oído para comprobar que todo seguía en calma. Mi corazón latió con fuerza cuando se detuvo en la línea del canalón, tumbado boca abajo y con Kate en el punto de mira. Estaba en posición.

Noté que me entraba la risa, pero me obligué a tragármela. No podía arruinar nuestro plan. Era bueno de narices.

Pero Kate no sintió el primer chorro, absorta como estaba desgranando el maíz con Ethan y Hannah.

Así que Wit le lanzó otro más.

Esta vez, Kate se llevó la mano a la nuca. «Cree que se lo está imaginando», pensé. No había un chorro de agua más sutil que el de esas pistolas tan pequeñas.

Obviamente, Wit también lo sabía y torció los labios cuando roció a Kate por tercera vez. No quería anunciarse como su asesino, sino que ella lo descubriera.

Kate se frotó el cuello de nuevo, miró al cielo azul y luego a mí.

—¿Es mi cerebro de madre primeriza o está lloviendo con el sol fuera? —preguntó—. Noto como un rocío…

Wit la había apresado. ¡Chap, chap, chap!

—¿Es coña? —Se apartó de un salto de las escaleras; al volverse, vio a Wit en el tejado—. ¡Tienes que estar de coña!

—¿Qué? —Peter salió estrepitosamente de la casa con el biberón de Nell en la mano—. ¿Qué ha pasado?

—Mi hermanastro ha eliminado a tu mujer —dijo Michael, que se había acercado por el césped. Sonrió con orgullo, nada imparcial—. Eso es lo que ha pasado.

—No. —Peter sacudió la cabeza. Al levantar la vista, vio a Wit haciendo girar la pistola con el dedo índice. Era odioso, pero no pude controlar la risa que se escapó de mi boca—. No —repitió Peter mientras Wink, Honey y los demás salían a ver qué pasaba—. No, no lo ha eliminado, porque «fuera» significa por lo menos a tres metros de distancia de una puerta. —Señaló el tramo que iba de la puerta mosquitera a los escalones—. Es imposible que aquí haya tres metros.

Kate asintió.

—Ni por casualidad.

—No sé... —La tía Julia escudriñó la distancia—. Podría ser...

—Mmm, puede que Jules tenga razón —opinó el tío Brad—. Por mucho que no quiera estar de acuerdo con ella...

La tía Julia puso los ojos en blanco.

—Cállate, Brad.

—Oye, oye. —Mi padre intentaba mediar como el hijo mediano que era.

Michael y Sarah intercambiaron una mirada mientras Peter y Kate seguían insistiendo en que los escalones estaban a solo dos o dos metros y medio de la puerta. Dos con siete, como mucho.

Wit, que seguía en el tejado, adoptó una posición agachada intimidante.

—De acuerdo —dijo con frialdad, sacando un poco la barbilla—. Entonces vamos a buscar una cinta métrica.

—¡Con mucho gusto! —aplaudió Wink, a quien el desacuerdo hacía rebosar de alegría. Era lo que más le gustaba de ser uno de los comisarios del juego.

Y así es como empezó la investigación.

—Kate, cariño —dijo Honey cuando Wink desapareció dentro de la casa—, por favor, vuelve a sentarte exactamente donde estabas cuando Wit te ha disparado...

Kate suspiró y se sentó en el escalón más alto del porche.

—Ese no es... —empecé a decir, pero entonces Ethan intervino desde abajo.

—No, Kate. —Sacudió la cabeza—. Estabas sentada aquí conmigo y con Hannah, ¿recuerdas? Enseñándonos a desgranar el maíz.

«Eso es —pensé mientras veía a Kate desplazarse a regañadientes al peldaño inferior—. Chúpate esa».

Wit se había puesto a silbar, en apariencia totalmente despreocupado. Una parte de mí se preguntaba si no habría venido de extranjis más temprano para medir la distancia.

Wink salió de la casa.

—Bien, aquí estamos…

—¿Cuánto? —Oí que el tío Brad murmuraba al oído de mi padre—. ¿Tres exactos?

—Tres y medio —respondió mi padre.

—¿Veinte dólares?

—Hecho.

Chocaron los puños.

Wink extendió la cinta métrica desde el umbral de la casa hasta la nuca de su nuera.

—¿Y bien? —La voz de Kate sonó estridente.

—¿Cuál es el veredicto, Wink? —preguntó Peter.

Contuve la respiración mientras mi abuelo entrecerraba los ojos para distinguir la medida.

—Creo que necesito mis gafas —dijo al cabo de un segundo—. Cariño, ¿podrías…?

Todo el mundo gruñó, porque sabíamos que estaba bromeando. Wink no llevaba gafas.

—Tres metros y nueve centímetros —anunció—. ¡Tres metros y nueve centímetros! —La cinta métrica se cerró con un chasquido—. ¡Es un asesinato legítimo!

—¡Bum! —gritó Wit desde arriba, y luego se deslizó por una de las columnas del porche hasta el suelo. Se acercó a Kate y le sonrió—. Me alegro de conocerte, Kate. Soy Wit.

—Lo sé —dijo ella apretando los dientes mientras escarbaba en su bolsillo y sacaba el papelito con su objetivo. Se lo entregó con un gruñido—. Que tengas toda la suerte del mundo.

—Gracias. —Wit se metió el trozo de papel en el bolsillo y

se despidió de nosotros—. Ahora voy a quitarme de en medio. Disfrutad de la cena.

Capté la mirada que Honey le dirigía a Wink, y él respondió con un asentimiento.

—Espera un momento, Wit —dijo mi abuela—. ¿Por qué no te quedas? Tenemos comida de sobra, y mientras no te moleste apretujarte a la mesa...

—Apretujarte a la mesa significa que te tocará sentarte en el taburete —tradujo Sarah, señalando la mesa.

Como éramos muchos, había un batiburrillo de muebles de exterior, sillas de cocina, un banco del recibidor decorado con fotos familiares y, en una esquina de la mesa, un taburete alto de madera. El infame e incómodo taburete.

Claire siempre se había ofrecido voluntaria para sentarse en él.

—Oh —dijo Wit—. Es muy amable de su parte... —Se atusó el pelo como si le preocupara molestar—. Pero...

Michael intervino sacudiendo los hombros de su hermanastro y luego le tapó la boca con una mano.

—Se quedará encantado, Honey —dijo—. Gracias por invitarlo.

—Sí —dijo Wit cuando Michael apartó la mano, y le dio un codazo en las costillas. Ambos sonrieron—. Gracias por invitarme.

Efectivamente, a Wit le tocó el taburete. Wink y Honey se instalaron a la cabecera y el pie de la mesa, mientras yo tomaba mi habitual asiento: la antigua silla de capitán del Edgartown Yacht Club que Wink tenía en su pequeño estudio. Estaba justo al lado de la casa donde se alojaba Wit. El taburete de Claire era más alto que mi silla, lo suficiente como para que Wit pudiera comer con las rodillas, si tal cosa fuera posible.

—¿Supongo que este es el asiento de honor? —dijo después de notar que lo miraba fijamente.

—Sí —me limité a responder, apenas con un susurro.

—Pues me siento muy honrado —me respondió, susurrando también.

Me obligué a sonreír antes de picar de mi ensalada; nunca había sido una entusiasta de las ensaladas. Claire tampoco. «Comida para conejos», decíamos en los restaurantes, siempre pedíamos sopa en lugar de ensalada.

Al otro lado de la mesa, Sarah se dio cuenta de que estaba dejando a un lado la lechuga y, aunque la ensalada la había preparado ella, se rio.

—¿No te inspira mucho, Mer? —preguntó, y el resto de las conversaciones se acallaron. Era imposible ignorar la risa chispeante de mi prima; si se reía, querías saber por qué.

—No, no —dije, sacudiendo la cabeza—. Está buena…, de verdad, eh, refrescante. —Miré a Michael—. Los pepinos le dan un buen toque.

Sarah se inclinó hacia delante para sonreírme.

—Mentirosa. —Luego se enderezó para dirigirse a toda la mesa—. Claire hizo una cosa graciosísima en Nueva Orleans —dijo con una sonrisa que se había vuelto agridulce—. La llevamos a cenar a uno de nuestros restaurantes favoritos con un puñado de gente, y el menú la abrumó tanto que pidió a otra persona que pidiera por ella…

Dejé el tenedor en la mesa, se me había quitado el apetito. «Es ese sitio que se llama Basin —había dicho mi hermana durante nuestra última conversación por mensajes—. Sarah dice que está en el Garden District, ¡pero después ella y sus amigos me van a dar el gran *tour* del Barrio Francés! ¡La calle Bourbon! ¿A que me envidias?».

El Barrio Francés era el más antiguo de Nueva Orleans, y Bourbon Street era famosa por su vida nocturna. Clubes de *jazz*, luces brillantes y bares con cócteles de locura. Nuestra prima ayudaba a Claire a celebrar el Año Nuevo y su pronta aceptación en Tulane, mientras yo estaba atrapada en casa. Le contesté: «Te envidio a más no poder. ¡¿Por qué no estoy allí contigo?!».

—Danielle no tenía ni idea de lo de la ensalada —continuó Sarah en pleno modo narrativo— y, por supuesto, Claire era demasiado educada como para decírselo...

La mayoría de la mesa se rio.

—Nuestra dulce Claire —dijo Honey, mientras yo les robaba una mirada a mis padres; estaban escuchando con expresión placentera, pero me di cuenta de que mi padre había posado una mano en el hombro de mi madre; ella le besó los dedos.

Sarah siguió hablando.

—Así que después de devorar la entrada, los macarrones con queso y las langostas increíbles, llega la ensalada César de ostras, y juro que no probó ni un solo bocado. Disimuló. No recuerdo al lado de quién estaba sentada... —se quedó pensativa un segundo y luego sacudió la cabeza—, pero Michael y yo vimos cómo iba moviendo el cuchillo y el tenedor por el plato mientras mantenía una conversación con quien fuera esa persona. Hablaba tanto que no se dieron cuenta de que no había probado bocado. —Se rio—. Cuando el camarero vino a recoger los platos, ¡parecía que se lo había comido casi todo!

De nuevo, las risas rodearon la mesa. Yo tenía el corazón en un puño. «¿No lo saben?», me pregunté al notar que Wit se movía a mi lado, probablemente incómodo en el taburete. «¿Están fingiendo? ¿O de verdad no se daban cuenta de lo inoportuno del momento?».

—Comida para conejos —añadió Sarah, dándome un leve puntapié por debajo de la mesa—. Eso es lo que me dijo justo después de que nos fuéramos. Me dijo que vosotras dos llamabais secretamente a la ensalada comida para conejos.

—Bueno, ya no es un gran secreto —intenté bromear, pero

la frase me salió fría e inexpresiva…, porque sabía lo que había pasado después.

Todo se convirtió en un ruido blanco cuando recordé el zumbido de mi teléfono a las tres de la madrugada de aquella noche de hacía dieciocho meses. Por alguna razón, contesté sin abrir los ojos.

—¿Sí? —dije soñolienta, y oí a Michael al otro lado de la línea.

—Meredith, Meredith —dijo apresuradamente—. Tus padres. Estoy llamando a tus padres. ¿Dónde están tus padres?

Bostecé.

—Me he quedado frita. Celebramos una fiesta, y mi padre hizo sus famosos margaritas…

Michael me cortó.

—Por favor, despiértalos.

—¿Qué?

—¡Despiértalos! —Su voz sonaba frenética; no se parecía nada a la del sereno prometido de Sarah—. Sarah —dijo—. Mi Sarah… y Claire. —Vaciló, como llorando—. Claire…

Al oír el nombre de mi hermana me puse en guardia, aparté las mantas y corrí por nuestro oscuro pasillo hasta el dormitorio de mis padres.

—¡Mamá! —Encendí las luces—. ¡Papá!

Mi madre pegó un grito después de pasarle el teléfono y, aunque no pude oír lo que Michael decía, lo supe.

«Claire ha muerto —pensé, cayendo de rodillas con las lágrimas ya resbalando por mi rostro—. Mi hermana ha muerto».

Fue un accidente por conducción ebria. Un cóctel fue suficiente para Claire en su recorrido por los bares de Bourbon Street, pero, al parecer, Sarah iba bastante peor, por lo que le dio las llaves a mi hermana. «¡Serás mi chófer! —dijo Sarah—. ¡Voy a sentarme atrás!».

Juntas consiguieron llegar hasta el coche de mi prima, que estaba aparcado en paralelo justo a la salida del Barrio Francés.

Claire era una conductora hábil y cuidadosa, que siempre lo comprobaba todo antes de ir a cualquier sitio, aunque solo fuera para salir del camino de acceso a nuestra casa.

Pero esa noche no tuvo la oportunidad de ajustar los espejos y valorar el entorno. Claire se abrochó el cinturón de seguridad, se volvió para comprobar que Sarah se había abrochado el suyo y apenas había introducido la llave en el contacto cuando un enorme todoterreno que apareció a toda velocidad de la nada chocó contra ellas. La tasa de alcoholemia del conductor triplicaba el límite legal.

Sarah se rompió varios huesos, sufrió una grave conmoción cerebral y le quedaron cicatrices.

Pero mi hermana murió al instante.

Al instante.

Al día siguiente, mis padres tomaron el primer vuelo a Nueva Orleans, pero yo me quedé en casa, absolutamente paralizada. Ben vino, lo abracé y lloré hasta que llegaron Wink y Honey. «Cariño», dijo mi abuela, y, aunque yo esperaba que dijera algo más, no lo hizo. Se mordió el labio e intentó contener las lágrimas. Porque, realmente, ¿qué podía decir?

Claire se había ido.

Sentí un escozor en los ojos y, a la vez, la mano de Wit en mi espalda, las yemas de sus dedos rozándome con sutileza y suavidad el pelo. Supo de forma intuitiva que necesitaba calmarme. También quería tocarle, aunque solo fuera el dobladillo de su camiseta. Pero, antes de poder hacerlo, oí mi nombre.

—¡Meredith!

Era Luli, que subía los escalones del porche y agitaba su teléfono.

—¿Por qué no has respondido en el chat?

—Porque no permitimos teléfonos en la cena —respondió Wink por mí. Señaló la mesa, cuyo centro era una torre de iPhones—. Tiempo para la familia.

—Oh, entendido —asintió Luli, y luego volvió a centrarse en mí—. Tu objetivo...

—No te preocupes, Luli. —Esta vez fue la tía Julia quien habló—. Todos sabemos quién es el objetivo de Meredith. —Establecimos contacto visual, un brillo en sus ojos—. No es necesario andarse con secretos.

Las mejillas de Luli se sonrosaron al darse cuenta de que mi tía conocía nuestra estrategia de «mezclar la baraja».

—De todos modos —se aclaró la garganta—, al parecer tu objetivo está en Edgartown, y Pravika cree que puedes pillarlo. Esta misma noche.

—Espera, ¿qué? —pregunté.

Miré a Wink y me levanté de la mesa.

Él asintió con la cabeza. Permiso concedido.

—Daniel Robinson está en Edgartown con su novia —repitió Luli cuando nos quedamos solas en la cocina—. Jake ha ido por helado a Mad Martha's, y Pravika cree que después irán a verla a Murdick's.

—De acuerdo —dije—. Déjame pensar un segundo.

Daniel Robinson: por la mañana, Jake y yo habíamos bromeado con que era un completo desconocido, pero después de que mi padre eliminara a Pravika, ella se había nombrado a sí misma investigadora principal de nuestra alianza. Yo había recibido un mensaje más temprano que decía que Daniel se alojaba en la Casa del Páramo, y también habían incluido una foto de Instagram en la que él salía con la hermana menor de Michael, Nicole. Por supuesto, yo ya conocía esos detalles. Como Wit también me había dicho que Daniel estudiaba biología marina, había planeado eliminarlo en el lago Oyster con el pretexto de mostrarle los cangrejos de herradura. Sencillo pero ingenioso.

Pero... en ese momento..., ¿podría pillarlo «en ese momento»?

Claire no esperaría.

—Muy bien —le dije a Luli—. Dile a Eli que vaya a buscar el todoterreno y que se reúna conmigo fuera del Anexo.

Porque Claire también diría que esta misión requería la Super Soaker.

Inspiré hondo y volví al porche después de que Luli confirmara el plan con Eli.

—¿Podéis guardarme un poco de pastel? —pregunté—. Tengo que ocuparme de un asunto.

—Claro, cariño —respondió Honey al mismo tiempo que el tío Brad y papá decían «¡No prometemos nada!».

Puse los ojos en blanco y me volví hacia Wit, que seguía en el taburete. «¿Vienes?», estuve a punto de decirle, pero luego recordé que no estábamos colaborando. Lo de ese día había sido algo puntual. No éramos cómplices habituales.

—Te guardaré una porción de ruibarbo y fresa —me dijo cuando vio que lo miraba demasiado tiempo, y le sonreí en respuesta, pues sabía que eso significaba: «Buena suerte».

—¡Meredith! —gritó Eli—. ¿Todo bien?

Bajábamos a toda velocidad por el camino de acceso a Paqua en el viejo y maltrecho todoterreno de Wink, el coche que todos habíamos aprendido a conducir cuando aún nos faltaban unos cuantos años para sacarnos el carné. No tenía techo ni puertas, por lo que el viento arreciaba a nuestro alrededor. Yo estaba doblada en el asiento delantero con los ojos cerrados, abrazada a la Super Soaker de color neón contra mi pecho. «Más despacio —pensé con un nudo en el estómago—. Por favor, más despacio…».

—¡Más rápido, Eli! —oí que decía Luli desde el asiento trasero—. ¡Pravika está diciendo que han entrado en Murdick's!

El todoterreno no desaceleró hasta que entramos en el mismo Edgartown, con sus casas de tablones blancos y tejados de cedro, la antigua iglesia ballenera, las aceras de ladrillo y el club náutico a orillas del mar. Aquella noche la ciudad estaba repleta de gente que entraba y salía de las tiendas y lamía cucuruchos de helado. Podíamos oír las risas desde el balcón del restaurante Alchemy. Para mí era «nuestro» balcón, porque los Fox solían celebrar los cumpleaños a lo grande en ese lugar. El último había sido por los dieciocho de Claire. La obligué a ponerse una odiosa diadema con luces. Estaba preciosa.

—Vale, desabrochaos el cinturón —dijo Luli cuando Eli viró hacia North Water y pasamos por delante de la heladería Mad Martha's. Murdick's Fudge estaba dos números más arriba—. Desabrochaos el…

—¡Eh, mirad! —interrumpió Eli, a quien la cabeza le daba vueltas sobre los hombros—. ¡Está ahí!

—¡¿Quién?! —preguntamos Luli y yo al unísono—. ¡¿Daniel?!

—¡No, el hombre de mis sueños! —Agachó más el cuello y el todoterreno hizo un movimiento brusco, igual que mi corazón—. ¡Está ahí detrás, el de la corbata de mil rayas y la americana azul!

—¡Eli, la carretera! —Le di un puñetazo en el brazo—. ¡La carretera! ¡Céntrate en la carretera!

—¡Meredith!

Luli se inclinó hacia delante y señaló el escaparate de Murdick's, cuyas puertas franqueaban en ese momento Nicole Dupré y el ya mencionado Daniel Robinson, con una pesada bolsa de caramelo blanco en la mano (reconozco que se me hizo la boca agua cuando me pregunté qué sabores habrían elegido). Parecía que la pareja iba a seguir recorriendo la acera, pero entonces, por suerte para nosotras, decidieron cruzar a la joyería de enfrente.

El resto ocurrió en cosa de tres segundos.

Eli aminoró la velocidad del coche hasta ir a paso de tortuga.

Yo me desabroché el cinturón de seguridad y, sin pensármelo dos veces, me senté más tiesa que un palo.

—¡Hola! —gritó Luli mientras yo colocaba mi pistola por encima del parabrisas del todoterreno—. ¡Daniel!

Daniel miró hacia nosotras y vio la Super Soaker apuntándole directamente. Sus ojos se abrieron como platos.

—¡Corre, Dan! —Nicole le dio un empellón—. ¡Corre!

Pero era demasiado tarde.

—Mira esto, Claire —susurré, y apreté el gatillo.

Por alguna razón, cuando volvimos a la Granja aún quedaba mucha tarta. Yo insistí en volver a casa, así que enfilé el todoterreno directamente hasta la Casa Grande, justo delante del porche.

—¿Cómo ha ido? —me preguntó mi madre mientras yo buscaba a Wit; su taburete estaba vacío.

—Absolutamente brillante —dijo Luli con su mejor acento británico—. Ha sido como una peli de James Bond.

Terminamos representando el asesinato para todos, con Sarah y Michael en los papeles de Nicole y Daniel.

—No deja de enviarme mensajes de texto —dijo Michael tras comprobar su teléfono. Se dirigió a Wink—. Dice que no es un asesinato válido porque ha ocurrido en la ciudad y no aquí.

Wink se rio. Era su segundo decreto del día.

—Recuérdale las tres reglas, Michael. —Se sirvió más pastel de melocotón—. Una, el juego dura las veinticuatro horas del día. —Se puso una bola de helado de vainilla encima—. Dos, todos los asesinatos deben ocurrir al aire libre. —Engulló un gran bocado—. Y tres...

—Nada debe interferir en los preparativos de la boda —terminó la tía Christine por él. Luego le dio un sorbo a su copa de vino—. El asesinato de Meredith no entra en conflicto con esos parámetros. Técnicamente no hay nada que restrinja la actividad del juego del asesino fuera de los límites de la propiedad de Paqua.

Honey le dio una palmadita en la mano a mi tía.

—Algún día serás una comisaria maravillosa.

La tía Christine sonrió.

Michael se mordió el labio mientras enviaba un mensaje a su hermana y dejó escapar un profundo suspiro cuando ella respondió.

—Sigue pensando que no es justo —informó—, pero Daniel dice que dejará su objetivo en el buzón del Anexo esta noche. —Carraspeó—. También muchos emojis de enfado.

Nos reímos.

—Más vale que todo el mundo se ande con ojo —dijo la tía Julia—. El primer día ni siquiera ha terminado y Meredith ya tiene dos muertes en su haber. Esta chica es una amenaza.

—Espera, ¿dos? —Las cejas de Luli se juntaron—. Pensé que Daniel era tu primer objetivo. No mencionaste a nadie más en el *tubing*...

Se hizo un silencio, mis mejillas se encendieron de la vergüenza. ¿Por qué no se lo había dicho a mis amigos? ¡Ellos eran mi alianza!

—Bueno, *mmm*, sí, también he eliminado a la tía Rachel —dije—. Esta mañana, temprano.

—Mientras estaba meditando —apuntó la tía Rachel, sin duda para rebajar la tensión—. Ni siquiera la vi venir y le pedí que no dijera nada de momento. —Le dio un beso en la mejilla a la tía Julia—. No quería decepcionar a Julia tan pronto.

—Oh —dijo Luli—. Así que no estabas corriendo con Michael y Wit.

Negué con la cabeza.

—Pero hablando de Wit —dijo el tío Brad—, ese es otro al que hay que vigilar: hoy también ha hecho doblete. —Nos miró—. Y la jugada de antes...

—¿Qué jugada de antes? —preguntó Luli.

Kate, como era la víctima, se encargó de explicarlo; cuando

volvimos a casa mucho después del atardecer, mi padre sacó de nuevo el tema.

—Ha sido muy «inteligente» —dijo—, y la ejecución, excelente. Me pregunto si estará compinchado con alguien… —Se interrumpió y noté que me miraba de reojo—. A ver, ¿cómo lo sabía? ¿Cómo sabía que celebrábamos una cena esta noche?

Mi madre se rio.

—¡Tom, todo el mundo sabía que celebrábamos una cena esta noche!

—De acuerdo —admitió—, pero ¿y todo lo demás? ¿Cómo sabía que Kate estaría fuera y que la ventana del dormitorio del tío Richard era el punto de entrada perfecto? —Aspiró aire entre los dientes cuando llegamos al Anexo—. Brad tiene razón, el chico es peligroso.

—No le gusta que lo llamen «chico» —murmuré.

—¿Y eso a qué viene, Mer?

—A nada —respondí, y luego me callé.

Mi padre me abrió la puerta mosquitera, pero yo no quería entrar todavía. Especialmente si pensaba que iba a dormir sola en la habitación de las literas…

Era silenciosa y asfixiante.

—¿Meredith?

Parpadeé.

—Voy a salir un rato —dije, aunque era casi medianoche—. Para, ya sabes, darme una vueltecilla…

Mi padre agitó la mano en el horizonte. Era su forma de decir: «¡Haz lo que quieras!». Tenía dieciocho años; ya no había reglas de la Granja para mí.

—¡Diviértete! —dijo mi madre después de que yo abriera el buzón para conocer quién era mi nuevo objetivo. Probablemente pensó que iba al círculo de tiendas de campaña para estar con mis amigos: el Complejo de Condominios de Nailon de Eli.

Y, bueno, no iba del todo desencaminada, porque iba a

ver a un amigo, solo que no a uno de los que dormía en una tienda de campaña.

La Cabaña estaba a oscuras, los padrinos de boda seguían de fiesta en Oak Bluffs con las damas de honor. Sarah y Michael habían salido de la Casa Grande para reunirse con ellos, pero Wit...

Fui a la última habitación; cuando vi luz a través de las persianas, abrí la puerta y encontré a Wit en la cama. Estaba bajo las sábanas leyendo lo que parecía una guía de viajes de Nueva Zelanda, pero se le cayó de las manos cuando los goznes de la puerta anunciaron mi llegada.

—¡Por Dios, señora! —exclamó—. ¿Le han dicho alguna vez que hay que llamar a la puerta?

—Mis disculpas, caballero —dije, sonriendo—. Pero en la Granja Paqua nadie llama a la puerta.

Luego hice una reverencia tonta.

Wit se rio y me hizo una seña para que me acercara a la cama.

—Es la segunda vez que vienes a mi habitación hoy —comentó cuando estuve a su lado. Cerró el libro de Nueva Zelanda y me pasó la bolsa de hielo que había sobre la mesita de noche—. ¿Has venido a curarme las heridas?

—Sí, en efecto.

Le seguí la corriente presionando el hielo contra su cardenal, resoplando cuando gemía melodramáticamente.

—¡Recuerda que van a pintar tu retrato a finales de esta semana! —le dije.

Wit sonrió.

—Entonces, ¿qué pasa? ¿Hablamos de nuestros objetivos? He visto el vídeo en el que pillas a Daniel.

Levanté una ceja.

—¿Hay un vídeo?

Asintió con la cabeza.

—Tu amiga Pravika lo grabó, supongo. Ha corrido como la pólvora en Instagram.

—*Hashtag* HurraEsUnaDupré.

—Exacto.

Sonreí y negué con la cabeza.

@sowitty17.

—¿Qué pasa? —volvió a preguntar.

Me picaron los ojos.

—Quiero decirte algo —respondí, con la voz algo temblorosa—, pero tienes que jurarme que no se lo dirás a nadie.

Wit se quedó callado.

Mi corazón martilleaba.

—¿Vale?

—Vale —asintió, y extendió el meñique—. Lo juro.

MARTES

8

$\mathcal{M}$e desperté con la respiración profunda de alguien a mi lado, y me sonrojé cuando me di cuenta de que era Wit. Estaba en su habitación, en su cama, bajo sus sábanas, con él. «Es de los que respiran por la boca», pensé, pues la tenía muy abierta, como si se hubiera quedado dormido a medio camino de decir algo. Y probablemente eso era lo que había pasado, porque nos quedamos charlando hasta muy tarde.

Y no estábamos abrazados exactamente, pero noté más fuego en la cara cuando vi que ambos teníamos un brazo extendido que buscaba inconscientemente a la otra persona. El suyo apuntaba a mi cintura mientras que el mío estaba cerca de su pecho. Por un momento, imaginé cómo sería rodar y hundirme en él, sentir sus latidos.

La idea hizo que se me parara el corazón, y entonces sentí un tirón profundo y anhelante.

—Es hora de irse —me susurré, y me escabullí de debajo de su colcha y escapé sigilosamente por la puerta. Esas viejas bisagras…

Se hicieron oír, por supuesto. Wit no se despertó, pero Michael levantó la cabeza junto al brasero del jardín, donde hacía estiramientos para su entrenamiento matinal. Al principio no dijo nada, sino que se limitó a levantar una ceja al ver cómo iba vestida: llevaba el mismo vestido de encaje que me había puesto para la cena en la Casa Grande. Solo que ahora estaba arrugado, y no ayudaba que mis sandalias colgaran de mis dedos por las correas. Todo apuntaba a un paseo de la vergüenza.

—¡No ha pasado nada! —exclamé.

—Yo no he dicho nada —respondió.

—Nos quedamos dormidos hablando —expliqué—. Ha sido completamente inocente.

Michael asintió con la cabeza, pero parecía que estaba conteniendo la risa. Nos miramos durante un par de segundos y luego sonrió y dijo:

—Completamente inocente, ¿eh?

Fruncí el ceño y le hice un gesto con el dedo, lo que solo consiguió hacerle sonreír más.

—Escucha, Michael Dupré —empecé, pero cuando una puerta del porche se abrió con un chirrido, me largué hacia el Anexo sin decir una palabra más.

La paranoia se estaba apoderando de mí: ¿quién «era» mi asesino? No había circulado ni un solo rumor. Podría ser cualquiera, incluidos los resacosos padrinos de boda.

Mis padres ya estaban despiertos, desayunando huevos revueltos y tostadas con mermelada de mora casera de Honey en la mesa pequeña del salón.

—Buenos días —me dijeron, pero no preguntaron dónde había pasado la noche, porque probablemente suponían que había estado con Luli y Pravika. No parecía que hubieran dormido mucho. Mi padre tenía ojeras.

—Me voy al Campamento —anuncié—. A meditar con la tía Rachel.

Oír eso animó a mi madre.

—Muy bien. —Sonrió—. Suena estupendo.

—No te olvides la pistola —dijo papá cuando me cambié de ropa. Le dio un sorbo al café—. Nunca sabes a quién te vas a encontrar…

En lugar de atravesar el ancho campo que estaba a la vista de las casas, me escabullí por el bosque y la parte trasera del

Campamento. Había ajetreo dentro —oí que tía Julia reñía a Ethan por ponerse demasiada nata montada en los gofres—, pero, como el día anterior, la tía Rachel estaba tranquila junto al asta de la bandera.

—Hola —me dijo cuando me senté a su lado con las piernas cruzadas—. ¿Lista para más?

—Hoy no —respondí, negando con la cabeza mientras se me formaba un nudo en la garganta. Porque Claire…, esto era tan de Claire que no me creía capaz de concentrarme en serio. No todavía. Me vinieron a la mente recuerdos de mi hermana despertándome después de la clase de yoga. Saltaba a mi cama toda sudada y me hacía cosquillas hasta cortarme la respiración. En estos momentos, al pensar en ese recuerdo, mi corazón sufría—. Pero me gustaría sentarme un rato contigo si te parece bien —dije con voz queda.

La tía Rachel se inclinó y me dio un beso en la cabeza.

—Pues claro que sí, Mer —susurró—. Pues claro que sí.

Sin embargo, quizás habría sido mejor ceder a la tutela de mi tía y sus técnicas de meditación, porque sentarme en silencio con los ojos cerrados me permitió volver a la víspera, a Wit y a lo que le había confesado.

—A veces estoy muy enfadada con ella —le dije después de nuestra promesa del meñique y de haber apagado la lamparilla de noche. Por alguna razón, la oscuridad me daba más libertad para hablar—. No le guardo rencor, pero a veces…

Me callé para que Wit preguntara de quién estaba hablando, pero no lo hizo.

Lo sabía.

—Fue la misma noche —continué, con la voz algo quebrada—. ¿Por qué tuvo que contar esa historia? ¿Lo de la ensalada y demás? Fue la misma noche, «esa» noche. Claire me envió un mensaje «ese día» diciendo que irían al Barrio Francés después de cenar.

Mis brazos se estremecieron y, un momento después, sentí

que los dedos de Wit se entrelazaban tiernamente con los míos. Mis lágrimas se derramaron cuando los apreté.

—No la culpas —dijo; era una pregunta, aunque no la había formulado como tal.

—No —respondí, sofocada—. De verdad que no. Ella no hizo nada malo. No emborrachó a Claire, no intentó conducir, fue un accidente extraño, pero, aun así, estoy «enfadada». Claire solo tenía dieciocho años. ¿Por qué Sarah tuvo que buscarle un documento de identidad falso y llevarla a Bourbon Street? ¿Por qué no podían visitarlo durante el día en plan turistas?

—Mi corazón latía con fuerza—. Quiero a Sarah, y me alegro mucho de que esté bien, de que se case con Michael, pero... a veces soy una persona horrible. Creo que, si no hubiera salido esa noche con Claire, mi hermana todavía estaría aquí. Estaría aquí ahora mismo. Conmigo, con nosotros. La habrías conocido. —Me enjugué más lágrimas de los ojos ya hinchados—. Me gustaría que la hubieras conocido.

Wit tragó saliva lo bastante fuerte como para que yo lo oyera. Se hizo un largo silencio y luego murmuró:

—No eres una persona «horrible». Eres una «persona». Créeme, entiendo cómo te sientes. He pasado por eso. —Entrelazó más dedos con los míos. Estábamos prácticamente cogidos de la mano—. He pasado por eso...

Ahora, después de varios minutos, enderecé los hombros.

—En realidad, sí —le dije a la tía Rachel—. Por favor, enséñame más.

—Es muy fácil —le dijo Pravika a Luli—. Ve y hazlo.

Luli suspiró.

—Pero esa es la cuestión —dijo—. Es «demasiado» fácil. Quiero que mi primera eliminación sea noticia de primera plana. —Me miró—. Como la eliminación en la azotea de Wit, o tu momento 007.

Las tres estábamos flotando en el lago Oyster, en el chillón y orgulloso tubo de unicornio arcoíris. Lo habíamos robado de la terraza trasera de la Casa del Lago después de que las damas de honor se fueran a almorzar junto a la bahía, al Atlantic, con los padrinos de boda. La dama de honor principal, Danielle, había publicado un vídeo de Sarah y Michael juntos, dándose ostras el uno al otro. El pie de foto rezaba: «¡5 DÍAS MÁS! #HurraEsUnaDupré».

Wit y yo aún no nos habíamos pasado los números de teléfono, así que envié un mensaje a @sowitty17 y le aconsejé que pidiera el guacamole de langosta de aperitivo. Lo servían en un mortero de piedra con los mejores nachos. Eso había sido unas horas antes.

Luli, Pravika y yo estábamos haciendo el reconocimiento de la prima Margaret, el objetivo de Luli. Margaret estaba emparentada con los Fox, pero habría sido necesario un árbol genealógico para averiguar de qué manera. Lo único que sabía con certeza era que rondaba la treintena, que contaba historias divertidísimas después de unos cuantos margaritas de mi padre y que Pravika tenía razón: para Luli sería pan comido. En estos momentos estaba sentada en una silla de playa con la cabeza sumergida en una novela romántica, luciendo un sombrero flexible y unas gafas de sol redondas y grandes.

—Mira —dije después de observar a Margaret pasar las páginas de su libro durante unos minutos más—, desgraciadamente esta jugada no va a ser llamativa. —Me encogí de hombros, recordando la decepción que supuso eliminar a la tía Rachel. Había sido un trampolín, nada más—. Si realmente quieres algo dramático, da una voltereta o algo de eso.

—Sí —convino Pravika—. Da una voltereta y luego dispárale.

Luli se mordió el labio y asintió.

—Vale.

Volvimos a la orilla y nos dispersamos en silencio. Pravika fue a devorar un sándwich de mantequilla de cacahuete y mermelada de nuestra nevera portátil mientras Luli volvía a su toalla para desenterrar su pistola. Luego se recogió la oscura cabellera hasta la cintura en una coleta suelta y escondió la pistola en el colorido coletero.

Mientras tanto, yo cogí una red para pescar cangrejos y fui junto a Ethan y Hannah a la parte menos profunda del lago Oyster. Estaban pescando cangrejos y los depositaban en los «tanques» que habían cavado en la arena. Cada uno tenía un afluente que desembocaba en el lago para refrescar el agua.

—¡No, Ethan! —gritó Hannah—. ¡No hagas que se peleen!

—Espera, ¿pelearse? —Me alejé de Luli, que se dedicaba a saludar con naturalidad a todos los grupos de personas sentados en sillas de playa en su camino hasta Margaret, que estaba sola—. ¿Estás haciendo que «se peleen»?

—Sí —dijo Ethan, y señaló uno de los charcos con su red. Solo contenía dos cangrejos machos, ambos grandes y azules. Parecían en medio de un enfrentamiento—. Este es el cuadrilátero central. —Pinchó uno de los cangrejos con un palito como si dijera: «¡Ataca!».

—Vale, no. —Sacudí la cabeza—. No están permitidas las peleas, Ethan…, nunca.

Atrapé un cangrejo y lo metí en el tanque que Hannah había terminado de cavar. Porque, los provocaran o no, a veces los cangrejos machos iban a por todas.

Ethan resopló y volvió a meterse en el agua. Yo me concentré en Luli, que estaba ya a solo uno o dos metros de su objetivo. Si al final había dado una voltereta, me la había perdido. Miraba el mar.

—¡Creo que voy a darme un chapuzón! —la oí decir—. ¿Quieres venir conmigo, Margaret?

Sin apartar la vista de su libro, Margaret levantó una mano.

—Casi he terminado el epílogo.

Luli se tiró del coletero y se sacudió teatralmente el pelo; cogió la pistola de agua antes de que cayera a la arena y se la escondió en la espalda, colocando el dedo índice en el gatillo.

—¿Estás segura? —preguntó—. Meredith dice que el agua está buenísima.

«¡Anda ya, Luli! —pensé—. ¡Hoy no me he acercado al agua!».

La mirada de Margaret se desvió de su libro.

—¿Ah, sí? —dijo con una sonrisa, levantándose las gafas de sol para mirar a Luli—. Porque la verdad es que todavía no he visto a Meredith bañarse.

Eso hizo que Luli entrara en pánico. Corrió varios pasos hacia delante, enderezó los hombros y, de repente, apuntó con su arma a Margaret, que una vez más se limitó a levantar la mano.

—Última página, Luli —dijo—. La última página del libro.

La pistola de Luli empezó a temblar. La playa estaba expectante, mi padre y el tío Brad se inclinaban hacia ellas en sus sillas. «Esto está tardando —pensé—. Puede que Margaret esté saboreando el final, pero…».

Y entonces sucedió.

En un abrir y cerrar de ojos, Margaret se levantó de su silla, con una llave de kárate le quitó a Luli la pistola de la mano y luego se alejó por la playa. La brisa arrastró su flexible sombrero, que dio vueltas en el aire y aterrizó en la arena.

—¡Maldita sea! —gritó Luli.

A continuación, cogió la pistola y corrió detrás de Margaret. Los demás se echaron a reír, incluso yo lo hice. Resultó que al final sí que había habido espacio para un poco de drama.

Ethan volvió del lago con la friolera de tres cangrejos en la red. Tenía mucho talento para ser un niño de seis años. Lo vi depositarlos en el charco más grande; uno de ellos tenía las pinzas enredadas en la malla. Entonces susurró algo que me produjo un escalofrío.

—¿Cómo? —le pregunté—. ¿Puedes repetirlo?

—He oído hablar a mis mamis —respondió, pateando la arena húmeda—. De ti..., saben quién va a por ti.

Me quedé helada.

—¿Quién? —Intenté no vacilar, mantener la calma—. ¿Quién me tiene como objetivo?

Ethan se encogió de hombros.

—Pregúntales.

«¿Pregúntales?».

No, no podía preguntarles. Si mis tías no me habían avisado, eso significaba que no estaban de mi parte. No podía confiar plenamente en ellas.

—No, Ethan —dije, negando con la cabeza—. Te lo estoy pidiendo «a ti».

Dudó.

—Ethan...

—Ian —murmuró—. Dijeron que Ian va a por ti.

Solté un hondo suspiro. Bueno, eso lo explicaba todo. El hermano de Sarah era el ahijado de la tía Julia. Por supuesto que su lealtad sería para con él.

«Tienes que irte —me aconsejó la voz de Claire dentro de mi cabeza—. Está aquí, ¿recuerdas? Se ha saltado el almuerzo en el Atlantic para ir a surfear».

«Mierda», pensé cuando vi a mi primo flotando en el mar con su tabla de surf. Claire tenía razón; debía irme, porque era imposible que el único motivo de Ian para saltarse las ostras fuera pillar unas olas. No tardaría en acercarse a la orilla; si yo me quedaba tomando el sol en la toalla o me ponía a construir castillos de arena...

No anuncié que me iba a casa, sino que recogí mi bolsa rápidamente; sin llamar la atención, me colgué la toalla al cuello y me puse las chanclas.

Sin embargo, oí que la tía Julia gritaba a través del apreciado megáfono del tío Brad: «¡Adiós, Meredith!».

Se me aceleró el pulso. ¿Ian había salido del agua?

«No te des la vuelta —dijo Claire mientras yo luchaba contra el impulso de hacerlo—. No te des la vuelta y no salgas corriendo. Eso te delataría. Sabrán que lo sabes».

Así que levanté un brazo rígido en señal de despedida.

Sin embargo, en cuanto hube desaparecido de la vista de todos, eché a correr.

Mi vida dependía de ello.

Ya a salvo en el Anexo, me di una ducha al aire libre con agua hirviendo —la perfecta felicidad— y después me puse una camiseta de tirantes y mis *shorts* desgastados favoritos de la marca J. Crew. Desenchufé el móvil de la toma de corriente del salón y me tumbé en el sofá para comprobar las notificaciones, preguntándome si @sowitty17 habría respondido a mi sugerencia sobre el guacamole de langosta. ¿Lo habría pedido?

Pero, en lugar de una notificación de mensaje de Instagram, tenía cinco mensajes sin leer.

Todos de Ben.

—¿Qué coño? —dije en voz alta, tecleando mi código de acceso para leerlos—. En serio, ¿qué coño?

Primero: «Hola, Mer».

Segundo: «¿Cómo va todo?».

Tercero: «Parece que te estás divirtiendo mucho».

—Sí —murmuré—. Porque tú no estás aquí.

Cuarto: «Ayer estabas muy guapa».

«¡Ajá!», pensé, con todo el cuerpo hirviendo a fuego lento mientras cambiaba a Instagram, al perfil de @meredithfox. ¡Ahí lo teníamos!

La noche anterior había publicado una foto de la cena de

Wink y Honey. Mi madre la sacó después de que Luli, Eli y yo volviéramos de Edgartown. Los tres estábamos abrazados con la puesta de sol rosa y naranja de fondo («una puesta de sol de limonada rosa», la habría llamado Claire). Yo sonreía en el centro, con las mejillas sonrojadas por el subidón de adrenalina del juego del asesino y el pelo alborotado en la brisa. «¡Primos!», titulé la foto, olvidando por completo el *hashtag* de la boda. Había recibido un montón de *likes*, pero hacía siglos que había desactivado las notificaciones. En estos momentos, sin embargo, no pude evitar fijarme en el primer comentario: @benfletcher había dejado tres emojis de fuego. Puse los ojos en blanco. Ben me había querido, pero comprendí que nunca lo había hecho de una manera profunda. Sus cumplidos siempre giraban en torno a mi aspecto físico.

Volví a abrir mis mensajes y leí el último de Ben: «Creo que tenemos que hablar».

—No, desde luego que no, so mierda —murmuré, y me debatí entre lanzar o no mi teléfono a la otra punta de la habitación. Pero no, me conformé con borrar sus mensajes. Luego volví a mi perfil de Instagram e hice un pequeño cambio de identidad.

Me desplacé por mi *feed* durante unos minutos: historias de Instagram de mis antiguos compañeros de clase que estaban de pícnic en la plaza Clinton, vídeos de mis grupos favoritos de gira, fotos de perros bonitos y memes divertidos. Hice doble clic en la última publicación de Timothée Chalamet. Estaba de vacaciones en Italia.

Aunque la siguiente foto me llamó más la atención que la de Timothée…, porque era una foto… mía. No del presente, sino de hacía años. Tendría diez quizá, llevaba trenzas y una servilleta metida en la camisa, y reconocí al instante la silla de mimbre en la que estaba sentada. De rodillas, lo sabía, porque era demasiado pequeña para alcanzar la mesa.

Y necesitaba alcanzar la mesa… para alcanzar el enorme

cuenco de piedra que tenía delante, repleto del famoso guacamole de langosta del Atlantic. Pero, en lugar de usar mis mejores modales y mojar educadamente un chip de tortilla, había cogido una cucharada de guacamole y me lo había untado en la cara. Alguien me había desafiado.

¿Qué...?

Dejé de quedarme pasmada el tiempo suficiente para parpadear y ver quién era el responsable de semejante blasfemia. @sowitty17 había escrito: «Simplemente delicioso ¡Gracias, langosta mía, por la recomendación! «#HurraEsUnaDupré».

Inmediatamente le envié un DM: «¡¿dónde has encontrado esa foto?!».

Y entonces: «¿Ves *Friends*?».

Porque «langosta mía», el término cariñoso del día de Wit, no solo era un juego de palabras sobre su comida, sino también una referencia directa a esa antigua comedia televisiva. Phoebe tenía la teoría de que cuando las langostas unían sus pinzas..., bueno, eso significaba que se habían enamorado y que se aparearían de por vida. «Ella es tu media langosta», le decía siempre a Ross refiriéndose a Rachel. Una frase legendaria.

¡Wit! Una mitad de mí quería darle otra patada en la cara, mientras que la otra mitad deseaba sonreír y reírse con él. Pero mi única opción en estos momentos era comprobar si me había respondido al mensaje.

Todavía no.

«¿De dónde ha sacado esa foto?», volví a preguntarme mientras echaba un vistazo a las fotos que cubrían las paredes del salón. La foto en la que yo salía no estaba en el cuarto, pero las fotos de la familia Fox decoraban «cada una de las casas de la Granja Paqua». Sonreí para mis adentros. Cada una de las casas, pero Wit solo se alojaba en una de ellas.

Minutos más tarde, entré en la vacía sala principal de la Cabaña: la gigantesca chimenea de piedra, la colección de sofás de cuero agrietados y el cuadro del tigre que enseñaba los colmillos. Había emprendido el camino de vuelta a través del bosque por si Ian andaba merodeando cerca. «Relájate, relájate —le dije a mi pulso—. Estás dentro, estás a salvo».

Observé la habitación una, dos, tres veces antes de fijarme en la serie de fotos enmarcadas sobre la repisa de la chimenea. La mayoría era de hacía dos siglos, pero un toque de color destacaba entre tanto blanco y negro.

Por supuesto, era yo.

«Te pillé», dije, y crucé la habitación para coger el marco mientras notaba la vibración del móvil en el bolsillo. Lo saqué y vi un DM de @sowitty17.

«¿Has deslizado a la derecha?», preguntaba.

«¿Deslizar a la derecha? —respondió @hemana_claire—. Disculpa, pero no recuerdo que hayamos hecho un *match* en Tinder».

«No lo hemos hecho, dijo. No tengo Tinder».

Estuve a punto de responderle que yo tampoco tenía, pero apareció otro mensaje de Wit: «Me refería a aquí, en el viejo buen Insta. ¿Has deslizado a la derecha de mi post?».

¿Deslizar a la derecha de su post? Fruncí el ceño y volví a mi foto de la infancia. Entonces me di cuenta de que había subido varias fotos.

Dos, en concreto.

«No puede ser —pensé, con el pulgar sobre la pantalla—. Es imposible que haya…».

Pero lo había hecho. Cuando deslicé las fotos, encontré una de Wit Witry a sus diecinueve años imitando a la Meredith Fox niña. Al igual que yo, tenía una servilleta azul metida en el cuello de la camisa y un pesado mortero de guacamole en la mesa frente a él y, como yo, se había untado una cucharada en el sonriente rostro.

Se me hizo un nudo en el estómago.

Wit debía de haberme mandado otro mensaje después de que yo le diera un *like* a la foto, pero estaba demasiado ocupada

como para responder, porque me arriesgaba a otro encontrona-
zo con Ian por ir a robar algo al Campamento.

El peluche de langosta roja de Hannah.

«No se dará cuenta —me dije mientras volvía corriendo a
la Cabaña, a la última habitación—. ¡Tiene tantos juguetes que
no se dará ni cuenta!».

Wit no había hecho la cama, pero obvié ese detalle y me
puse a decorar su mesita de noche. Moví la bolsa de hielo de
la noche anterior para poder arreglar perfectamente mi marco
con la foto; luego coloqué la langosta encima de su guía de
Nueva Zelanda. «¿Un viaje con su madre? —me pregunté—.
¿Tal vez para cerrar el verano?».

Volví a fijarme en su cama deshecha antes de irme…, y con
eso quiero decir que me detuve y me quedé mirándola hasta
un punto casi morboso. Sus mantas estaban retiradas hasta los
pies, había algo de arena en las sábanas y aún se podía ver
dónde habíamos dormido. Nuestras siluetas en el colchón estaban demasiado cerca como para ser completamente platónicas.
Recordé la mañana, amanecer junto a él y ver nuestros brazos
estirados, buscándose.

«Sí —pensé—. Quiero sonreír y reírme con él…».

Con el corazón henchido, me di cuenta de que no era lo
único que quería hacer.

También quería besarlo.

Quería besar a Wit.

9

*F*ui al Complejo de Condominios de Nailon alrededor de las cuatro de la tarde. El pueblo de tiendas de campaña estaba en una de las carreteras sinuosas, no muy lejos del único casoplón de la Granja: la Casa del Páramo.

—Seguro que los Dupré están «encantados» —bromeó alguien cuando pasé por allí el día anterior—. ¿Podría nuestro *camping* ser más desagradable a la vista?

Eso tenía algo de verdad: las doce tiendas de campaña obstruían la cristalina vista de la Casa del Páramo sobre el lago Job's Neck. Eli y yo estábamos de cháchara dentro de su tienda. Pravika y Jake se habían ido a trabajar, y no había rastro de Luli desde la última vez que la vi en la playa.

—¿Crees que todavía sigue de caza? —pregunté—. ¿Estará esperando a Margaret en algún lugar?

—*Mmm* —respondió Eli—. Podría ser. —Levantó la vista del libro que estaba leyendo a medias—. Podría estar escondiéndose de su propio asesino.

Gruñí. Ian también había desaparecido de momento, pero eso no me hizo sentir mejor; en todo caso, me puso más nerviosa. Después de dejar el peluche en la habitación de Wit, comprobé tres veces que la costa estuviera despejada antes de volver al Anexo.

—Al menos ahora sabes quién va a por ti —comentó Eli, y luego volvió a zambullirse en la lectura.

Miré a mi alrededor y vi una nueva pila de libros cerca de su saco de dormir.

—Eli… —dije lentamente—. ¿Dónde estabas esta mañana?

No hubo respuesta.

—No estabas en la librería, ¿verdad?

Eli asió su libro con más fuerza, casi aferrándose a él.

Me reí.

—Si trabaja en el club náutico —dije—, no creo que esté en la librería durante el…

—¡He ido a la hora del almuerzo! —Su voz subió unas cuantas octavas—. ¡Porque nunca se sabe!

—¿Y? —pregunté—. ¿Tu instructor de navegación ha aparecido?

Los hombros de Eli se desplomaron.

—No —negó—, pero el empleado que había hoy es guapo…, pelo negro, gafas de carey, del tipo estudioso. —Hizo una pausa—. Aunque tímido. Saludó, pero luego volvió a enfrascarse en lo que estaba leyendo detrás de la caja registradora.

—No suena a un buen servicio al cliente —comenté, pensando en Claire.

Si mi hermana hubiera trabajado en Edgartown Books ese verano, habría hecho recomendaciones a todo el mundo. Nadie se habría marchado de la tienda sin una bolsa en la mano. Todo el mundo la habría adorado.

—Apuesto a que al instructor de navegación le da un buen servicio al cliente —refunfuñó Eli.

—¡Ostras, Eli! —Le lancé un libro—. ¿Cómo sabes que son gais?

Eli hizo una mueca y luego cambió de tema.

—¿Vas a ir a la Sala Varsity esta noche? —preguntó.

—Sí —respondí—. Siempre y cuando Ian no me tienda una emboscada por el camino.

—No, estará muy ocupado. Ahora es el anfitrión, ¿recuerdas? Desde que como-se-llame se graduó. —Ladeó la cabeza al ver mi expresión confusa, y entonces cayó en la cuenta—. Ah, claro —dijo amablemente—. Tú no estabas aquí el año pasado.

—No. —Sacudí la cabeza e ignoré el ligero nudo en mi estómago. Luego comprobé el teléfono y vi que eran casi las cuatro y media.

Casi la hora de irse.

—Buena suerte —dijo Eli cuando abrí la cremallera de la tienda—. Ya me dirás en qué queda la cosa.

—Lo haré —dije, e hice algunos de los ejercicios de respiración profunda de la tía Rachel mientras zigzagueaba entre las tiendas de camino a la Casa del Páramo.

La idea de ser cazadora y presa al mismo tiempo me ponía de los nervios. Mi cerebro me decía que abortara la misión, que volviera a mi estrategia defensiva y me escondiera en algún lugar. Porque, ¿quién sabía?, Ian podría estar siguiéndome a hurtadillas. Tampoco ayudaba que en el trozo de papel que llevaba en el bolsillo pusiera: oscar witry.

La noche anterior estaba muy ansiosa por decirle a Wit que me había tocado su padre, especialmente después de lo que habíamos hablado, pero, cuando finalmente me sinceré, se rio.

—Me parto —dijo—. En serio, es muy gracioso. —Bostezó—. Hay un momento ideal para pillarlo, porque está en modo vacaciones total...

Me entró nostalgia de Wit al recordar su risa. No lo había visto en todo el día; después del almuerzo más relajado del mundo, me había enviado un mensaje para decirme que iban a recorrer Chappaquiddick durante el resto de la tarde. La isla estaba justo frente a la costa de Edgartown, a solo ciento cincuenta metros de distancia del canal. Por supuesto, una dama de honor había publicado una foto del grupo en lo que llamábamos cariñosamente el Chappy Ferry, el «barco majo». Wit no miraba a la cámara, el viento azotaba su cabello pajizo y había vuelto la cabeza para estudiar lo que quiera que le hubiera llamado la atención.

«Siempre está en alerta —pensé, recordando nuestro paseo en bicicleta a Morning Glory y en cómo lo observaba todo—. Quiere absorberlo todo».

Eso me gustaba.

Mi estómago se estremeció cuando llegué a la Casa del Páramo. El sendero del bosque que había tomado desembocó en el patio lateral. «Estará solo —me había dicho Wit—. Bueno, solo con un puro y un poco de *bourbon*. Le gusta sentarse al aire libre y saborear el día, disfrutar del silencio».

Pero, en lugar de silencio, había «voces». Se me aceleró el pulso cuando oí que venían del patio trasero. Supuse que se trataba de una partida de bochas y me ceñí contra el revestimiento de madera blanca de la casa para hacerme una composición de lugar. Si estaban jugando a las bochas, eso significaba que había cuatro personas como mínimo. Tres invitados a la boda con los que no contaba y que podrían alertar al padre de Wit para que saliera corriendo.

«He estado cerca», pensé, decidiendo que volvería a intentarlo al día siguiente…

Pero en eso oí la risa de una mujer.

—Oscar, ¿qué ha sido eso? —dijo Kasi Dupré mientras yo me asomaba por la esquina de la casa para ver cómo iba la partida.

La pista de bochas tenía dieciocho metros de largo por tres y medio de ancho, y estaba recubierta con la misma tierra batida que una de tenis. La hermana mayor de Michael se hallaba en un extremo con su hermano menor, y el padre y la madrastra de Wit en el otro. Ambos sujetaban vasos de *bourbon*, y Oscar se estaba fumando un puro.

Se rio.

—Esto tiene su proceso de aprendizaje, Kasi.

—Y todos hemos progresado —dijo inexpresivo el hermano de Michael mientras hacía rodar su pesada pelota por la cancha, alejando una de las de Oscar—. Excepto tú.

Oscar resopló de esa manera que hacen los padres.

—Ah, *cher bébé* —dijo su esposa, besándole la mejilla—. Tú tranquilo...

Sentí que se me incendiaba el rostro de golpe y comprobé que mi pistola estuviera bien guardada en la parte trasera de mis pantalones. Había venido a asesinar a Oscar Witry, y eso era exactamente lo que iba a hacer.

—Entiendo cómo te sientes —había dicho Wit después de que le contara mi rencor hacia Sarah—. He pasado por lo mismo. —Me apretó los dedos—. Quiero a los Dupré. Jeannie, Kasi, Michael, Nicole y Lance... Los quiero, pero me costó un tiempo. —Hizo una pausa—. Mi madre y mi padre se separaron cuando yo tenía catorce años; nosotros nos quedamos en Vermont y él se mudó a Nueva Orleans. Mantuvimos el contacto, o por lo menos lo intentamos, pero nunca hablábamos de nada importante. —Suspiró—. ¿Cómo van las cosas? ¿Cómo va la escuela? ¿Has esquiado mucho? Todas las llamadas terminaban con un «a ver si te traemos pronto de visita».

—¿Cuándo fue esa visita? —pregunté cuando se quedó callado.

Wit carraspeó.

—Dos años después. Siempre pensé que cuando hablaba en plural se refería a él y a mí, pero no hablaba de «nosotros». En fin, se refería a él y a Jeannie. —Empezó a jugar con mis dedos—. Porque cuando finalmente me compró un billete de avión, fue para que asistiera a su boda.

—No. Estás de broma.

—No es broma —respondió—. Empezaron a salir unos meses después de que él se mudara allí y nunca se le ocurrió mencionarlo. —Puso la voz más grave—. ¡Bienvenido a Nueva Orleans, hijo! Te presento a tu futura madrastra.

Se me cayó el alma a los pies.

—Wit...

—Estaba muy disgustado —susurró—. Tan enfadado que pensé en pillar el avión de vuelta a casa en ese mismo momento...

—¿Qué pasó? —susurré.

Se encogió de hombros.

—Que se casaron. Se casaron y de repente tuve cuatro hermanos que al principio me hicieron sentir como una mierda. Cuatro hermanos que me hicieron sentir que mi padre pasaba de mí, porque cuando lo veía con ellos... —Se interrumpió—. Era evidente lo mucho que los quería.

—Te sentiste reemplazado —dije.

—Sí, y me hice mala sangre durante mucho tiempo, hasta mucho después de que yo mismo me enamorara de los Dupré. —Casi podía ver su sonrisa en la oscuridad—. Se hacen querer.

—Sí —coincidí, pensando en Michael y en la facilidad con la que había encajado en la familia Fox desde el instante en que Sarah lo presentó—. Así es.

Nos quedamos en silencio durante un buen rato, tanto que pensé que Wit se había dormido, pero finalmente lo oí decir:

—Elegí Tulane por él. Sé que dije que fue por la aventura, pero no tiene nada de aventura, y yo lo sabía. No con mi padre viviendo a tan solo quince minutos de distancia. —Dejó escapar un profundo suspiro—. Elegí Tulane porque pensé que así me haría caso.

—¿Y ha sido así? —pregunté—. ¿Te hace más caso?

—Sí —dijo Wit—. Él me hace caso, yo le hago caso, nos hacemos caso el uno al otro. —Hizo una pausa y añadió con un tono más suave—: Y ahora quiero una aventura.

Intenté cruzar el patio con despreocupación hasta la cancha de bochas, pero el corazón me iba a mil.

—¡Hola, Meredith! —me saludó Kasi—. ¿Buscas a Wit?

—Um, sí —mentí—. ¿Sabes si ya ha vuelto?

Kasi negó con la cabeza.

—Todavía no. Nicole ha enviado un mensaje de texto diciendo que estaban pensando en ir a cenar a otro pueblo. Chill no sé qué.

—Chilmark —dije—. Probablemente la Taberna Chilmark.

—¿Nos estamos perdiendo mucho? —preguntó Jeannie, con una sonrisa agradable; ella y Michael tenían los mismos ojos marrones, unos ojos que transmitían calma.

—La verdad es que no —respondí—. La comida está deliciosa, pero el restaurante es muy ruidoso. —Me vi sonriéndole a mi vez—. Mi hermana solía decir que escuchar todas esas voces era el equivalente a golpearse la cabeza contra la pared.

Hubo un gemido colectivo.

—Pues Wit lo pasará mal —comentó Oscar—. Le gusta la paz y la tranquilidad. —Se volvió, intercambiando una mirada con su esposa.

Aproveché la ocasión para coger mi pistola y, cuando se volvió a mirarme, le apunté.

—No es nada personal, señor Witry —dije—, pero tiene que hacerse.

Oscar asintió. Sus hijastros le pidieron a gritos que se largara corriendo hacia la casa, pero el padre de Wit cerró los ojos y, cuando le lancé un chorro en el pecho, fingió una caída. Ahogué un resoplido, porque me recordó a algo que haría su hijo.

—No tengo la menor idea de quién es —me dijo cuando me pasó su objetivo—. Le pregunté a Michael, pero, por supuesto, se hace el imparcial, y Sarah se disculpó profusamente cuando se lo pregunté a ella.

Leí el nombre y sonreí.

—¿Conoces al objetivo?

—Lo conozco.

—Bien, pues te deseo la mejor de las suertes, señorita Meredith. —El padre de Wit me ofreció la mano para darnos un apretón.

La acepté.

—Gracias, señor Witry.

El estómago me rugía mientras recorría el camino de conchas marinas de la Casa del Páramo, así que, en lugar de volver lentamente al Anexo —escondiéndome detrás de los árboles y mirando por encima del hombro cada cinco segundos—, decidí abandonar toda prudencia e ir a casa corriendo. Pensé que, si yo tenía hambre, Ian probablemente tendría más. Puede que incluso hubiera conducido hasta Chilmark para reunirse con el resto del grupo para la cena.

Pasaba por el desvío del lago Job's Neck cuando oí una voz que me hizo frenar derrapando. «No, es una absoluta mierda», decía una mujer. Al girar sobre mis talones, vi que estaba paseando cerca de un roble, hablando por teléfono con unos AirPods en los oídos. «Estoy durmiendo en el sofá de una casa con sus primos pequeños, que se pegan unos madrugones que flipas».

«Esto es demasiado bueno para ser verdad», pensé, comprobando que mi pistola estaba preparada antes de asaltar literalmente a Viv Malitz, una buena amiga de Sarah, pero no lo suficiente como para ser dama de honor. «Insisto en que eso no es cierto —nos había dicho Sarah—. Pero sigue estando tan picada que casi preferiría que no viniera».

Ahora ya estaba segura de que Viv deseaba lo mismo.

—Luego te llamo —dijo con voz neutra cuando la rocié.

Fue una muerte piadosa, una simple salpicadura en el brazo.

Pero, aun así, me fulminó con la mirada.

—¿Me pasas tu objetivo? —le pregunté dócilmente.

—Estaba hablando por teléfono —respondió, señalando sus AirPods.

—Lo sé —dije—. Pero, mmm, el juego es veinticuatro ho-

ras al día… —Evité el contacto visual, temiendo que me perforara con su gélida mirada—. Y tú estás, ejem, fuera, así que…
—Tragué saliva—. ¿Tu objetivo, por favor?

Viv me miró fijamente; sus ojos cortaban como cuchillos, la verdad.

—No lo tengo.

—¿Cómo?

—Que no lo tengo —repitió—. Está en el Campamento, probablemente cubierto de mantequilla de cacahuete, gracias a tus primos.

«Ethan es alérgico a los cacahuetes», estuve a punto de decir, pero no quería salirme del tema. Cambié de un pie al otro.

—¿Podemos quedar más tarde? —pregunté—. ¿O puedes dejarlo en mi buzón? ¿O lo recojo yo en el tuyo? Es importante, para continuar…

—¡Dios! —me interrumpió—. ¡Sí, bien, lo que sea! Relájate, ¡ya te lo busco yo!

Luego se ajustó los AirPods y el Face ID del iPhone.

Lo entendí como mi permiso para retirarme.

—Necesito tu ayuda —dijo mientras me alejaba, recuperando su llamada—. «Necesito» que me saques de esta isla.

Resultó que, en lugar de ir a Chilmark, el grupo de la boda volvió a la Granja para cenar y mis padres sugirieron que fuéramos a Coop de Ville. Era un bar de Oak Bluffs donde servían marisco al aire libre, famoso por las almejas fritas y al vapor, así como por las alitas de pollo. En lugar de mesas dispersas, había mesas largas y estrechas con bancos y taburetes altos, y las paredes estaban decoradas con banderas de fútbol internacionales y carteles descoloridos que decían cosas como ¡hoy almejas al vapor! y ¡esta noche pícnic playero!

El Coop era uno de los locales favoritos de Claire. Mi

padre siempre tenía que retorcerle el brazo para que compartiera las almejas.

Nos sentamos en unos taburetes con vistas al puerto y, tras pedir las alitas, mi padre sacó a colación el juego del asesino. Había eliminado a un primo y heredado a otro, mientras que mi madre reconocía que estaba esperando el momento oportuno para perseguir a Nicole Dupré.

—Es difícil, porque es una dama de honor —dijo—. Siempre andan de excursiones, y pronto las tareas de la boda se intensificarán…

Más tarde, mis padres se desternillaron de risa cuando les conté mi visita a la Casa del Páramo para eliminar al padre de Wit.

—Se lo tomó como un caballero —dije con un bocado de pollo picante en la boca. Probablemente, mis labios estaban manchados de salsa.

—Es que es muy simpático —comentó mamá antes de que pudiera mencionar mi encuentro con Viv—. Ayer hablamos con él en la playa un par de horas. —Dio un sorbo de agua—. Se nota que adora a su hijo.

En ese momento, mi pierna comenzó a rebotar arriba y abajo. Wit, Wit, Wit… ¿Por qué no me había despedido de él esa mañana? Tendría que haberlo hecho, y lo «habría hecho» si hubiera sabido que no lo vería en todo el día.

«No, espera, tacha eso —pensé, mientras la pierna me rebotaba más rápido—. Lo veré esta noche».

Hay algo más tarde, le había escrito antes de salir de la tienda de Eli. En la Sala Varsity.

«¿Algo? —me respondió—. ¿Eso se traduce en fiesta?».

«Sí —tecleé—. Empieza a las 9».

«Sin ofender —dijo—, pero igual paso de ir. Después de pasarme el día entero con esta peña, ya estoy un poco harto de ellos».

«No, no, esto es diferente. Te lo prometo», respondí.

Unos minutos, y luego: «¿Juramento de meñiques?».

Sonreí para mis adentros. Juramento de meñiques.

—Entonces, ¿qué suma eso, Mer? —preguntó mi padre, llamando mi atención de nuevo hacia la mesa—. ¿Cuántos?

—Cuatro —dije sin dudarlo—. Cuatro objetivos abatidos.

Papá levantó su cerveza.

—Brindo por eso.

—¿Quién será el número cinco? —preguntó mi madre después de chocar las copas.

—No lo sé —respondí frunciendo un poco el ceño. ¿Me dejaría Viv su objetivo en el buzón? ¿O tendría que ir detrás de ella para conseguirlo?—. La verdad es que no lo sé.

La Sala Varsity estaba justo al lado de la pista de tenis de Paqua; aunque por fuera tenía el tradicional revestimiento de cedro, no era como el resto de las casas. Ni siquiera era una casa en sí misma. Por dentro parecía un sótano inacabado cuya finalidad era tan poco clara que el espacio se utilizaba para múltiples fines. Solo tenía dos cuartos, el más grande lleno de aparatos de gimnasia, sofás con bultos, un viejo televisor que ya no funcionaba, un equipo de música aún más antiguo que, por alguna razón inexplicable, seguía funcionando, y una desconcertante estructura de madera que mi padre y el tío Brad insistían en decir que era una barra, y que habían construido ellos mismos en el instituto. Ahora, detrás de la barra había una nevera cubierta de pegatinas de parachoques para dejarlo más claro.

En la pared de enfrente había una mesa de pimpón y una gran pizarra para llevar la cuenta durante los torneos: Wink era nuestro campeón indiscutible. El techo estaba cubierto de luces y en un rincón había una máquina de pinball (el fuerte de Honey).

En resumen, la Sala Varsity era el lugar perfecto para una fiesta.

Así que, cuando mi familia volvió de Oak Bluffs, mis padres se fueron a la Casa del Farol a pasar el rato con el tío Brad y la tía Christine mientras Luli, Pravika y yo tomamos el Anexo para prepararnos.

—¡Lápiz de ojos! —gritó Luli—. *Tout suite!* —Todavía estaba exaltada por lo de la mañana; efectivamente, Margaret se le había escapado.

—¡Voy! —respondí, desenchufando el secador de pelo y rebuscando en mi estuche de maquillaje. Luego entré en la habitación de mis padres; tenía el mejor espejo de la casita.

Luli se volvió y establecimos contacto visual.

—¿Qué? —pregunté, un poco cohibida.

—Nada —respondió.

—La gente todavía se emperifolla, ¿verdad? —pregunté. Siempre había sido tradición que las chicas se emperifollaran y que los chicos se pusieran… lo que fuera—. ¿O eso ha cambiado?

—No, no ha cambiado.

Entonces preguntó como si nada si Wit iba a venir.

—Sí, lo he invitado —dije.

Luli asintió.

—Guay.

Noté calor en la nuca. De la manera en que lo había dicho, no sonaba guay; al contrario, era como si yo hubiera hecho algo malo.

—Es un tío muy *cool* —dije, intentando sonar desenfadada mientras le pasaba el lápiz de ojos—. Igual esta noche podemos todos…

—¡Vaya, Meredith! —Pravika entró en la habitación. Había estado pintándose las uñas en la cocina—. Estás supersexi. —Señaló mi vestido, que, había que reconocerlo, era bastante sexi: negro de cuello *halter* y la espalda tan baja que casi no existía. Sarah me lo había enviado por mi cumpleaños, en abril—. ¿Te lo has puesto para alguien especial?

—Para mí —respondí. Una mentira piadosa—. Me lo regaló Sarah.

«Para hipnotizar a alguien», me escribió en la tarjeta que acompañaba el regalo.

Era la primera vez que me lo ponía, y nunca me había alegrado tanto de que Ben ni siquiera lo hubiera visto. Había llevado muchos vestidos bonitos con él, pero este nunca. Puede que inconscientemente supiera que ese «alguien» no era él.

Se me retorció el estómago al recordar el mensaje que me había enviado ese mismo día: «Creo que tenemos que hablar».

Luego se me destorció al recordar que había borrado el mensaje.

Ojos que no ven, corazón que no siente.

Cuando Pravika y Luli estuvieron listas para irnos, me puse el impermeable con capucha de mi padre. No llovía, pero no quería que Ian me viera hasta estar fuera de tiro.

Sin embargo, cuando llegamos a la Sala Varsity, comprendí que el disfraz no era necesario. Ian estaba muy ocupado haciendo de gorila en los escalones de la terraza para impedir que algunos invitados cruzaran las puertas correderas.

—En serio, Ian —decía Michael, con Sarah a su lado y la mayoría de sus amigos esperando nerviosamente detrás de ellos—. Déjanos entrar.

Mi asesino cruzó los brazos.

—¿No tienes más de veintiún años, Michael? —preguntó a su casi cuñado. Hizo un gesto con la barbilla hacia su grupo—. ¿No sois «todos» muy mayores?

Sarah gruñó.

—¡Ian!

Él silbó.

—¡Ya conoces las reglas, hermanita!

Pravika, Luli y yo nos reímos mientras nos colábamos entre ellos y cruzábamos la amplia puerta. Yo le había dicho a Wit que esta fiesta sería diferente, y no mentía. «Era» diferente, destinada a la «pandilla más joven» de la Granja, como nos llamaban mis abuelos.

Pero sí, había algo de bebida. Se suponía que era un secreto y que nuestros padres no lo sabían, pero como la mayoría de los adultos en Paqua también habían sido adolescentes en Paqua alguna vez, era un secreto a voces; a ver, papá y el tío Brad habían construido la supuesta barra por una razón.

—Wink ha pasado por aquí —dijeron Eli y Jake a modo de saludo, entregándonos un refresco White Claw a cada uno—. Ha soltado su discurso.

Asentimos. Mi abuelo seguía unas reglas muy estrictas, y siempre aparecía en las fiestas de la Sala Varsity para recordárnoslas. «Si alguien no quiere beber, no lo obligues a beber —había dicho—. Nada de licores fuertes, solo cerveza o ese mejunje con gas. Nada de estúpidos juegos de cartas, por favor, y no conviertas mi mesa de pimpón en una mesa de *birrapón*». Se aclaró la garganta. «Y, por último, si alguien se sube a un coche, aunque no conduzca, ¡juro que encontraré las llaves y las tiraré yo mismo al lago Oyster!».

—¿Tienes frío, Meredith? —Jake le dio un trago a su cerveza.

No me había percatado de que mi cuerpo se había puesto a temblar…, y no era por haberme quitado el chubasquero.

—Un poco —respondí, parpadeando rápidamente y abriendo la lengüeta del refresco con alcohol. Sabía a cereza negra y no pensaba darle más que un sorbo.

—He apuntado nuestros nombres para el pimpón —le dijo Jake a su hermana mientras yo le daba un repaso visual a la sala.

La música sonaba en el equipo estéreo medieval, y algunas personas ya estaban bailando, mientras que Nicole Dupré y el difunto Daniel Robinson cuchicheaban en un sofá. Grupos de primos charlaban junto a la barra. La sala estaba llena de gente.

—Está guapo —dijo Luli, y señaló con su refresco la otra habitación, donde estalló una ronda de aplausos.

—Vamos a ver a la competencia.

Ella y Jake desaparecieron en la zona del pimpón; unos minutos más tarde, Eli sacó a Pravika a la pista de baile (en realidad, una horrible alfombra afelpada de los años setenta).

—¡Mer! —Me hicieron un gesto para que fuera con ellos—. Venga…

Pero, de pronto, la música y sus voces se convirtieron en ruido blanco, porque un grupo de chicas se apartó de la barra y reveló una figura familiar junto a la pared más lejana. No parecía incómodo ni nada de eso; solo parecía que esperaba a alguien.

Con el corazón desbocado, me abrí paso hasta él.

10

Wit estaba apoyado en la pared de madera rústica, pero se enderezó al verme.

—Vaya, ¡hola! —me saludó—. ¿Has conseguido cruzar la puerta sana y salva?

«Ian es mi asesino. He conseguido que Ethan me lo chivara», le había escrito previamente en un mensaje.

«Los niños de seis años aparecen en el momento oportuno —me respondió, y luego—: Lo resolveremos».

No había usado el singular, sino el plural.

—Ajá —asentí—. Ian está lidiando con algo allí atrás. —Señalé por encima de mi hombro hacia las puertas. Sarah y Michael aún no se habían rendido y seguían discutiendo con mi primo.

Wit se rio por lo bajo, y no pude evitar darle un repaso a su ropa. La verdad es que los chicos se ponían cualquier cosa para esta fiesta —Jake seguía vestido con su camisa púrpura de Mad Martha's, manchada de helado—, pero Wit lucía unos vaqueros finos y una camisa abotonada de rayas. Verde oscura y blanca. La llevaba desabrochada, encima de una camiseta gris, y las mangas remangadas dejaban ver la correa de piel de su reloj. Mi pulso saltó como una piedra a la otra orilla del lago Paqua.

—Oye, tu hematoma tiene mejor aspecto —comenté; el color azul empezaba a diluirse en un tono más verdoso—. La tía Christine estará encantada.

—Eso es porque anoche le puse hielo —respondió.

Levanté una ceja.

—¿Le pusiste hielo «tú»?

Wit me guiñó un ojo y casi me abalancé sobre él. Con las luces que brillaban sobre nosotros, su pelo rubio resplandecía, al igual que sus ojos turquesa de novela de fantasía.

Entonces le sorprendí mirándome a mí también, mi larga cabellera suelta y el vestido sin espalda. Esperé a que me dijera que estaba guapa.

No lo hizo y, por extraño que parezca, eso me hizo feliz.

En su lugar, dijo:

—¿Estás segura de que esos son los zapatos idóneos para esta noche?

—Oh —dije, y bajé la vista hasta mis cuñas. Si Ian decidía darme caza, yo no tendría la más mínima posibilidad—. Bueno…

Wit sonrió y dio un sorbo a lo que parecía vino tinto.

—Espera, ¿vino? —pregunté—. ¿De dónde has sacado vino?

—De ningún sitio —respondió—. Esto no es vino. —Me ofreció su vaso para probarlo—. Es zumo de arándanos. Lo he encontrado en la nevera. —Se encogió de hombros—. La cerveza no es lo mío.

—Ja.

A todos los chicos que conocía les gustaba la cerveza. Pasamos un rato en silencio.

—Gracias por mi regalo, por cierto —dijo Wit despreocupadamente—. Voy a dormir con él todas las noches.

Resoplé de la risa y el sorbo de zumo que había bebido casi me salió por la nariz. El peluche de langosta de Hannah.

—No lo harás.

Sonrió con ironía.

—No, no lo haré. Lo devolví mientras estabas en la cena. Es que se podía oír el dramón en todo el Campamento, literalmente.

—Fijo que sí —dije, pensando en los agudos sollozos de Hannah; había sido una tonta al pensar que no se daría cuenta: tenía muchos juguetes, pero la langosta era uno de sus favoritos.

—¿Cómo te ha ido el resto del día? —preguntó Wit, apoyándose en la pared. Puso algo de distancia entre nosotros, así que avancé un poco para reducirla, y luego más. Le separé los pies para poder colocarme entre ellos—. Mi padre me ha contado la escena de las bochas —dijo, aclarándose la garganta—. Agradeció tus modales.

—Y yo le agradecí que no saliera corriendo —respondí.

Luego le conté lo de Viv:

—Volvía corriendo a casa cuando, de pronto, allí estaba ella, al teléfono, caminando en círculos debajo de un árbol…

Cuando terminé el relato, una de las manos de Wit descansaba en mi cintura. Sentí sus dedos calientes a través de la fina tela, provocándome esa sensación de espiral. Oí vagamente que Pravika me llamaba y decía que Luli y Jake estaban preparados para jugar al pimpón.

—Vamos a ver cómo juegan —dijo Wit, moviendo la mano desde mi cintura hasta la parte baja de mi espalda. Tanto mi corazón como yo dimos un salto al contacto de la piel con la piel—. ¡Uy, lo siento! —Se quedó callado y luego dijo con aires de suficiencia—: ¿Frío?

—Sí, me estoy congelando —bromeé.

Cuando llegamos a la abarrotada sala de pimpón, nos pusimos en una esquina. Luli y su hermano jugaban contra Nicole y su novio, y Eli era el árbitro. Yo miraba, pero al mismo tiempo «no» miraba. La mano de Wit había abandonado mi espalda y nuestros dedos se rozaban. «Cógeme de la mano —pensé—. Cógeme de la mano…».

—¿Quieres volver? —pregunté al cabo de un rato; mis amigos llevaban la delantera y tenían muchos seguidores—. Empieza a ser un poco ruidoso.

No había tanto ruido.

Wit asintió y pronto volvimos a estar donde habíamos empezado. Mi refresco seguía intacto, así que lo dejé ahí; ya estaba lo suficientemente risueña y sonriente. Los labios de Wit eran de color rojo oscuro por el color de su bebida y sus comisuras se curvaron cuando alargué la mano para perfilarlos con un dedo.

—Tienes unos labios muy bonitos —dije.

Divertido, dejó su vaso para rodearme con los brazos.

—¿Ah, sí?

—Sí —asentí, y luego susurré—: Me apetece un poco besarlos.

—¿Un poco? —se rio—. ¿Solo «un poco»?

Se me cortó la respiración. Ahí estaba, ahí estaba la señal.

Pero, cuando me incliné hacia él, se apartó.

—Aquí no. —Sacudió la cabeza y miró hacia la puerta—. Sígueme.

El corazón me dio un vuelco y dejé que me guiara a mí y a mi vértigo hacia la salida, donde Ian nos bloqueó el paso, con la pistola de agua metida en el bolsillo.

—Hola, Mer —saludó—. ¿Tan pronto te vas?

—No —respondí, moviéndome para esconderme detrás de Wit—. Todavía no. —Me agaché rápidamente para desabrocharme los zapatos de tacón. El pie izquierdo, el pie derecho—. Solo un cambio de escenario. —Bajé de mis zapatos—. Wit y yo vamos un rato a la terraza.

Ian nos siguió hasta allí, por supuesto; no había nacido ayer.

—¿Adónde quieres ir a parar? —me susurró Wit mientras yo enviaba un mensaje en el móvil.

—Espera y verás —le susurré.

Cinco segundos después, Pravika apareció por la puerta.

—¡Ian! —exclamó—. ¡Ven aquí! Sarah y Michael están intentando colarse por la puerta trasera!

—Vamos, corre —le dije a Wit, tirando de él hacia los escalones de la terraza mientras Ian, furioso, volvía a entrar para investigar—. ¡Corre!

Al llegar a la cabaña, nos reímos a carcajadas y nos dejamos caer en la cama de Wit.

—Ian va a salir en busca de sangre —dijo él cuando nos calmamos un poco—. La actuación de Pravika ha sido digna de un óscar.

Le dije que sí, y luego se hizo el silencio. Ambos sabíamos lo que iba a ocurrir a continuación, pero parte de la magia se había desvanecido. Las guirnaldas de luces, el rincón tranquilo, los dedos coqueteando. Huir de Ian había cambiado nuestro estado de ánimo.

Mi manera de buscarlo de nuevo fue levantarme, señalar mi vestido y preguntar:

—¿Te importa que me quite esto?

Los ojos de Wit se abrieron como platos y se puso de pie a duras penas.

—Eh, claro —dijo—. Si eso es lo que quieres. —Se rascó la nuca—. No hay ninguna presión…

Me reí y sacudí la cabeza. Era divertido verlo sudar.

—No, idiota —dije—. Quizás en tus sueños. —Señalé su cómoda—. ¿Me prestas una camiseta?

Wit asintió y se puso a rebuscar en el cajón superior. Me pasó una azul.

—Date la vuelta, por favor —dije.

Me obedeció.

Como ya llevaba unos *shorts* de licra, dejé caer el vestido al suelo y me puse rápidamente la camiseta.

—Vale —dije—. Lista.

Wit se dio la vuelta, pero, de nuevo, era como si ninguno supiéramos cómo actuar. Se quedó como un pasmarote al otro lado de la habitación.

Yo avancé de puntillas.

Luego me paré.

Él captó mi idea, y dio un par de pasos.

Yo di algunos más.

Él dio otros más.

Mi estómago cayó, cayó, cayó en picado cuando nos encontramos en el centro, especialmente cuando me sonrió a medias y empezó a perfilarme la cara suavemente con las yemas de los dedos. Mis cejas, mis párpados, mi nariz, mis pómulos…, dejó los labios para el final.

—A mí también me apetece un poco besarte —murmuró—. ¿Te parecería bien?

—Sí —murmuré—. Definitivamente bien, y preferiblemente pronto.

—Oye. —Levantó las manos—. Estoy siendo caballeroso.

Suspiré.

—Preferiblemente ahora, Wit.

—Vale, tampoco hace falta suplicar…

No lo dejé terminar, sino que me lancé en sus brazos y le rodeé la cintura con las piernas para besarle. Se rio y sentí que sus labios sonreían contra los míos cuando empecé a pasar las manos por su grueso cabello. Sabía dulce, como el zumo de arándanos que había bebido, y algo estalló bajo mi piel, pequeñas espirales, y luego unas ondas sísmicas recorrieron mi cuerpo. Un gemido se me escapó cuando finalmente nos separamos.

Wit sonrió satisfecho.

—Voy a tomar eso como un cumplido.

Me sonrojé.

Su sonrisita se convirtió en una sonrisa torcida.

La besé.

MIÉRCOLES

$\mathcal{M}$e desperté con un ligero dolor de cabeza y oí un zumbido en el suelo. La habitación de Wit estaba completamente a oscuras, pero, a diferencia de la mañana anterior, nuestros brazos extendidos se habían encontrado: el suyo rodeaba mi cintura y el mío se aferraba a su camiseta. Ambos estábamos vestidos, puesto que nos habíamos quedado dormidos en contra de nuestra voluntad después de besarnos durante poco tiempo. Sonreí para mis adentros.

El zumbido se detuvo y de inmediato se reanudó. Me levanté con cuidado de la cama y encontré mi teléfono cerca de mis zapatos y mi vestido, tirados por el suelo. «¿Quién narices será? —me pregunté, bostezando mientras me agachaba para cogerlo—. Deben de ser las dos de la mañana…».

Casi me fallan las piernas cuando toqué la pantalla. Aunque ya eran pasadísimas las dos, tenía algunas llamadas perdidas y un mensaje de voz de Ben.

«*No. ¿Por qué?*», pensé, mientras un escalofrío me recorría la espalda.

¿Por qué no terminaban sus mensajes?

Quería que todo terminara con él.

«No lo escuches —me dije mientras miraba el buzón de voz—. Bloquéalo y listo».

Pero la curiosidad me pudo. Miré a Wit, él y su graciosa respiración seguían profundamente dormidos. «Ahora vuelvo», susurré, y luego me deslicé lentamente hasta franquear la puerta mosquitera. Por suerte, esta vez las bisagras cooperaron.

No había estrellas. El cielo estaba completamente encapotado y se habían levantado remolinos de viento. Salí del porche y me desvié hacia el césped delantero, alejándome de la casa. Me temblaron los dedos al teclear el código de acceso al teléfono, y mi cuerpo entero se estremeció cuando reproduje el mensaje de voz de Ben.

«Hola, Mer —decía, con una voz lenta y arrastrada. Casi podía ver el brillo de embriaguez que siempre bañaba su rostro cuando iba borracho—. Estamos todos en casa de Finn». Se oía música y risas de fondo. Ben tomó aire. «Y quería decirte que te echo de menos, nenita. De verdad. En plan, mucho. Esa foto que publicaste la otra noche…, estabas tan guapa». Otra respiración profunda. «Estoy pensando que a lo mejor nos precipitamos. A lo mejor era pronto para tomar esa decisión».

Se me encendieron las mejillas. «¿Nos precipitamos? Tú cortaste conmigo, Ben Fletcher. No te atrevas a echarme la culpa», pensé.

«Habría ido contigo —continuó—. Nenita, de verdad que habría ido contigo a la boda». Se rio y repitió lo que había dicho la noche que me dejó: «Sigues siendo mi chica favorita a la que llevar del brazo».

«Sigues siendo mi chica favorita a la que llevar del brazo».

Antes me encantaba esa frase, pero ahora la odiaba. Eso se había acabado; se había acabado, de una vez por todas. Terminé de oír el mensaje y pulsé volver a marcar. Cuando Ben respondió, le dije lo que tendría que haberle dicho hacía un mes. Ojalá hubiera tenido más fuerza. Ojalá me hubiera dado cuenta de que la nuestra era una relación desequilibrada, de que la balanza siempre se inclinaba a su favor.

Ojalá hubiera escuchado de verdad a Claire.

Pero en estos momentos me aseguré de hablar alto y claro: «Para que conste, so mierda, yo no habría ido cogida de tu brazo», dije. Tragué saliva y agarré el teléfono con todas mis fuerzas: «Tú habrías ido prendido del mío».

Luego colgué y bloqueé su número.

Me sentí como si hubiera liberado una cadena alrededor de mi corazón.

La luz del día se colaba por las ventanas cuando abrí los ojos. Estaba acurrucada contra el cálido pecho de Wit, cubriéndole el muslo con una pierna.

—Despierta —susurré, y lo besé—. Despierta, monada.

Wit refunfuñó algo.

—¿A qué viene eso? —pregunté.

—He dicho que no rotundamente a «monada» —balbució—. No tengo la edad de Ethan.

—Pero sigues siendo mono —dije, robándole un beso de los labios cuando sus ojos se abrieron con un pestañeo—. Monísimo.

Me devolvió el beso, y chillé cuando me atrapó entre sus brazos y me empezó a hacer cosquillas.

—¿Qué te parece «guapo»? —preguntó. Sus dedos ya conocían en cierto modo mis puntos vulnerables—. ¿No puedo ser guapo en vez de lo otro?

Me eché a reír.

—Eso también lo eres.

Porque lo era; incluso con el cabello desgreñado, la camiseta arrugada y el cardenal azul verdoso, era condenadamente guapo.

Wit sonrió y siguió haciéndome cosquillas hasta que volví a chillar, lo que provocó un golpe del vecino en la pared.

—¡Maldita sea, Wit! —gritó el padrino de boda de Michael—. ¡No son ni las siete! —Pausa—. Pero, vaya, me alegro por ti, macho.

Eso nos hizo reír. Me giró de espaldas y nos tapamos con las sábanas para ahogar las risas.

—Debería ir yéndome —dije al cabo de un rato, aunque me encantaba la sensación del cuerpo desgarbado de Wit sobre el mío y sus suaves labios en mi cuello—. Tengo que irme.

—No, no tienes que irte —respondió—. Quédate aquí con Guapo.

—Vale, «no» voy a llamarte «guapo» —dije—. Es muy superficial, no dice nada de ti.

Pensé en Claire y en lo aficionada que era a poner apodos personales, cariñosos, como bromas privadas. Ella creía que forjaban una relación más íntima.

—Solo estaba bromeando —dijo, apoyándose en un codo—. Eso me haría parecer un imbécil. —Me miró un buen rato—. Pero debo decir que eres muy bonita.

Mi corazón se detuvo.

«Bonita».

Wit se puso a dibujar espirales en mi piel.

—No pude decírtelo anoche —continuó—. Quiero decir que anoche estaba demasiado «nervioso» para decírtelo, pero…, sí, eres tan…

—No me llames «bonita» —interrumpí, con el pulso acelerado—. Por favor, no me llames bonita, ni preciosa, ni… nada de eso.

Frunció el ceño.

—¿Por qué no?

Negué con la cabeza.

—Tengo que irme. Probablemente, la tía Rachel me está esperando para empezar la meditación.

—Ni lo sueñes, matona —dijo Wit—. No vas a ir a ninguna parte.

—Wit… —me quejé, e intenté zafarme de él.

—Meredith. —Su voz era sensata—. ¿En serio vas a arriesgarte a ir al Campamento?

Tardé un segundo, pero luego caí en la cuenta.

—Si tu tía Julia está de verdad del lado de Ian —dijo quitándome las palabras de la boca—, te apuesto lo que sea a que le ha avisado y está en modo de vigilancia total.

Suspiré. Probablemente Wit tenía razón, y era decepcionante, sobre todo porque el día anterior había hecho adelantos con la meditación. Con ayuda de la tía Rachel, había sido capaz de desconectar y relajarme. Me había ayudado a encarrilar el día.

—¿Podrías hacer un reconocimiento para asegurarte? —le pregunté.

Wit apartó las mantas. Me estremecí cuando se levantó de la cama y dejó de irradiar el calor de su cuerpo sobre el mío. Sacó una sudadera de su armario y, antes de abrir la puerta, se volvió y me miró.

—Quédate aquí.

Volví a subir las mantas como si pensara volver a dormirme.

Pero, como también quería verlo sudar como la noche pasada, me quité teatralmente la camiseta y se la arrojé. Se podían ver mis hombros sobresaliendo de la sábana.

Wit abrió la boca y enseguida la cerró.

—Reconocimiento —le recordé, y sus mejillas se sonrojaron.

Asintió lentamente y se dio la vuelta para partir a la guerra. Le lancé un beso que no pudo ver.

La puerta se cerró con un gemido, y entonces le oí decir en voz baja: «Hostia puta».

Me dejé caer sobre sus almohadas, me cubrí la cara con las manos y solté la risa.

Wit solo estuvo fuera diez minutos, pero, cuando regresó, ya me había levantado y vestido.

—Espera, ¿qué? —dijo cuando me vio abrochándome las hebillas de los zapatos—. Pensé que te había dicho que no te fueras.

—Y no lo he hecho —dije, girando sobre mí misma—. Estoy aquí.

Wit se atusó el pelo.

Esbocé una sonrisita.

—Oh, venga, estaba bromeando.

—Sí —murmuró—, y no ha sido muy amable por tu parte.

Me acerqué y lo abracé, rodeándole la cintura con los brazos.

—Lo siento.

Respondió pasándome las yemas de los dedos por la espalda.

—¡Wit! —exclamé, pero mi voz salió entrecortada.

—¿Qué? —se quejó—. Estaba bromeando.

—No tiene gracia.

Golpeé mi cabeza contra su pecho varias veces. Se puso a reír y me besó el hombro. Nos balanceamos durante un minuto y luego hice la gran pregunta:

—¿Estaba allí?

—Sí —respondió—. Con su propia esterilla de yoga, además.

—Probablemente de la tía Julia —murmuré.

—Me lo imaginaba.

Me separé de sus brazos.

—Bueno, pues hoy nada de meditación.

Wit levantó una ceja.

—¿De verdad ibas a meditar con ese conjunto?

Levanté los puños en broma, como preparada para la pelea.

Esbozó una sonrisita.

—¿Adónde vas ahora?

—A casa —respondí—. Debería ir a ver a mis padres. —Me incliné para besarlo, a punto de estallar cuando intensificó el beso—. Pero reúnete conmigo en el granero de los tractores —añadí con un guiño—. Te voy a llevar a desayunar.

Cuando llegué al Anexo, ya cambiada y bebiendo un vaso de agua junto al fregadero, mi padre dijo:

—¿Desayuno con Wit? —Asintió con la cabeza—. Es buena idea, Mer. Sacarlo de la Granja, hacer que se sienta cómodo, conseguir que se abra…

—Tom, algo me dice que esto no tiene nada que ver con el juego del asesino —dijo mi madre—. «Nada» en absoluto. —Me miró, divertida—. ¿Es ahí donde has estado las dos últimas noches? ¿En la Cabaña?

Pensé en mentir. Tenía un estricto toque de queda en casa: medianoche y, si los planes cambiaban y quería quedarme a dormir en algún sitio, los avisaba por teléfono.

Y, bueno, no siempre era sincera con mis padres. Unas cuantas veces les había dicho que me quedaba a dormir en casa de una amiga cuando en realidad me quedaba en casa de Ben.

Pero esta vez no mentí. En Paqua, las reglas de mis padres eran laxas, y aquella mañana parecían contentos.

—Sí —dije—. Hemos estado viéndonos. Solo… nos dormimos hablando. —Me encogí de hombros.

—Bueno, no sé si… —empezó mi padre, pero mamá le puso una mano en el brazo. Su expresión divertida se había transformado en una sonrisa.

—Diviértete —dijo mamá, y salí corriendo por la puerta con mi mochila antes de que pudieran hacer más preguntas.

Dock Street Coffee Shop era el lugar donde desayunaba toda la gente del pueblo, pero, por suerte, Wit y yo solo tuvimos que esperar unos minutos para conseguir dos asientos en aquel estrecho restaurante. Con su icónico cartel en la fachada, Dock Street disfrutaba de un ambiente de cafetería antigua con un puntito *grunge* perfecto. Una mezcla ecléctica de fotos y dibujos colgaba de las paredes, y una fila de taburetes rojos recorrían su larga barra. Justo detrás estaba la cocina, con una plancha colosal, y cortinas de cuadros rojos y blancos cubrían los armarios inferiores. Podías ver cómo preparaban el desayuno.

Nuestros taburetes estaban al fondo. Tuvimos unos minutos para hojear los menús antes de que un chico se acercara a tomarnos nota. «¡Vaya!», pensé, porque el chico tenía un cuerpazo. Era un Adonis, pero más joven que Michael.

—Muy bien, ¿qué os apetece tomar? —preguntó. El pelo rubio rojizo le asomaba por debajo de una gorra de béisbol azul marino que llevaba escrita «bulldogs»—. ¿Algo de beber para empezar?

—Café —dijimos Wit y yo.

—¿Crema? ¿Azúcar? —preguntó; tras unos segundos de vacilación—: ¿Jarabe de arce?

Hice una mueca.

—¿Jarabe de arce?

Nuestro camarero se rascó la incipiente y rubicunda barba.

—No sé —dijo—. A mi hermano le flipa.

Fuimos a lo seguro y pedimos leche y azúcar.

—¿Sabes quién es? —preguntó Wit cuando se alejó a buscar el café.

—Uy, no —dije—. ¿Debería saberlo?

Wit me dio un rodillazo.

—¿Sigues el *hockey* universitario?

Negué con la cabeza y suspiré. Estaba claro que vivía para el *hockey* universitario.

Pero Ben jugaba al baloncesto, así que yo estaba puesta en baloncesto. Durante tres años seguidos, acerté los ganadores del torneo March Madness. Villanova no había decepcionado.

El as del *hockey* volvió con un par de tazas y una jarra de café.

—Ahora, la comida —dijo cuando empezamos a remover el azúcar con las cucharas—. ¿Qué nos apetece por aquí?

Yo pedí lo de siempre, una pila de panqueques con patatas fritas caseras y beicon, pero Wit no se decidía entre un sándwich de salchichas y queso y el Monte Cristo. Educadamente, preguntó al camarero cuál le recomendaba.

—Bueno, los dos son épicos —respondió él—, pero yo me quedaría con el Monte Cristo. —Sonrió y se le formó un hoyuelo en la mejilla—. Es el favorito de mi novia.

Wit asintió. Veinte minutos más tarde, me quedé mirándolo mientras mordía el sándwich. El queso derretido goteaba en su plato.

—¿Está bueno? —le pregunté.

Con la boca llena, Wit me lanzó una mirada incrédula del tipo «¿estás de coña?».

—¿Bueno? —dijo después de tragar—. ¿Bueno? —Inclinó la cabeza hacia atrás para gritar sin vergüenza alguna—: ¡¿Dónde había estado metido este lugar durante toda mi vida?!

—¡En Vermont seguro que no! —contestó una mujer.

Y otra añadió.

—¡Ni en The Big Easy!*

Sus voces eran familiares…, demasiado familiares.

—¡Ostras! —Me agarré al brazo de Wit cuando vi que Honey y Sarah estaban sentadas a unos taburetes de nosotros en la barra. En lugar de centrarse en sus menús, se dedicaban a espiarnos—. ¡Escóndete!

—¿Dónde? —preguntó Wit mientras las saludaba—. ¿Por qué?

—¡Porque son los dos mayores cotillas de la isla! —respondí.

* *The Big Easy*, «la relajada», uno de los apodos de Nueva Orleans (*N. de la T.*).

Wit sonrió, con los labios todavía manchados de azúcar en polvo.

—Pero ¿de qué iban a estar cotilleando? —dijo como si nada.

—De ti y de mí —susurré.

Wit abrió más los ojos.

—Ah.

—No es broma. Cuando Sarah vuelva a la Granja, le dirá a Michael que...

—Nos ha visto desayunando —terminó Wit, poniéndome una mano en la rodilla—. Lo que significa que Michael seguirá interrogándome sobre ti. —Ladeó la cabeza—. Según parece, ¿te lo has encontrado saliendo de mi habitación los dos últimos días?

Lo único que pude hacer fue sonrojarme.

Wit me robó una tira de beicon y la mordisqueó.

—Come —dijo, señalando mis esponjosos panqueques—. Tenemos otro gran día del juego del asesino por delante.

—Nos la vamos a cargar —dije.

—He oído que de eso se trata, de cargarse a la peña.

—No. —Sacudí la cabeza y rocié con jarabe de arce mis panqueques—. Que nos la cargamos nosotros. Todos sabrán que somos cómplices.

—¿Por qué? —preguntó Wit—. ¿Porque estamos desayunando juntos?

Lo fulminé con la mirada: pues sí.

Tomó un largo y reflexivo sorbo de café y luego se encogió de hombros.

—Vale, pues déjalos. —Giró mi taburete para que quedara frente al suyo, y separó sus piernas para apresar las mías. Sarah, Honey y la cafetería desaparecieron de pronto; solo estábamos nosotros—. No tenemos por qué confirmar ni negar nada públicamente —dijo—. Pero, vale, que crean que somos esa poderosa pareja de asesinos.

Sus palabras me dieron escalofríos. Poderosa pareja. Sabía que no era más que una forma de hablar, pero aun así….

—Tenemos un pacto —le recordé.

Se rio y le dio otro bocado al sándwich.

—¿Cómo era eso de hace solo tres días?

—No tengo ni idea. —Sonreí y luego no pude evitarlo: me arrimé a él y lo besé, besé el azúcar en polvo de sus labios—. Me gustas —susurré—. Me gustas de verdad.

—Tú también me gustas de verdad —me respondió sonriendo—. Me gustas bastante.

Después de pagar la cuenta, Wit me preguntó si podíamos dar una vuelta por Edgartown.

—Claro, me encantaría —le dije, pero mis cejas se fruncieron—. Aunque pasaste todo el día de ayer aquí…

—Sí —respondió—, pero no pude explorar; me llevaron de un sitio a otro. —Me puso las manos en los hombros y me empujó por la acera de ladrillos—. No, todo recto, Witty —dijo imitando a Michael—. ¡Tenemos reservas!

Solté una risita y me zafé para poder cogerle la mano.

—Pues entonces voy a darte el gran *tour* —dije—. Nos lo patearemos todo. —Hice una pausa para sentir el sol sobre nosotros—. Pero insisto en que empecemos en el lugar favorito de una persona…

La librería. Cada vez que Claire y yo íbamos en bicicleta a la ciudad, la dejábamos en el aparcamiento de bicis más cercano e íbamos a Edgartown Books. Era una casa blanca muy bonita, con las contraventanas negras y un toldo verde y blanco que daba sombra a su apacible porche. Había dos niñas pequeñas sentadas en las sillas del porche con sus abuelos, leyendo los libros que habían comprado. Las observé un rato; Wit me apretó la mano, gesto que agradecí.

Entramos y oímos una campanilla sobre nuestras cabezas y

vimos la escalera que subía al segundo piso. En la contrahuella de cada escalón habían pintado libros de todos los colores, junto con un género escrito con una caligrafía delicada. «Sí —pensé—. Sí, aquí estamos».

El país de las maravillas de mi hermana.

—Por aquí —dije, conduciendo a Wit por el arco de la derecha—. Claire llamaba a esto «el salón».

Porque, cuando había sido una casa familiar, la estancia más grande probablemente fuera el salón. Gracias a los enormes ventanales, el espacio era luminoso y aireado, y sus paredes, de un color amarillo claro cremoso, estaban forradas con estanterías de arce. Sobre una de ellas se leía martha's vineyard, la sección de interés local. Como el explorador que era, Wit se soltó de mi mano y fue directo en esa dirección.

Por mi parte, me limité a deleitarme bajo la cálida luz... hasta que oí a alguien hablar en la caja registradora, frente al gran escaparate de la librería. No era un cliente, sino el librero de turno. Tenía un libro abierto en una mano y con la otra sujetaba el teléfono en la oreja.

—No, no puedo más con los rollitos de langosta —decía en voz baja—. ¿Qué tal si te traes unos sándwiches de Skinny's y nos vemos aquí? ¿Y buscamos un sitio fuera?

«Toma castaña», pensé cuando me fijé en las gafas de carey y el pelo negro suelto. «El tipo estudioso», había comentado Eli.

Este chico era su viva imagen, y monísimo de la muerte.

—Pavo con queso a la pimienta en masa fermentada, por favor —dijo—. Lechuga, tomate, cebolla. —Una pausa—. Ah, sí, y mostaza y miel. —Puso los ojos en blanco—. Y tanto que sí, me conoces mejor que yo mismo. —Sonrió—. Yo también te quiero.

«Bueno, bueno —pensé mientras Wit mencionaba que se iba a la sección de viajes—. Así que tiene una relación...».

Después de que el librero colgara y se metiera el móvil en

el bolsillo, fui a la sección de viajes y encontré a Wit con un libro de historia de Martha's Vineyard bajo el brazo. Estaba hojeando algo relacionado con Australia.

—Voy a subir a ver la sección de literatura juvenil —le dije, alborotándole el pelo.

Asintió y se señaló la mejilla sin apartar los ojos de la página.

Le di un buen pellizco de abuela.

—Quería un beso —dijo cuando nos encontramos de nuevo en la caja registradora.

El tímido librero escaneó con parsimonia nuestros libros y puso un marcapáginas amarillo de Edgartown Books dentro de cada uno antes de meterlos en la bolsa.

—Mmm, ¿querías un beso? —bromeé—. No lo había pillado.

Pero entonces me señalé yo la mejilla.

Wit le dio un leve capirotazo.

—¡Ay! —me quejé.

—Cincuenta y tres con ochenta y ocho —dijo el librero, y lo sorprendí mirándose el reloj.

Estaba deseando que llegara la hora de almorzar con su amor. Sería difícil darle la noticia a Eli más tarde; menos mal que sentía debilidad por el instructor de vela. Volví a pensar en Claire y en cómo habría sorprendido a los clientes de la librería con su inagotable energía y su pasión por los libros.

«Tú también podrías hacerlo, Mer —me susurró en la cabeza—. No soy la única que tiene toda esa energía y tanta pasión...».

—¿Adónde vamos ahora? —preguntó Wit cuando la campanilla sonó al abrir la puerta. Balanceó la bolsa hacia delante y hacia atrás—. ¿Cuál es la siguiente parada del *tour* de Claire Fox?

El tour de Claire Fox: me animé de inmediato.

—El Bazar de los Caramelos —respondí, al tiempo que

nuestras manos volvían a encontrarse—. Junto a los muelles del club náutico.

Wit asintió. Parecía un poco tirante, pero asintió igualmente.

—Tú primera —dijo.

—Vale. —Me estiré y le besé la mejilla—. Sígueme.

12

Wit me convenció de que le dejara conducir el todoterreno hasta su casa, y respetó fielmente el límite de velocidad... hasta que llegamos a la carretera de la Granja. Entonces pisó el embrague para cambiar a una marcha superior y soltó un alarido alborotado. Al principio me reí, pero cuanto más rápido corríamos, más fuerte me latía el corazón.

—¿Puedes reducir la velocidad? —pregunté—. Wit...

No podía oírme. Gruesas polvaredas se levantaban a nuestro paso. Apreté los dientes, preocupada por si el viejo coche de Wink volcaba. Ya había ocurrido antes, cuando mi padre y el tío Brad estudiaban en la universidad. Se dedicaron a hacer el tonto en uno de los campos y volcaron accidentalmente. Nadie resultó herido, pero, aun así, el coche terminó de lado. Mi abuelo se puso furioso.

Y Claire... Pensaba sobre todo en Claire, y en la velocidad que llevaba el todoterreno que aplastó el coche de Sarah. Aunque el carril tenía el ancho justito, técnicamente la entrada a Paqua era una calle de doble sentido. ¿Qué pasaría si tuviéramos que esquivar otro coche?

—Wit —probé de nuevo, y esta vez le puse la mano en la rodilla y la apreté—. ¡Wit!

Algo brilló en sus ojos cuando se volvió y vio el terror en mis ojos. En un periquete, frenó, se apartó a un lado de la carretera y aparcó el todoterreno.

—Mierda, mierda, mierda —lo oí murmurar mientras salía del coche y se acercaba a mi puerta para abrírmela—. Lo siento. —Se agachó junto al asiento del copiloto y levantó la vista—. Soy un capullo, lo siento.

«No llores —me dije—. No llores».

Pero le había llevado menos de diez segundos. Le había llevado menos de diez segundos atar los cabos, mientras que Ben nunca los había atado.

—No, lo siento —logré decir—. Es que... —Aparté los ojos, incapaz de mirarlo—. Me gusta tener el control. Desde que... —Se me escapó una lágrima y me ardieron las mejillas—. Siento que necesito tener el control.

Wit señaló el lado del conductor.

—Por supuesto —dijo—. Por favor, llévalo tú si quieres.

—No —le dije—. Querías conducir tú. —Respiré hondo y me recosté en mi asiento—. Tengo que superarlo.

Porque tenía que hacerlo, no podía seguir viviendo con miedo cada vez que no era yo quien iba al volante. Necesitaba volver a confiar en otros conductores.

—Pero no tiene que ser hoy —dijo Wit—. No pasa nada.

Me abroché el cinturón de seguridad.

Asintió, volvió a rodear la parte delantera del todoterreno y se subió al asiento del conductor. Giró la llave de contacto, puso la primera marcha y se incorporó a la carretera después de que el Range Rover de la tía Christine nos adelantara.

La aguja del velocímetro no subió de cuarenta el resto del camino y aparcamos el todoterreno fuera del granero de tractores. Wit me acompañó al Anexo, rodeándome la cintura con el brazo y cargado con mi colección de tesoros de Edgartown (libros, caramelos y una nueva pegatina de Black Dog para el parachoques). Se portó como un caballero.

—¿Hay algo? —me preguntó mientras yo revisaba el buzón.

Cuando, la víspera, Viv había venido con las manos vacías, envié un mensaje al comisario Wink. Vaya sarta de me-

meces, me contestó. Si no lo tienes mañana, avísame y me encargaré yo mismo de que lo tengas.

—Nada —dije con un suspiro—. Nada.

—¿En serio? Es alucinante.

—¿Qué es alucinante? —preguntó alguien.

Al volvernos, vimos a Luli rodeando la casita.

Wit me dio un beso dulce en el cogote.

—Nos vemos pronto —susurró, y luego dijo que Michael lo necesitaba para algo.

Pensé que Luli le daba un poco de miedo, así que solté una risita cuando las dos estuvimos solas…, pero mi amiga no se rio conmigo. Por el contrario, se quedó mirando a Wit mientras se alejaba de la Cabaña.

—Adiós —dijo, con una voz casi melancólica—. Hasta nunca, Benny.

Sentí un calambre en el estómago: Luli estaba mencionando a Ben de nuevo. ¿Por qué? Recogí las bolsas de la compra y la miré.

—¿Podrías llamarlo por su verdadero nombre, por favor? —le pedí.

Luli se rio.

—Meredith, ¿qué ha pasado con lo de «estoy aquí para celebrar la boda de Sarah y Michael y pasar tiempo con mis amigos y mi familia»?

—Nada —respondí—. Eso es exactamente lo que estoy haciendo.

Abrí de un empujón la puerta del Anexo y Luli me siguió al interior. Mis padres se habían ido, probablemente a la playa. Hacía *muuucho* calor, por lo menos treinta y dos grados.

—Sí —dijo Luli—, pero ¿qué hay de lo de nada de rollos? Nos dijiste…

—Relájate —la corté, sintiendo un pinchazo en el cuello—. Wit no es un rollo.

Luli levantó una ceja.

—¿Ah, no? Habéis sido la comidilla de la Granja esta mañana. Todo el mundo os vio salir juntos de la Sala Varsity.

Busqué una buena respuesta, porque aún no estaba segura de lo que éramos Wit y yo.

Entonces recordé lo que mi padre me había dicho cuando mencioné que Wit y yo íbamos a Dock Street: «Es buena idea, Mer. Sacarlo de la Granja, hacer que se sienta cómodo, conseguir que se abra...».

—Relájate —repetí—. Sí, nos estamos divirtiendo, pero también le estoy sacando información. —Enderecé los hombros—. Información del juego del asesino, en beneficio de nuestra alianza.

Me sentí fatal, pero Luli me dirigió una sonrisa intrigante, supe que había dicho lo correcto. Al menos de momento.

—Oooh, eso es muy malvado. Hacer migas con el enemigo. Me encanta. —Se dejó caer en el sofá del salón—. Hablando de eso, necesito tu ayuda esta tarde. Obviamente, Margaret sigue siendo mi objetivo, pero estoy pensando que puedo pillarla...

—Lo siento —dije, con un nudo en el estómago—. Wit y yo tenemos planes más tarde..., por eso, bueno, ¿puedes pedírselo a Pravika o a Jake?

—Tienen que trabajar —replicó rotundamente.

—¿Eli? —sugerí.

—Claro, supongo que sí —dijo finalmente, y luego—: ¿Sabes cuál es su objetivo?

—Eso es lo que me propongo averiguar hoy —estaba mintiendo.

Sonrió maliciosamente.

—Bien.

Hice una mueca.

—¿Nos mandas un mensaje cuando lo sepas?

—Sí. —Asentí rápidamente, intentando reunir cierto entusiasmo—. Por supuesto.

En lugar de ir con el resto del grupo a la playa principal, Wit y yo nos encaminamos al lago Paqua.

—Te gustará —le dije cuando se reunió conmigo en el Anexo—. Casi nunca hay nadie. Claire y yo la llamamos «Playa Secreta».

—Suena genial —dijo, y se echó mi bolsa de lona al hombro. Estaba llena de todos los elementos esenciales para la playa: toallas, crema solar, libros, agua helada, bocadillos y otros aperitivos. Wit me guiñó un ojo—. Lo de secreta me ha convencido.

Atravesamos los campos, pero nos desviamos por el camino arbolado en dirección opuesta al mar y al lago Oyster. Ambos llevábamos encima nuestras pistolas de agua, por si acaso. Wit me transmitió la nueva información que había recabado de los otros padrinos de boda.

—Las damas de honor están cayendo como moscas —me contó—. El tío Brad torpedeó su desayuno y eliminó a Danielle.

—¡Uf! ¿En serio? —exclamé. Los pájaros piaban y me caían gotas de sudor por la espalda—. ¿La dama de honor principal?

—Ajá. Ella intentó argumentar que era un acto oficial de la boda, puesto que estaban todas allí, pero Wink lo descartó en cosa de tres segundos.

Me reí.

—Ian sigue vivito y coleando, así que tendremos que vigilarlo, y creo que deberías enviarle un mensaje a Sarah para conseguir el número de esa pesadilla.

—Cálmate —dije, haciendo como que le daba un puñetazo en el brazo. Estaba resbaladizo del sudor—. Viv no es una pesadilla. Solo es...

—... lo peor —terminó Wit por mí—. Sarah y Michael me arrastraron a cenar con ella en Nueva Orleans. Créeme, es lo peor. —Sacudió la cabeza—. Por supuesto que no ha entregado su objetivo.

—*Mmm* —dudé, pues no es que tuviera ganas de ponerme en contacto con Sarah, precisamente—. Wink dijo que él se haría cargo.

Wit asintió y luego guardó silencio con expresión pensativa.

—¿Quién crees que va a por mí? —preguntó con voz nerviosa—. Estoy empezando a acojonarme un poco.

—No lo sé —respondí—. Mi padre ya se ha cargado a varios primos, mi madre va a por Nicole, el nuevo objetivo de Jake es un padrino, el objetivo del tío Brad es el antiguo objetivo de Danielle, y Luli… —Me mordí el labio—. Tu nombre no ha salido nunca.

—Siento lo de Luli, por cierto —dijo Wit—. Te dejé completamente sola. —Se rio entre dientes—. Una parte de mí sospechaba que yo era su objetivo, y la otra parte le tiene miedo.

—No eres su objetivo —le aseguré.

«Aunque se supone que tengo que decirle a ella cuál es tu objetivo», pensé.

Wit y yo habíamos acordado no confirmar ni negar ninguna supuesta alianza, pero ¿en qué quedaba la promesa que le había hecho a Luli? Ya sabía quién era el siguiente objetivo de Wit, así que técnicamente podría habérselo chivado, pero… tampoco iba a traicionar la confianza de Wit, ¿no?

Sea como fuere, no podía decírselo.

—Oye, mira qué pedazo de árbol —dijo, sacándome de mis pensamientos.

Se detuvo frente a un árbol de ramas gruesas y enredaderas estrafalarias enroscadas alrededor del tronco. Mi corazón se estremeció. Papá nos había llevado a Claire y a mí mil veces de paseo cuando éramos pequeñas y siempre nos enseñaba el «Árbol de la Selva».

—¡Mira esto!

Sonreí, y corrí junto a Wit para trepar por el árbol en tiempo récord. Utilizando una rama como barra de equilibrio, me abrí paso a través de un montón de hojas y vi que Wit me miraba fijamente.

—¿Qué? —pregunté.

Sonrió.

—Nada.

Me reí.

—Me encanta trepar a los árboles.

—Sí —dijo, mientras sonreía frunciendo los labios—. Igual que te gusta trepar por «mí».

Se me cortó la respiración.

«Igual que te gusta trepar por mí».

—Eres malvado —dije.

—Y eso te vuelve loca —me respondió mientras bajaba del árbol de un salto.

Playa Secreta estaba hermosamente desierta. El lago Paqua brillaba a la luz del sol, su plataforma flotante de madera a la espera de que Wit y yo nos metiéramos en el agua y nadáramos hasta ella.

—Pero primero tenemos que dejar que el protector solar se absorba —dijo, y suspiró cuando lo miré—. Escucha, no puedo quemarme. —Se señaló el cardenal—. Michael me ha dicho que la tía Christine todavía está debatiendo sobre si eliminarme de las fotos de la boda. Si estoy mutilado y achicharrado, yo diría que no tengo muchas probabilidades a mi favor.

—Bueno —dije a regañadientes.

A continuación, extendimos las toallas de playa, nos comimos los bocadillos de rosbif y durante un rato leímos los libros que habíamos traído. Yo había comprado la última entrega de la serie de fantasía favorita de Claire, pero no dejaba de mirar de reojo a Wit, que se había quitado la camiseta y estaba recostado con sus libros de Nueva Zelanda y Australia.

—Vale —dije finalmente—, ¿cuándo te vas?

Me miró de reojo.

—Oh, ¿te lo ha dicho Michael?

Sacudí la cabeza.

—No, pero estás obsesionado…, quiero decir, hoy has comprado «otro». —Me reí—. ¿Cuándo vas a ir a Australia?

—Al final del verano.

—¿Y cuándo vuelves?

Wit dudó, cerrando lentamente su libro.

—En mayo.

—Espera —dije, sentándome en la toalla—. ¿Qué?

Wit se sentó también.

—Mi aventura —dijo—. ¿Recuerdas? ¿La que quiero empezar?

Asentí en silencio.

—Bueno, pues ha llegado la hora —explicó, sosteniendo la guía—. Me voy a tomar un año sabático y me voy a Nueva Zelanda. Mis padres y yo hemos acordado que es lo mejor para mí en este momento. —Hizo una pausa—. Porque Tulane… —Se encogió de hombros—. No sé…, puede que vuelva allí, puede que me trasladen. Tengo que pensarlo.

De nuevo, me limité a asentir.

Wit me miró.

—¿Meredith?

—¿Un año entero? —le espeté.

—No, un año entero no —respondió—. Solo de finales de agosto a finales de mayo. Un año escolar.

Por alguna razón, la cabeza me daba vueltas. Puede que fuera el calor extremo.

—¿Qué vas a hacer allí? —pregunté.

—De todo —respondió—. Viajar, por supuesto, pero primero voy a trabajar como guía turístico en un parque nacional. Uno de los amigos de Michael hizo eso en la universidad y me ha ayudado a prepararme. También iré a Australia. —Sonrió—. Puede parecer ridículo, pero quiero trabajar en una granja durante un tiempo. Está en mi lista de deseos. —Sus labios se torcieron—. No te rías.

No me reí. Porque lo cierto es que me estaba cayendo del guindo, y a base de bien. «Wit no es un rollo», le había dicho a Luli, pero sí, eso era exactamente lo que éramos el uno para el otro. Cuando, ese sábado, Sarah y Michael se dieran el «sí, quiero» y desaparecieran en el atardecer, Wit y yo tomaríamos caminos separados; él para recorrer medio mundo y yo para ir a Hamilton. De pronto tuve la sensación de estar navegando en aguas desconocidas, y no me gustó. Ben y yo habíamos salido juntos durante cuatro años; no tenía conocimiento ni experiencia real de lo que eran las relaciones esporádicas.

—Oye —dijo Wit—, que le den al protector solar. Vamos a darnos un chapuzón.

—Sí, ya es hora.

Me levanté de un salto de mi toalla, empapada en sudor, y suspiré plácidamente al contacto de mi piel con el agua fresca. Wit se zambulló de inmediato e hizo torpemente el pino; luego emergió para ir hasta la plataforma flotante del lago. Yo me puse de espaldas y lo seguí haciendo mi mejor nado dorsal.

Wit se impulsó a la plataforma; una vez en el borde, me tendió una mano para ayudarme a subir; luego nos dejamos caer rápidamente sobre los gastados tablones de madera y nos besamos. La plataforma estaba caliente del sol, pero me estremecí un poco. Era un gustazo sentir la piel resbaladiza de Wit contra la mía. Las yemas de sus dedos danzaron a lo largo de mi cintura y yo le enredé las manos en el pelo mojado. Nuestros besos enviaron lentas espirales a través de mi cuerpo y luego me separé para respirar un poco.

—Hostia puta —suspiré.

—Mi venganza por lo de esta mañana —dijo.

Me reí cuando jugueteó con los lazos de mi bikini.

—Eres tan poco sutil.

Se encogió de hombros.

—Solo si estás cómoda.

—Sí, claro. —Pasé las manos por sus hombros y recorrí sus fornidos brazos. Porque sí, con él me sentía cómoda y, aunque solo pasáramos unos días más juntos, quería disfrutarlos—. Solo que aquí no —añadí, y le besé la clavícula. Podríamos haber sido los únicos en Playa Secreta, pero no era como estar solos, en privado—. ¿Más tarde?

—Mmm, sí —murmuró Wit—. Más tarde. Vale, de acuerdo. —Sonó como si no pensara con claridad—. Bien, todo bien.

Luego rodó con frialdad por la plataforma, dejándose caer al agua. Algo así como una ducha fría, supuse. Era muy gracioso.

—Eres perversa —dijo cuando emergió a la superficie.

—Y eso te vuelve loco —respondí, moviéndome para sacar las piernas de la plataforma y dejarlas colgando en el agua.

Wit me salpicó.

Yo lo salpiqué con una patada.

¿Cómo era posible que solo nos quedaran cuatro días?

13

*E*sa misma tarde, mi madre decidió llevarme directamente a territorio enemigo. Wit y yo nos quedamos en Playa Secreta una hora, más o menos, y luego nos envolvimos en las toallas y recogimos nuestras cosas para hacer algunos progresos con el juego del asesino. Bueno, Wit pudo progresar; yo permanecía en el limbo, porque el buzón del Anexo seguía vacío. «Pero ¿qué coño, Viv?», pensé.

Aun así, llevé a Wit al cobertizo y le ofrecí la enorme pistola propulsora de alta presión con múltiples boquillas, la de Claire. Yo me quedaría con la simple Super Soaker. La primera me pesaría mucho si me la cargaba a la espalda.

—Ya se ha corrido la voz de que eres peligroso —le dije a Wit—. Cógela y presume.

—¿Estás segura? —preguntó, admirando la pistola de agua casi con reverencia.

Asentí. Claire habría querido que la usara.

Wit me besó, me besó «de verdad». Recorrí sus cabellos lentamente con la mano y sonreí cuando noté que se le ponía la piel de gallina en la nuca.

—Hay que irse —susurró después—. Necesito —hizo una pausa— un poco de tiempo.

Levanté una ceja.

—¿Un poco de tiempo?

Asintió, con las mejillas un poco sonrojadas.

—Para recomponerme.

Sonreí.

—¿Recomponerte?

—Sí, recomponerme —respondió con una sonrisa, mientras su mano se dirigía a la parte posterior de mi cabeza para aplastar mi cara contra su pecho. Podía sentir los latidos de su corazón—. Ya sabes, volver a centrarme. —Se aclaró la garganta—. Para el juego del asesino.

—Claro —dije, conteniendo una sonrisa—. Como veas.

Sin embargo, una oleada de celos se apoderó de mí, porque, no solo me quedaba al margen, sino que además Wit y yo habíamos revisado nuestro pacto volviendo de la playa: no nos ayudaríamos mutuamente en la ejecución de las eliminaciones.

De modo que terminé en el anexo, donde mi madre me endilgó rápidamente una lista de la compra.

—Julia y Rachel van a la tienda. Necesito que las acompañes para comprar algunas cosas.

Me quedé helada. «La tía Julia y la tía Rachel».

No.

¡No!

Estaban ayudando a Ian, no a mí. Ir a cualquier lugar con ellas podría ser una trampa.

—Um, ¿por qué no puedes ir tú? —pregunté.

—Porque creo que por fin he encontrado mi oportunidad de acabar con Nicole —respondió, y señaló la puerta—. Les he dicho que te reunirías con ellas en el Campamento.

—Mamá… —gimoteé.

Suspiró.

—Meredith…

Cogí mi bicicleta y seguí la ruta más larga al Campamento, adentrándome en el bosque y corriendo por senderos cuya existencia no sabía si Ian conocía. Cuando llegué a casa de mis tías, ya tenían a Ethan y a Hannah colocados en las sillitas del monovolumen. Literalmente, frené y me zambullí en el coche.

—¡Meredith! —exclamaron los niños.

—Hola —dije con cautela, y comprobé el maletero mientras me abrochaba el cinturón de seguridad. ¿Estar en un coche era lo mismo que estar dentro de una casa? ¿Era una zona segura?

Tenía que enviarles un mensaje a Wink y Honey.

Afortunadamente, el maletero estaba vacío.

—Muy bien —dijo la tía Julia desde el asiento del conductor.

La tía Rachel y su abultado vientre apenas cabían en el asiento del copiloto.

—¿No querrá este chico salir ya de una vez? —murmuró.

La tía Julia se rio y arrancamos. Se me revolvieron las entrañas durante los tres kilómetros de camino, aterrorizada ante la posibilidad de que Ian nos estuviera esperando en el supermercado Stop & Shop.

—¿Estás bien, Mer? —me preguntó la tía Julia al girar en West Tisbury Road.

—Claro —me oí decir—. Bien.

Estaba tan paranoica que tuve que reprimir un chillido cuando mi teléfono vibró en mi regazo, pero suspiré aliviada cuando vi que era un mensaje de @sowitty17. Siempre se me olvidaba pedirle su número de teléfono. «¿Quién es Anne O'Brien?», me había escrito.

«¿Qué? ¿Ya ha matado al primo Dupré?», pensé.

«La madre de Margaret —respondí, preguntándome si Luli ya habría eliminado a mi pariente lejano—. ¿Cómo has conseguido pillar al primo de Michael?».

«Te lo diré cuando te tenga entre mis brazos», respondió.

Se me cortó la respiración. Era tan natural, su cariño tan sencillo. No había ningún estúpido emoji guiñando un ojo ni un centenar de odiosos corazones después de sus palabras: no estaba bromeando ni coqueteando. Solo estaba siendo abierto y auténtico.

La apertura y la autenticidad formaban parte de la marca Wit.

«¿Algún consejo? —preguntó cuando no respondí—. ¿Sabio?».

«Prueba en la pista de tenis —le dijo @hermana_ claire—. Ella y Honey van a jugar casi todas las tardes».

Una vez que lo hube enviado, oí que todo el mundo en el coche suspiraba: habíamos llegado al Stop & Shop. O, como lo llamaban los Fox, el «Stop & Plof».

«Plof» en el sentido de que no ibas a moverte en un futuro próximo.

—¡Uf! —exclamó la tía Rachel mientras la tía Julia hacía circular el coche por el abarrotado aparcamiento del supermercado. No se veían plazas vacías—. ¿Estar embarazada de ocho meses cuenta como discapacidad?

—¡Ahí mismo, mami! —gritó Hannah después de haber dado varias vueltas al aparcamiento—. ¡Ahí se va alguien!

—¡Buen ojo, Han! —Me incliné hacia delante para chocar los cinco con ella.

—Bien, chicos —dijo la tía Julia después de aparcar y atravesar el aparcamiento—. Ya conocéis las reglas…

—Agárrate al carro —recitaron Ethan y Hannah.

«O, si no, te verás arrastrado por la estampida», añadí en silencio, porque la multitud de coches solo era un aviso de lo que nos esperaba dentro: el caos puro y duro. En estos momentos no tenía tiempo de ponerme paranoica con Ian; debía concentrarme en recorrer la tienda sin que me pisotearan.

—¿Nos encontramos en la camioneta? —me preguntó la tía Rachel.

Asentí. No hacía falta decir que nuestras distintas agendas de compras nos mantendrían separadas. La tienda de comestibles zumbaba como una colmena. Probablemente sonaba música por los altavoces, pero no se oía. Había gente «en todas partes», algunos llegados directamente de la playa. Un chico iba sin camiseta, solo vestido con unos pantalones cortos y un horrible sombrero de pescador.

«Allá vamos». Inspiré hondo y me adentré en la hora punta. La tienda era un embotellamiento, solo podía moverse a la vez un carro de la compra. El papel higiénico era el primer artículo de la lista de mi madre.

De modo que, como era natural, busqué el pasillo cuatro, el de los alimentos para el desayuno. Ese era otro de los principales inconvenientes de Stop & Plop: nada estaba donde debía estar. Tenías que empujar el carro por delante de todas las marcas de cereales —Cheerios, Reese's Puffs y Golden Grahams— para encontrar los Charmin junto a las barras de cereales. El champú y el acondicionador estaban con el aderezo para ensaladas, y el café, en la sección de frutas y verduras.

Después de conseguir el papel higiénico (y una caja de barritas Nature Valley), Wit volvió a vibrar en mi teléfono. En medio de otro atasco, desbloqueé el móvil y vi: «¿El hermano de Eli conduce el tractor por las tardes? ¿Dónde?».

«Espera un segundo —escribí—. ¿Qué ha pasado con la tía Anne?».

Wit respondió casi al instante: «Dijiste que fuera a las pistas de tenis, y eso he hecho».

Suspiré. Wit se lo estaba pasando en grande y, aquí estaba yo, literalmente atrapada. ¿Y si registraba yo misma el Campamento para buscar el objetivo de Viv? ¿Y si tomaba las riendas del asunto?

—¡Oiga, señorita! —gritó alguien detrás de mí—. ¿Piensa moverse o qué?

Levanté la vista y vi que estaba bloqueando toda una fila de compradores.

—¡Sí! —grité—. ¡Perdón!

Cuarenta y cinco minutos más tarde, mientras esperaba en el mostrador de la charcutería para comprar pavo, jamón y queso, y escuchaba a los adorables trabajadores ucranianos discutir entre ellos con su marcado acento, Wit me envió otro mensaje. Estoy sentado en una silla frente a la puerta de la Casa del Lago, decía, esperando a Haley, la dama de honor de Sarah. Tiene un corte de pelo dentro de una hora.

Resoplé.

¿Así que el hermano de Eli ya no existía?

«Liquidado —confirmó—. Poco después seguido del tío favorito de Michael».

«*WTF?*».

«La pistola de Claire es brutal —respondió—. Ha sido un punto de inflexión».

Solté una risita.

«¿Sabes que la Casa del Lago tiene más de una puerta?».

«No te preocupes, he amañado las otras —escribió—. Sillas debajo de cada pomo».

Hice otro agujero en su plan cuando tecleé: «Podría salir por una ventana. La Casa del Lago era un rancho; podías escaparte fácilmente por una ventana».

«Vale —dijo—, digo esto de la mejor forma posible, en serio, pero me han liado para cenar con Haley..., y no creo que se le ocurra trepar por una ventana. ¡Ella no tiene tu estilo!».

Dijeron mi número de la charcutería: «¡Siete-uno-siete!».

Así pues, rápidamente y con una sonrisa le contesté: «Me conmueves. Diviértete mientras la esperas».

Después de dos horas y media —sí, dos horas y media—, la tía Julia detuvo el monovolumen delante del Anexo. Mi madre nos saludó con cara impasible.

—¿Habéis conseguido el glaseado Funfetti? —preguntó mientras descargábamos mis bolsas.

—Sí, señora —respondí, aunque no estaba en la lista de la compra. No hacía falta; mi padre estaba tan obsesionado con el glaseado de vainilla y chispas de Pillsbury que no era necesario decirlo: si ibas al supermercado, lo comprabas—. ¿Qué le pasa a papá? —le pregunté, porque, cada vez que estaba estresado o disgustado, echaba mano del glaseado.

—Tú solo entra —respondió mamá—. Ya lo verás.

Bolsas de plástico en mano, encontré a mi padre tirado en el sofá con una cuchara... y una mirada de derrota...

Asesinado, comprendí. Lo habían asesinado.

—¿Quién ha sido? —pregunté tímidamente cuando llevaba una (o quizá seis) cucharadas de glaseado.

Mi madre se sentó a su lado y le frotó la espalda.

—¿Quién ha sido? —Me fulminó con la mirada—. ¿Quién ha sido?

Mis hombros se hundieron. Mierda.

Papá se levantó.

—Juega a otro nivel completamente distinto —dijo—. Eso ha dicho Brad. —Sacudió la cabeza—. Lleva diez asesinatos, Meredith, ocho de los cuales han ocurrido en tu ausencia.

—Dios —suspiré.

El último que había oído del propio Wit había sido justo después de eliminar a Haley, la dama de honor. Su plan había funcionado, y la siguiente en su lista había sido la hermana de la tía Christine.

—También lleva un pañuelo para enmascararse —añadió papá.

Rápidamente le envié un mensaje a Wit. ¿Un pañuelo?

—Y, no sé cómo, pero ha convencido a Wink para que le prestara los prismáticos...

«Pues claro —respondió Wit—. Un poco de anonimato nunca viene mal».

—¿Le has dado el arma de Claire, Mer? —preguntó mamá.

—¡Oh! —Sentí que me sonrojaba mientras guardaba el teléfono—. Um, sí, se la he dado. —Miré a mi padre—. Lo siento.

Papá frunció el ceño mientras mamá se reía.

—Seguro que Claire se alegra de que le den un buen uso.

No pude evitar sonreír.

—Yo he pensado lo mismo.

«Pero ¿ocho eliminaciones, Wit? ¿En serio?».

«Quizás un poco odioso…».

Alguien llamó a la puerta de la cocina. Agucé el oído y supe al instante que no era un Fox. Conocían la vieja norma de no llamar a la puerta.

—¡Está abierta! —gritó papá con la boca llena de glaseado—. ¡Siempre abierta!

La puerta chirrió, pero Wit apenas había cruzado el umbral del salón cuando papá enloqueció al verlo.

—Pero no para ti —dijo, y señaló el exterior—. Ni en sueños.

Mi madre se adelantó para acompañar a Wit hasta la puerta mosquitera.

—Es demasiado pronto —la oí susurrar—. Un poco pronto, Wit. —Se volvió y me indicó con la cabeza que fuera con él.

Nos encontramos bajo los árboles.

—La tía Christine te va a matar —le dije—. Literalmente, con sus propias manos.

Porque, si bien Wit llevaba ahora su pañuelo rojo colgado al cuello, la mitad superior de su cara no solo tenía pecas, sino también profundas quemaduras de sol. Una combinación interesante con su hematoma oscuro, siendo optimistas.

Chasqueé la lengua.

—Parece que alguien no ha vuelto a ponerse protector solar.

—Se me pasó por completo —respondió Wit mientras trazaba el puente de su nariz—. Estaba ocupado.

—Sí, siendo un asesino en serie.

—Bueno, ¿no es ese el objetivo del juego?

—Mi padre está cabreado contigo.

—Eso parece. —Se pasó una mano por el pelo—. ¿Y, esto…, el cabreo le durará mucho tiempo?

Dudé un momento para aumentar el suspense, y luego negué con la cabeza.

—Se le habrá pasado cuando se haya terminado el dulce.

Wit suspiró.

—Uf. —Me rodeó con sus brazos y sonreí.

—Ahora tienes que contármelo —dije—. Tienes que hablarme de cada una de las eliminaciones. Dijiste que lo harías cuando, y cito: «me tuvieras en tus brazos de nuevo».

Se sonrojó, a través de su cardenal, a través de su quemadura de sol. «Se sonrojó».

—¿Qué tal si cenamos? —susurró—. ¿Qué tal si te lo cuento esta noche durante la cena?

—¿Cena? —Le rodeé el cuello con los brazos—. ¿Como una cita?

—Sí, cena —asintió Wit—. Como una cena.

Mi agitado corazón vaciló.

Pero «no» como una cita.

Aunque, más tarde, cuando Wit me abrió la puerta del conductor del Raptor, me pareció que aquello sí era una cita: recién duchado, oliendo a su champú de naranja y vestido con un pantalón chino y una camisa azul vaporosa que la brisa hacía ondear.

—¿Adónde vamos? —pregunté una vez que se hubo abrochado el cinturón de seguridad.

—No lo sé —respondió—. ¿Qué te parece adonde tú quieras?

Elegí Home Port, en Menemsha, uno de los pueblos pesqueros más pequeños de Vineyard. El restaurante era famoso por su langosta, y como no me habían invitado al Atlantic la vez anterior, tenía antojo de comerla. No habíamos reservado, de modo que dimos un paseo por los muelles mientras esperábamos una mesa libre.

—A Claire y a mí nos encantaba hacer carreras en los muelles —le conté—. Siempre ganaba ella, pero una vez estuve cerca y probablemente habría ganado si no hubiera tropezado y me hubiera desollado la rodilla.

Wit me cogió la mano.

En respuesta, lo aparté de un manotazo y corrí delante de él. Por suerte, no me había puesto los zapatos de plataforma, sino unas sandalias romanas.

Sin embargo, Wit me alcanzó enseguida. Corrimos hacia el final del muelle y la carrera terminó en empate. Como recompensa, recibimos un mensaje de la encargada del Home Port anunciando que nuestra mesa estaba lista.

La mujer nos sentó junto a las ventanas; el interior de madera natural y los habituales vasos azules para el agua eran un recibimiento cálido. Nuestra mesa tenía cuatro sillas, y Wit sacó la que estaba junto a la mía.

—¿Cómo? No te sientes ahí —le dije.

—¿Por qué no? —preguntó.

—Porque tienes que sentarte enfrente —respondí—. Así puedo verte la cara.

—Meredith, mi cara es una ruina.

Solté una risita. Lo era, pero también no lo era.

—Además —dijo Wit, sentándose a mi lado—, si me siento aquí, puedo hacer esto... —Me pasó el brazo alrededor del hombro—. O esto... —Me acarició el pelo con los dedos—. O incluso esto... —Su mano fue a mi rodilla—. Pero, bueno, si no...

—No —le corté, enredando nuestros dedos por debajo de la mesa—. Te has ganado algunos puntos.

Los dos pedimos el *clambake* de langosta: langosta fresca hervida al vapor, mazorcas de maíz y patatas de guarnición. Luego Wit me contó sus asesinatos del día y cómo se había escondido bajo la lona que cubría la barbacoa de la Casa del Páramo para sorprender a alguien en bicicleta. «También» tenía la nuca quemada del sol por haber estado vigilando la Casa del Lago y había acechado a mi padre como un lobo en el bosque.

—¿Lo pillaste desde un árbol o algo de eso? —pregunté.

—Uh, no exactamente. —Se rascó la nuca—. En realidad —bajó la voz—, lo pillé saliendo del retrete...

—¡No! —Dejé caer la frente sobre su hombro, superada por la risa—. ¡Dime que no es verdad!

Wit también se rio; sus hombros subían y bajaban.

—Lo siento, pero sí.

Nuestra cena llegó unos minutos después: dos grandes bandejas humeantes de exquisitos manjares.

—Llevo dos veranos esperando esto —dije cuando abrimos nuestros respectivos caparazones—. Ay, Dios... —gemí de placer.

—¡Oh, vaya! —exclamó Wit—. ¿Os doy un minuto? —Hizo como si empujara su silla hacia atrás—. ¿A ti y a tu langosta?

—Ja, ja, muy gracioso.

Puse los ojos en blanco, pero el corazón me dio un vuelco. Mientras Wit mojaba su primer bocado en mantequilla derretida, desbloqueé mi teléfono y le pedí a un camarero que pasaba que nos hiciera una foto.

—Preparados —dijo el chico cuando nos enfocó—. Sonríe.

Y sonreí, una sonrisa llena de felicidad, una felicidad que no estaba segura de poder volver a sentir. Pero, en eso, vi con el rabillo del ojo que a Wit le goteaba mantequilla por la mandíbula y me invadió la «necesidad» de inclinarme y lamerla. El camarero sacó una ráfaga de fotos, pero no íbamos a publicar esa, precisamente.

—Oh, pues claro que sí —dijo Wit después de haber revisado todas las fotos. Habíamos decidido publicar una en Instagram—. Es esta foto o ninguna.

—Pero te estoy lamiendo la cara —dije, señalando la pantalla—. Te estoy «lamiendo» la cara.

Sonrió.

—Y qué cara más bonita.

Resoplé.

—Vamos —dijo—. Súbela. Somos nosotros.

«Somos nosotros».

¿Qué quería decir con eso? ¿Éramos de verdad un «nosotros» si no podíamos durar más de una semana? Volví a mirar la foto: Wit salía con el pelo revuelto, como un pillo…, con esos eléctricos ojos color turquesa. Aunque también parecía estar alerta porque yo tenía una mano apoyada en su pecho y la otra en su nuca para atraerlo hacia mí y poder lamer la mantequilla derretida. Se me veía la lengua, literalmente.

Pero también una sonrisa de felicidad.

—Vale, está bien —dije, con una gran emoción corriendo por mis venas—. La subimos. —Golpeé mi pantalla un par de veces después de haberme ofrecido a hacer los honores. Mi primera publicación como @hermana_claire—. ¿Qué ponemos de pie de foto? —le pregunté mientras él se inclinaba para ver la pantalla.

Apoyó la barbilla en el pliegue de mi cuello y le pasé una mano a ciegas por el pelo. «Espero que no estemos arruinando muchas cenas», pensé, sabiendo que la gente estaría criticando nuestra demostración pública de afecto. Había notado algunas miradas.

—Nada de pie de foto —respondió Wit.

—¿Entonces solo el *hashtag*? —pregunté—. ¿«HurraEsU-naDupré»?

Suspiró.

—Sarah y Michael —le recordé—. Es para Sarah y Michael.

—Te equivocas —dijo Wit—. Esta es para nosotros.

Entonces me quitó el teléfono y sus pulgares volaron sobre la pantalla táctil. Le observé nerviosamente escudriñar lo que fuera que hubiera escrito antes de publicar la foto. Esbozó una sonrisa perversa y me devolvió el iPhone.

—Deleita tus ojos —me dijo.

—¿Tengo que hacerlo?

Clavó la barbilla en mi hombro.

—¡Mírala!

Lo hice: debajo de nuestra ridícula foto, había un *hashtag* aún más tonto: #ÁtameAWitry.

Me quedé boquiabierta.

Él se rio.

—Otra vez —dije lentamente, porque casi no podía hablar de lo rápido que revoloteaba mi corazón—. La tía Christine va a ir a por ti.

—Lo sé —respondió Wit—. Pero soy un Witry, no un Dupré. —Me dio un codazo—. Y somos cómplices en el crimen.

—Cosa que, previamente, habíamos acordado que no confirmaríamos ni negaríamos, me parece —dije, pero luego sonreí y le di un beso en la mejilla—. Es que acabas de…

—¡Eh, tortolitos! —gritó alguien desde algún lugar del restaurante—. ¡Este es un entorno familiar! ¡Si os lo queréis montar, largaos de aquí!

Wit me dio un beso de buenas noches fuera del Anexo. Era tarde. Cuando volvimos de la cena, mi padre ya se había terminado el glaseado Funfetti y había olvidado las rencillas con Wit, así que pasamos las dos últimas horas con mis padres. Wit estaba tranquilo con ellos, algo que nunca había sucedido con Ben; era desde su postura relajada en el sofá hasta su elocuencia cuando hablaba con ellos. Era raro, con Ben siempre me había parecido que la conversación con mis padres no pasaba de los buenos modales y los cumplidos, mientras que con Wit éramos una familia que se divertía junta. En un punto de la noche, él y mi padre contaron incluso toda la escena del retrete. Mi madre se rio tanto que hasta lloró, y verla reír de esa manera me hizo sonreír. Me sentí bien, casi como en los viejos tiempos. Aunque no del todo, claro.

Pero se acercaba.

—Nos vemos luego —le dije al despedirle, dándole otro abrazo.

Nos fundimos juntos, sudados. Normalmente, la temperatura de Vineyard bajaba por la noche, pero el aire seguía tan templado como por la tarde.

—¿Luego? ¿O mañana? —me preguntó mientras nos abrazábamos.

Era una buena pregunta. Había pasado casi todas las noches de la semana en su dormitorio, bien por accidente o a propósito. Eché un vistazo hacia la casita.

—Mañana —respondí, porque, si me iba con él en estos momentos, sería muy descarado.

Mis padres sabían que no éramos solo amigos; en vez de sentarme en mi silla, me había encaramado al brazo de Wit y lo tenía al alcance de la mano para despeinarlo o zarandearlo del hombro.

—Te gusta mucho, ¿verdad? —me preguntó mi madre cuando fuimos a la cocina a por un helado; como no respondí, añadió—: He visto el *post* de Instagram.

—Sí —reconocí—. Me gusta de verdad.

La mirada de mi madre era un poco triste, porque ella sabía que tendría que decirle adiós al final de la semana.

—Va a ser difícil —dijo con voz queda.

—Lo sé —susurré, y no dijimos nada más al respecto.

Servimos el helado Moose Tracks en cuatro cuencos y lo llevamos al salón.

—Nos vemos luego —le dije a Wit.

Después de verlo desaparecer en la noche, fui al buzón. Lo más probable era que Viv aún no hubiera entregado la nota; le enviaría un nuevo mensaje a Wink por la mañana, pero ¿qué mal había en comprobarlo?

«A la tercera va la vencida», pensé, y me quedé de piedra cuando, al encender la linterna de mi iPhone y abrir la desvencijada puerta del buzón, encontré un mensaje: mi nueva ficha con el objetivo y un pósit adhesivo morado encima. Decía: «¿Te has chivado a tu anciano abuelito? Madura, chica».

—Que te jodan —murmuré, y proyecté la luz de la linterna sobre la ficha donde figuraba el objetivo.

Al principio, me sentí confusa.

«Pero ya he... —pensé—. Ya he asesinado...».

Entonces caí en la cuenta; la conmoción se apoderó de mí. Me sentó como una bofetada. Leí el papel una y otra vez; tenía que haber un error. Tenía que ser un error, porque el nombre...

El nombre era...

«Su» nombre.

Me quedé mirando el techo desde la litera de arriba, con la camiseta empapada en sudor. Como el Anexo no tenía aire acondicionado, dejé la ventana abierta y dos ventiladores a pleno rendimiento. «Dime qué debo hacer —le dije a Claire—. Dime qué debo hacer».

Claire estaba en todas partes esa noche. Juro que podía oírla moverse en el colchón de abajo.

Sin embargo, como no me contestó, suspiré, me senté y, después de anudarme el pelo sudado en un moño, me vi saliendo descalza de mi casa hacia la Cabaña. Se esperaban lluvias para el día siguiente, pero el cielo era una maravilla estrellada.

Cuando llegué a la habitación de Wit, me pareció oír el zumbido de su ventilador. Como no se filtraba ninguna luz a través de las persianas, supuse que estaría dormido. «¿Entro?», me pregunté, y a continuación oí un somnoliento: «Sabía que vendrías».

Eso fue todo lo que necesité para colarme por su puerta. A la luz de las estrellas que brillaban a través de la mosquitera, vi el ventilador sobre la cómoda y a Wit en la cama, sin camisa, cubierto solo por la sábana. Las mantas estaban tiradas por el suelo. Hacía demasiado calor.

No me acerqué a él de inmediato.

—¿Cómo lo sabías?

—Porque cuando nos hemos despedido, primero has dicho que nos veríamos mañana. —Bostezó y se apoyó en un codo—. Pero la segunda vez has dicho «luego».

—Oh, no me he dado cuenta —mentí.

No me creyó.

—Lo que sea que te ayude a dormir por la noche.

Se me humedecieron los ojos. Guardamos silencio.

—Ven aquí —dijo Wit.

Pestañeé para eliminar las lágrimas y atravesé la habitación para subirme a la cama…, pero sentí como zonas frías en el colchón.

—¿Compresas de hielo? —supuse.

—Sí. —Me hizo rodar en sus brazos—. Todo el mundo está deseando dármelas, así que…

Se me escapó una risita y alargué la mano para tocarle el cardenal. Wit soltó un grito melodramático y nos sacudió a los dos para hacer la broma. Se me escaparon más risitas.

El padrino golpeó la pared.

—¡Dulces sueños, Gavin! —respondió Wit, y luego me susurró al oído—: Está disgustado porque Danielle ha «dejado en el aire» las cosas con él.

—¿Cómo? —susurré—. ¿Por qué?

—Ni idea, pero estoy seguro de que volverán de aquí a la cena de ensayo. —Tiró de mi camiseta—. ¿Quieres otra? Esta está empapada.

—No, está bien —respondí.

Me senté para quitarme la camisa sudada antes de acurrucarme contra él. Incluso con las compresas de hielo, el cuerpo le ardía, pero yo quería sentir su piel pegajosa. Me daba seguridad.

—Bueno, supongo que también dijiste «luego» a esto —dijo Wit con ligereza, y me vino a la mente la escena de Playa Secreta: él pidiéndome que me quitara la parte de arriba del bikini, yo diciendo que sí, pero solo cuando estuviéramos en privado.

Me dibujó algo en la espalda y luego me besó el hombro, lo que me provocó un cosquilleo en los dedos de los pies. Incluso se me encogieron.

Pronto me subí encima de él, recorriendo con mis manos su pelo húmedo mientras sus pulgares presionaban los huesos de mi cadera. Las espirales se arremolinaban bajo mi piel.

—No quería sonar presuntuoso antes —murmuró Wit, desprendiendo un aliento cálido—. Me alegro de que hayas venido. —Me besó a lo largo del cuello—. Tenía muchas ganas de que vinieras, de verdad.

Por un segundo, pensé en lo que había encontrado en mi buzón, pero rápidamente lo deseché.

—Pues has sonado presuntuoso —dije, pero enseguida reconocí—: yo también quería venir.

Porque, Dios, yo quería ir, sí, necesitaba verlo. Solo habían pasado unos días, pero, de alguna manera, de alguna forma…

Incluso si lo nuestro solo era temporal, parecía mucho más: algo especial, algo singular, algo que había estado esperando durante mucho tiempo.

Así pues, cuando Wit me preguntó si quería hacerlo, dije que sí sin dudarlo.

—¡Oye, qué entusiasmo! —comentó con su voz magníficamente melodiosa. Tenía ese tono que hacía que te derritieras.

—¿Tienes algo? —pregunté.

—Sí, sí —respondió, y luego nos deslizó hasta el borde de la cama para poder alcanzarlo—. El padrino, eh, nos dio «paquetes de bienvenida» cuando llegamos el domingo…

—Qué atento por su parte —dije inexpresiva mientras él rebuscaba en la oscuridad.

Suspiró.

—Si sirve de algo, te confieso que no esperaba usarlos ni por casualidad.

Me reí, y una vez que encontró lo que buscaba, utilizó una mano para hacerme cosquillas de tal forma que tuve que reprimir un chillido. El corazón me dio un vuelco.

—¿Seguro que te parece bien? —preguntó un minuto después—. ¿Bien de verdad?

«No me parecería bien con nadie más —pensé—. Si Wit fuera otra persona...».

—Sí, me parece bien —murmuré—. Tipo..., mucho más que bien.

Wit se rio, y nuestros cuerpos se enredaron.

—¿Qué te pasa? —susurró un rato después, mientras ambos entrábamos y salíamos del sueño.

Se me formó un nudo en la garganta.

—¿Cómo sabes que me pasa algo?

Me protegió con sus hombros.

—Lo sé sin más.

—Vengo aquí para estar contigo —le dije—, pero también porque no puedo dormir allí. No puedo dormir en esa habitación sin ella.

Wit se quedó callado.

—Sigo echándola mucho de menos —continué—. Y esa habitación... me hace revivirlo todo. Como la historia de Sarah. No puedo dejar de pensar en ello, y en que ni siquiera hablé con Claire ese día. Nos enviamos mensajes de texto, pero solo sobre sus planes: el restaurante, el Barrio Francés. —Las lágrimas corrían por mis mejillas—. No me dio tiempo a decirle que la quería, y a ella tampoco. Nos llamábamos todas las noches y nos lo decíamos antes de colgar.

«Te quiero, Claire».

«Te quiero, Mer».

De nuevo, Wit guardó silencio, pero el tipo de silencio que parecía querer decir algo.

—Ella te quería —dijo finalmente, sonando un poco apenado—. Te quería mucho.

Asentí y seguí llorando. Me abrazó contra su pecho y no me soltó ni siquiera cuando dejé de llorar.

—Duerme —murmuró—. Duérmete, matona.

JUEVES

14

Wit y yo nos levantamos temprano para hacer senderismo, pero no lo bastante para esquivar los estiramientos que Michael hacía antes del entrenamiento.

—Buenos días —fue lo único que dijo cuando incliné la cabeza, las manos de Wit sobre mis hombros.

—Um, sí, buenos días —balbucí.

—¿Te avergüenza que te vean conmigo? —susurró Wit.

Sonreí y me lo sacudí de encima.

—Me «abochorna», más bien.

Pasamos por el Anexo para que yo pudiera ponerme ropa de montaña, llenar una botella de agua y coger las llaves del Raptor. Mis padres seguían durmiendo, con la puerta de su habitación cerrada, pero Loki estaba muy despierto y daba saltos por la casa. El Jack Russell apenas pudo contenerse cuando le enganché la correa al collar, consciente de que era hora de dar un paseo.

El sendero de la reserva de Menemsha Hills era uno de los puntos más altos de Chilmark, y Wit estaba casi tan emocionado como Loki cuando aparqué la camioneta.

—Es un gran bucle —le dije, y observé el cielo nublado con la esperanza de que nos librásemos del chaparrón previsto—. Claire se lo conocía mejor que yo. —Me quedé callada—. No soy muy buena orientándome.

—Bueno, por suerte para nosotros, yo sí —dijo Wit, sacando un mapa. Lo desplegó y lo revisó durante unos segundos—. ¿Continuamos?

Asentí. Lo bueno es que este sendero era silvestre, pero en el punto menos esperado salías de los árboles y la vista te dejaba sin aliento. Mi parte favorita daba a una costa de playas abiertas y sinuosos acantilados.

—Me encanta esto —dijo Wit una vez que le cogimos el tranquillo, las zapatillas cubiertas con la arena polvorienta que levantábamos al caminar—. Esto es exactamente el tipo de cosas que quiero hacer en Nueva Zelanda.

Nueva Zelanda… Hubiera querido que la idea no me estremeciera tanto.

—Háblame de cuando eras más joven —dije por sacar un tema.

Wit levantó una ceja.

—¿De cuando era más joven?

—Sí, como cuando ibas al instituto.

—O sea, ¿hace un año?

Agradecí que Loki me tirara hacia delante para que Wit no viera que me había sonrojado.

—No hay mucho que contar —dijo—. Vivía en Vermont con mi madre, iba a la escuela, no me encantaba, pero tampoco la odiaba, y los fines de semana de invierno esquiaba todo lo que podía.

—¿Y tus amigos? —pregunté—. ¿También esquiaban? ¿O hacían *snowboard*?

Dudó un momento.

—Para serte sincero, solo tengo un par de buenos amigos: Kevin, Caleb y yo nos conocemos desde el jardín de infancia. Pero también me gusta hacer cosas por mi cuenta. De vez en cuando salía y estudiaba con alguna gente, pero no tenía una pandilla de amigos. —Se encogió de hombros y soltó una risita para evitar un momento incómodo—. Supongo que por eso Michael y Sarah me llaman para salir en Nueva Orleans, porque en Tulane pasa más o menos lo mismo. No se me da bien hacer amigos.

—Y a mí no se me da muy bien conservarlos —me vi diciendo mientras refrenaba a Loki, que había olido algo y quería arrastrarse por debajo de la valla de rieles divididos del camino.

—¿Qué quieres decir? —preguntó Wit—. Seguro que tienes muchos amigos, eres increíble.

Se me encogió el corazón.

—Sí que tenía amigos —le conté—, pero en algún momento... —No terminé la frase y carraspeé—. En algún momento dejé de hacerles caso. Lo único que importaba era Ben..., especialmente después de la muerte de Claire. Estaba tan triste y tan desconectada que me aferré a la persona más cercana a mí y no la solté. Dejé de lado a los demás y no volví a abrirles la puerta. Porque a Ben le encantaba protegerme. Le encantaba que yo lo necesitara, hasta que decidió que él ya no me necesitaba a mí.

—¿Ben? —preguntó Wit—. ¿Qué ha sido del Mierda?

Llegamos a otro mirador y nos sentamos en el banco, construido con tres losas de piedra. Rápidamente le hablé a Wit del mensaje que Ben me había dejado en el buzón de voz a las dos de la madrugada y lo que le dije cuando le devolví la llamada.

—Así que vuelve a ser solo Ben —terminé—, pero en el sentido de que no me importa..., no merece mi consideración. He bloqueado su número.

Wit se inclinó y me dio un beso en la cabeza, dejando un brazo colgado sobre mi hombro. Le habían salido pecas del sol.

—Bien por ti, matona.

Cerré los ojos. *Matona.* Ahí estaba, no uno de nuestros adjetivos cariñosos siempre cambiantes, sino mi apodo especial, dulce y cómplice.

Ahora bien, ¿tenía yo uno para Wit?

Eso era más complicado.

¿Estábamos destinados a durar más de una semana?, me

pregunté, deseando que Claire pudiera consultar sus cartas astrales, el tarot.

—¿Y tú? —pregunté—. ¿Has tenido novia alguna vez?

—Sí —respondió—. Durante una temporada en el instituto.

Le di un codazo.

Se rio.

—¿Qué?

—Más detalles, por favor.

—¿Por qué?

—Porque es importante. A las chicas nos interesan esas cosas.

Wit suspiró.

—Se llamaba Brianna. Íbamos a la misma clase de matemáticas y fue mi pareja en el baile de graduación. A partir de ahí la cosa fue a más.

—¿Cuándo cortasteis?

—En el invierno del último año; decía que no le hacía mucho caso.

—Eso no te pega nada —dije.

Frunció los labios.

—¿Qué quieres decir?

Tragué saliva.

—Nada, solo que...

«Eres cariñoso sin esforzarte siquiera. Me dejas hablar durante horas y me escuchas durante horas. Me haces sentir que lo soy todo para ti».

Pero como no podía decirle nada de eso, le besé.

—¿Y en Tulane? —pregunté luego—. ¿Algún romance por allí?

—¿En serio? ¿Romance?

Lo miré seriamente.

Se encogió de hombros.

—Algunas chicas, sí..., pero no eran verdaderas relaciones ni nada. Salíamos un par de veces y luego...

—Rollos —terminé por él—. Te enrollabas con ellas y punto.

Wit se pasó una mano por el pelo, tenía la cara sonrojada.

—Meredith, ¿por qué estamos hablando de esto?

«Porque sí. Porque quiero saber si las cosas…, si las cosas fueron distintas…», pensé.

—No lo sé —dije rápidamente—. Lo siento, soy una boba. —Me incliné hacia delante para coger la botella del bolsillo lateral de mi mochila—. ¡Loki! —Lo engatusé para que se acercara y le eché un chorro en la boca. Tragó y tragó.

—Buen truco —comentó Wit.

—Se lo enseñó Claire —dije.

Asintió pensativo.

—Parece algo propio de ella.

Me reí.

—Lo dices como si la hubieras conocido.

—Bueno —dijo, moviéndose inquieto en el banco—, en realidad…

—Hablo mucho de ella —dije—. Lo sé. —Señalé a nuestro alrededor—. Para mí, cada trozo de esta isla es ella, así que no puedo evitarlo. A ella le habrías gustado.

Wit me dedicó una sonrisa cariñosa.

—Sarah también dijo eso. Pensó que habríamos sido muy buenos amigos. —Hizo una pausa, pero no me miró a mí exactamente, sino que se quedó contemplando el horizonte. Tenía los dedos doblados en su regazo—. Meredith, creo que tengo que aclarar algo…

El súbito estallido de un trueno ahogó aquello que iba a decir.

—¡Mierda! —exclamé, y me levanté corriendo del banco. Buscar el coche y conducir a casa bajo la lluvia era desalentador—. ¡Vamos, corre!

Pero no sabía qué camino tomar. Múltiples senderos conducían a nuestro mirador.

La mano de Wit encontró la mía.

—No te preocupes —dijo—. Conozco el camino.

Teníamos la ropa empapada cuando llegamos al Raptor; le lancé gustosamente las llaves cuando se ofreció a conducir. Me subí al asiento del acompañante y un Loki calado hasta los huesos se acomodó en mi regazo. Fue una pena que no tuviera una toalla de playa para envolverlo, porque su primer instinto fue sacudirse para secarse. «Perfecto —pensé, ahora también voy cubierta de barro—. Simplemente perfecto».

Wit no se rio, sino que retomó nuestra conversación de antes.

—Siento haber sido raro con las chicas —dijo, tosiendo—. No es algo de lo que me enorgullezca, y Michael ya me ha echado la bronca un montón de veces.

—¿Le has hablado a Michael de esas cosas? —pregunté.

—Sí.

Asentí con la cabeza, pero no dije nada, recordando que Claire me decía constantemente que merecía algo más que a Ben, que había alguien mejor esperándome. «No sé cuándo va a ocurrir —me dijo una vez, después de volver a casa tras haberme peleado con él. Estábamos las dos acurrucadas en su cama: ella, la cuchara grande, yo, la pequeña—. Pero será algún día, en algún lugar».

Y luego me murmuró algo al oído.

Gracias a ella, dejé de sollozar un segundo y recuperé la sonrisa.

—De todas formas, tú eres más bonita que cualquiera de ellas —añadió Wit mientras conectaba los limpiaparabrisas del Raptor a toda velocidad—. De lejos.

Apreté a Loki contra mi pecho.

—No digas eso.

—Pero si es la verdad.

Apartó una mano del volante para poder lamerse el pulgar, luego se acercó y me limpió un poco de barro de la mejilla.

Me estremecí.

—No me importa si es verdad —dije—. Por favor, no me llames bonita.

«¿Por qué no?», esperé que preguntara, pero no lo hizo. En lugar de eso, puso el intermitente y aparcó la camioneta a un lado de la carretera. Encendió las luces de emergencia y se volvió hacia mí. Entonces pude ver en sus ojos, en sus anillos de oro, que se acordaba de la mañana del día anterior, de los dos haciendo el tonto juntos. «No me llames bonita», le dije apresuradamente, y luego me las arreglé para salir de su habitación sin darle explicaciones.

—Vale —dijo Wit despacio, con las dos manos aún apoyadas en el volante, pero sin romper el contacto visual. Se me aceleró el pulso—. ¿Cuál es el problema? Dímelo, por favor.

Esperé un latido..., luego dos..., luego tres.

Las manos de Wit se apartaron del volante.

—Todo el mundo dice que soy bonita —murmuré.

—Bueno, es que tienen razón —respondió Wit—. Eres innegablemente...

—Ben me llamaba «bonita» —le interrumpí—. Ben me llamaba nenita, Ben me llamaba guapa, Ben me llamaba bonita. —Me escocieron los ojos—. Casi nunca reconoció que yo tenía algo más que ofrecer aparte de mi físico. —Parpadeé para alejar las lágrimas—. Y ya no puedo oírlo más, no puedo soportarlo. —Hice una pausa—. Sobre todo si viene de ti.

Wit guardó silencio.

—No quiero ser «bonita» para ti —continué—. Eso no quiere decir nada. Es aséptico y superficial. —Cogí una de sus manos y la apreté con fuerza—. Me haces los cumplidos más maravillosos..., dices cosas muy interesantes que nadie me ha dicho nunca, como lo cariñosa que soy, y lo inteligente y lo lista..., y no sabría decirte lo bien que eso me hace sentir. —Besé sus dedos, que estaban calientes a pesar del chaparrón—. Escuchar esas cosas me hace muy feliz. —Empecé a besar la palma de su mano, recorriendo la línea del corazón.

—De acuerdo —dijo Wit después de un minuto—. No diré que eres bonita. —Suspiró—. Pero ¿todavía se me permite pensarlo? Porque si no... —sus ojos recorrieron mi cuerpo, completamente mojado y salpicado de barro—... sería una petición enorme.

—¿Una petición enorme?

—Una petición *imposible*.

Me reí.

—¿Incluso con estas pintas?

—Ajá —dijo, inclinándose para revolverme el pelo—. Incluso con estas pintas.

Michael me envió un mensaje justo cuando accedíamos a la entrada de la Granja: «No sé por dónde andáis, par de granujas —decía—, pero estamos todos invitados a la Casa del Páramo para jugar a juegos de mesa y comer *gumbo*».

Wit gruñó cuando leí el mensaje en voz alta.

—¿Qué? —le pregunté—. ¿Tienes algo contra el *gumbo*?

—Para nada —respondió—. El *gumbo* de Jeannie es el mejor de Nueva Orleans. —Hizo una pausa—. Es solo que, ya sabes, con toda la gente dentro de una casa..., ¿pasará lo mismo que en la Sala Varsity?

Asentí, captando la idea.

—Una masacre.

Wit y yo nos habíamos escabullido pronto, pero muchos no pudieron salvarse de la escabechina cuando la fiesta de la Sala Varsity terminó oficialmente. Según Pravika, eliminaron a diez jugadores como mínimo.

—Entonces tendremos que ingeniar algo —le dije a Wit—. Trepar por alguna ventana o algo de eso.

Con suerte, Ian no consideraría esa posibilidad. Y si el *gumbo* de Jeannie era tan delicioso como decía Wit, entonces esperaría felizmente a mi primo toda la tarde.

—Por cierto —dijo Wit—, ¿le enviaste un mensaje a Sarah para que se pusiera en contacto con Viv? ¿Para tu objetivo?

El corazón se me subió a la garganta.

—¡Oh! —Apenas podía hablar—. Yo…, eh, ya no hace falta… —Me mordí el labio—. Viv… lo entregó justo después de que te fueras anoche.

—Espera, ¿lo entregó? —Wit se desvió un poco, pero enderezó el Raptor rápidamente. Su mano se dirigió a mi rodilla, pero, por una vez, yo no la quería ahí—. ¿Por qué no me lo has dicho en la habitación?

—Porque estaba demasiado ocupada seduciéndote —bromeé—. Con mi camiseta empapada en sudor y todo.

—Ah, sí… —dijo Wit, pero se interrumpió como si también se acordara de mí sollozando en sueños…, llorando por Claire—. Soy un idiota.

—Pero un idiota guapo —dije.

—¿Guapo? —Me lanzó una mirada incrédula—. Tú puedes llamarme guapo, pero yo no puedo llamarte…

—A ti te gusta que te llamen guapo —dije—. Ayer por la mañana hiciste un mohín como un niño pequeño cuando dije que no te llamaría guapo.

Wit se enderezó en su asiento.

Intenté desviar el tema hacia él.

—Supongo que vas a intentar eliminar a tu objetivo hoy, ¿no?

—¿Intentar?

Puse los ojos en blanco.

—Capullo.

—Pero un capullo guapo, ¿no?

—Sí, aunque los capullos guapos no pueden compararse con los idiotas guapos.

Wit se rio y asintió.

—Sí, sí —dijo—. Voy a dar lo mejor de mí.

—Genial —dije, y luego me quedé en silencio, deseando que el paseo terminara. Sabía quién era el próximo objetivo de Wit, y aunque probablemente lo ejecutaría fácilmente, aquello podría tener ciertas repercusiones.

Para mí, no para él.

—Hablando de eso —me vi diciendo—, creo que voy a dar un paso atrás.

Levantó una ceja.

—¿Un paso atrás?

—Ajá —asentí—. Como Ian anda rondándome, voy a jugar más a la defensiva durante un tiempo. Se me está metiendo bajo la piel, y quiero estar en guardia.

—Pero si ya «estás» en guardia —repuso Wit—. Incluso sabes que tu asesino es Ian. —Suspiró—. Yo no sé quién es el mío, y me estoy acojonando mucho, pero no voy a dejar que eso me paralice.

—Wit —dije, con dificultad para pronunciar su nombre—. Tú has acojonado a tanta gente que creo que hasta tu asesino está acojonado. Puedes permitirte ser un bandido con pañuelo. —Tomé aire, ensayando lo que tenía que decir a continuación—. Además, pasar a la defensiva tiene una ventaja.

Su voz era inexpresiva.

—Ilumíname.

—Pues que, mientras yo evito a Ian, mi objetivo hará la mayor parte del trabajo.

—¿La mayor parte del trabajo?

—Sí —respondí—. Claro, todo el mundo anda por ahí divirtiéndose, pero cada vez habrá más gente eliminada, y yo tendré que enfrentarme a menos jugadores cuando llegue el momento.

Wit no quitaba los ojos de la carretera, pero yo casi podía

oír los engranajes que se movían en su cabeza y ver los escenarios que imaginaba.

«Por favor —pensé, con un nudo en el estómago—. Por favor, créeme. Sube a bordo. Así es como tiene que ser...».

—¿Quién es? —preguntó.

La sangre me bombeó en los oídos.

—¿Quién es tu próximo objetivo?

Abracé a Loki con tanta fuerza que soltó un ladrido.

—Joder —murmuró Wit—. Soy yo, ¿verdad?

—¡No! —respondí rápidamente, viendo cómo se pasaba una mano por el pelo—. No, qué dices, Wit —forcé una risa—, no eres tú. No digas chorradas. ¡Claro que no eres tú!

Su mandíbula se tensó.

—Entonces, ¿por qué tengo que preguntártelo dos veces?

Palabras: necesitaba palabras, y rápido.

—Porque, aunque no seas tú —respondí—, sigue siendo alguien cercano a mí... —Pensé en los nombres de quienes quedaban; pronto di con uno—. Alguien con quien tengo buen rollo... —Respiré hondo y esperé que esta mentira no se volviera en mi contra—. Luli..., es Luli.

Me miró fijamente.

—¿Luli?

Asentí.

—Luli.

—¿No yo?

—No tú.

Silencio.

—Eso tiene sentido, parece lógico —dijo finalmente—. Te concentras en darle esquinazo a Ian y dejas que Luli se divierta.

—Sí. —Enlacé mi meñique alrededor del suyo y los uní—. Eso es exactamente lo que voy a hacer.

15

*L*a mayoría de la gente fue en coche a la Casa del Páramo, pero Wit y yo cogimos un paraguas y lo conduje por el sendero del bosque que había seguido para eliminar a su padre. Ambos íbamos armados con nuestras pistolas: Wit para poder llevar a cabo su último plan, y yo para mantener las apariencias. Nadie podía conocer mi nueva estrategia.

«Porque es una estrategia —me decía a mí misma constantemente—. Sin un asesino que vaya tras su rastro, Wit puede eliminar a todos los jugadores que quiera, reducirlos en número».

Entonces, finalmente, yo podría asesinarlo.

No ahora, sino al final.

Sin embargo, estaba nervioso, más nervioso de lo que nunca le había visto, más nervioso que yo. Se movía y giraba la cabeza cada pocos segundos.

—Oye, relájate —le dije—. Prácticamente nadie conoce este sendero.

—¿Prácticamente?

—Claire —respondí—. Y los perros, probablemente, pero aparte de eso, solo Claire.

Se limitó a asentir con la cabeza.

«Tal vez debería decírselo —pensé con un nudo en el estómago—. Tal vez debería decirle que soy yo, y entonces podríamos hacer algún tipo de trato. Un apéndice a nuestro pacto, algún tipo de acuerdo para trabajar juntos y llegar al enfrentamiento final los dos solos».

Pero era demasiado tarde. Wit me había preguntado directamente si era mi próximo objetivo y yo le había dicho directamente que no. No podía retirar esa mentira.

—Todo va a salir bien, Wit —dije, tragando saliva con dificultad. Su nombre no sonaba del todo bien saliendo de mi boca—. Eres una persona tranquila, calmada, serena e inteligente. No dejes que la paranoia te afecte. No dejes que te afecte. ¿De acuerdo?

—De acuerdo —respondió, y exhaló un hondo suspiro. Tenía la cara chamuscada por el sol, pero, por alguna razón, estaba tan pálido como el día gris y lluvioso.

—Vamos a entrar ahí —dije con mi mejor voz tipo «¡formen filas!»— y hacer lo que tengamos que hacer. Voy a esforzarme al máximo por evitar a Ian y tu objetivo ni siquiera se dará cuenta de que le disparan.

—Y también juegos y *gumbo* —añadió Wit—. No lo olvides.

—Claro. —Sonreí—. Venga, va, no hagamos esperar a todo el mundo.

—Podemos hacer que esperen un segundo más —dijo Wit cogiéndome de la cintura con un brazo e inclinándose para besarme.

Apenas me rozó los labios, pero enseguida quise más y trepé por su cuerpo fuerte y musculoso, rodeándole el cuello con los brazos, mientras él me sostenía. Esta vez nos besamos de verdad, con ganas. Fue una sensación casi agonizante. No tenía ni idea de adónde había ido a parar el paraguas; ninguno de los dos lo sostenía.

Le di un último beso y luego Wit me dejó en el suelo y seguimos recorriendo el camino, ambos completamente empapados cuando apareció finalmente el césped lateral de la Casa del Páramo. Varias personas con pistolas de agua aguardaban en una esquina, vigilando el jardín delantero para ver quién llegaba. El tío Brad y Nicole Dupré estaban entre ellos. No vi a Ian.

—Bien, esto da al baño de abajo —informé a Wit mientras empujaba una de las ventanas del primer piso—. ¿Listo?

Asintió, me hizo entrar con un empujoncito y luego se aupó detrás de mí. Había varios cepillos de dientes junto al lavabo y toallas colgadas detrás de la puerta cerrada. Guardamos las pistolas de agua en la ducha, y la cortina con motivos de espiga siseó como una serpiente al correrla.

Un centenar de voces se arremolinaron cuando nos deslizamos por el pasillo, cuyas paredes amarillas tenían el color de la mantequilla batida y estaban decoradas no solo con fotografías de la familia Fox, sino también con hermosos paisajes en acuarela.

—No puede ser —susurró Wit al ver las iniciales BGF en la esquina de un cuadro—. ¿El tío Brad ha pintado esto?

Asentí.

—Tiene muchos talentos.

Como también los tenía Jeannie Dupré; el olor a *gumbo* nos recibió cuando nos acercamos a la cocina. Enseguida detecté cebollas, pimientos y salchichas. Los fogones estaban cubiertos de ollas y sartenes, y mi madre se había animado a ayudar y cortaba las verduras en la encimera. Sonreí: le encantaba cocinar, pero, después de la muerte de Claire, habíamos recurrido mucho a la comida para llevar. Ahora, sin embargo, parecía haber recuperado el ritmo. Me acordé de unos meses antes, el día en que volví de casa de Ben y por poco me desmayé al verla en la cocina guisando mi receta favorita de pollo frito para la cena.

Wit se dio cuenta de que la estaba mirando.

—Eso es la trinidad —dijo—. Cebollas, pimientos y apio: los básicos esenciales.

—¡Hola, Wit! —Su madrastra nos había visto—. ¡Menos mal! Ya tengo unas cuantas ollas preparadas, pero, como va a venir más gente, acabo de mandar a Michael y a Oscar a «hacer más comestibles»…

—A comprar comida —tradujo Wit.

—¿Tú y la señorita Meredith los «ahogaréis» cuando Liz haya terminado de prepararlas?

—¿Señorita Meredith? —Esbocé una sonrisa divertida mientras mi madre confirmaba que la trinidad estaba lista.

Wit se frotó la nuca.

—Sí —dijo—. Así es como te llaman mi padre y Jeannie. —Levantó las manos como si estuviera en un apuro—. Te juro que no tengo nada que ver.

Sonreí de oreja a oreja y negué con la cabeza, recordando cuando Oscar Witry le había deseado a la «señorita Meredith» la mejor de las suertes después de su eliminación.

—¿Qué quiere decir «ahogar»?

—Quiere decir estofar con más cebollas.

Aceptó la tabla de cortar que le pasó mi madre.

—A fuego vivo, durante *muuucho* tiempo…

Sarah estaba junto a los fogones, revolviendo una sustancia de color beis en una cacerola.

—¡Jeannie! —la llamó cuando el beis comenzó a volverse marrón—. ¡El *roux*! Está…

—Arruinado —terminó Wit, y luego ladeó la cabeza—. No es la primera vez, ¿supongo?

Sarah resopló.

—Solo es harina y aceite —dijo subiéndose las gafas sobre la nariz—. Te crees que es muy sencillo. —Un gruñido—. Este es mi tercer intento.

Después de que Wit y yo consiguiéramos hacer un poco de estofado, nos servimos *gumbo* de una olla que ya estaba lista y fuimos a buscar un juego de mesa. Durante el paseo habíamos decidido que no jugaríamos al mismo. «Distancia», acordamos. Wit quería hacer una de sus jugadas, y era mejor que yo no estuviera cerca cuando se produjera.

Mientras Wit se iba a jugar al Scrabble con Wink, Honey y algunos Dupré, yo encontré a Pravika, Eli, Jake y Luli preparando el Monopoly en el porche. Eli era el banquero y estaba contando el dinero, mientras que Luli organizaba los títulos de propiedad.

«Luli. Bien», pensé.

Necesitaba hablar con ella, hablar con ella «de verdad». Sí, me había disculpado el lunes por no haber respondido a sus mensajes y todo eso, pero, después de salir a caminar con Wit por la mañana y contarle mis preocupaciones, sentí que Luli se merecía mucho más que eso. Una explicación, para garantizar que la puerta de la amistad volviera a abrirse entre nosotras de par en par y que se quedara así por mucho tiempo. Recordé cuando ella, Claire y yo éramos pequeñas y corríamos juntas por la Granja con nuestras interminables risas. Uno de mis recuerdos favoritos era la noche en que les gastamos una broma a Jake y a Eli, embadurnándoles la cara con lápiz de labios mientras dormían. Sentí una punzada ante la idea de perder esa cercanía para siempre. Había perdido a Claire; no podía perder a nadie más.

—Oye, Mer —dijo Pravika—. ¿Dedal, bota o sombrero de copa?

—Dedal, por favor —respondí, y ocupé la silla vacía junto a Jake.

—Tus papilas gustativas ni siquiera están preparadas —me advirtió mientras levantaba una cucharada de *gumbo* hacia mi boca y soplaba—. Ni... siquiera... preparadas.

—¡Oh, vaya...! —gemí literalmente de placer después del primer bocado, dulce a la vez que picante. Las cebollas, los pimientos, el apio, la salchicha, las gambas..., una explosión de fuego en mi boca. De alguna manera, podía «saborear» la pasión que había puesto a la hora de cocinarlo—. Esto es...

—Luli se ha tomado tres cuencos —dijo Eli, y me percaté de que todos los cuencos estaban vacíos.

Me puse más en el mío. Con suerte, yo también tendría tres tazones.

A mi lado, Luli hizo una mueca juguetona.

—¿Podemos empezar ya?

—Tengo que hablar contigo más tarde —susurré mientras Eli empezaba a repartir el dinero—. ¿Después del juego?

Sus ojos brillaron, probablemente pensando que me refería al juego del asesino, que tenía algún dato de contrainteligencia que compartir. Sentí unas punzadas en la nuca.

—Vale —me susurró—. Estoy impaciente.

Por desgracia, el Monopoly fue mucho menos emocionante que el *gumbo*. La partida se desarrolló como siempre entre los cinco: Jake se dedicó a comprar discretamente todas las propiedades baratas y a construir hoteles, Luli aterrizó en el aparcamiento gratuito en un centenar de ocasiones, y yo terminé en la cárcel una y otra vez, todo ello mientras Eli y Pravika seguían proponiendo ridículos intercambios de propiedades. Al final abandonamos el juego por completo.

—¿Qué pensáis? —preguntó Eli—. ¿Debería ir al club náutico y presentarme sin más?

—Hoy no —dijo Luli, y señaló con un gesto hacia fuera, donde la lluvia había parado momentáneamente—. Apostaría todo mi dinero del Monopoly a que cancelan la navegación.

Eli puso los ojos en blanco. Se desanimó cuando le conté que había estado en Edgartown Books y había oído al librero haciendo planes para salir a comer.

—Siempre te quedará el instructor de vela —le dije para animarlo—. Dijiste que era el hombre de tus sueños, ¿recuerdas?

—Sí —respondió—. Porque él es...

—Ve —le dije—, así podremos averiguar su nombre de una vez.

—Sí, ¿y quién sabe? —dijo Pravika—. Igual es amor a primera vista y viene a la boda…

Le lancé una mirada: «Aborta, Pravika. Aborta».

—Oye —dijo Luli volviendo del baño—, ¿dónde se ha metido Jake?

—En casa de Mer —respondió Eli, que miró con nostalgia por la mosquitera el lago Job's Neck a lo lejos; el Complejo de Condominios de Nailon lo oscurecía desagradablemente. Con suerte, los enseres de todo el mundo no se habrían echado a perder con la lluvia—. Ha ido a buscar el viejo tablero de ajedrez.

Ninguno de nosotros era buen jugador de ajedrez, pero habíamos decidido darle otra oportunidad. Yo sabía que tendría que haber ido a buscar el tablero al Anexo, pero Jake se me había adelantado y se había ofrecido primero.

Y…

—Hace mucho que se ha ido, ¿no? —comentó Luli. Sospeché que la pistola de Wit ya no estaba en la ducha. No era casualidad que se hubiera apuntado a la partida de Scrabble, que se estaba jugando en el salón…, la estancia por la que «todos» pasaban cuando entraban y salían de la casa.

Eli se encogió de hombros.

—A lo mejor necesitaba parar y soltar un cagarro.

Luli y Pravika gruñeron.

—Eli…

—¿Qué? —Se dio una palmadita en el estómago—. El *gumbo* este es fuerte…

Los gritos de la otra habitación lo interrumpieron:

—¡Hostia puta!

—¡Mira afuera!

—¡Se le ha ido la pinza!

Se levantaron de las sillas y corrieron al salón, donde los miembros de la familia y los invitados de boda se apelotonaban contra las ventanas.

—¡Meredith! —Mi padre me hizo una seña para que me acercara.

Me apretujé para escudriñar la entrada, donde estaban aparcados todos los coches. Wit estaba entre ellos, asomando por el techo solar del Raptor. Llevaba la monstruosa pistola de Claire colgada a la espalda, pero en este instante estaba lanzando un arcoíris de globos de agua a su objetivo.

—¿Le has dado las llaves de la camioneta? —le pregunté a mi padre.

—Es posible que las dejara en el guardabarros —dijo con ingenuidad—. ¿Le has comprado tú los globos?

—*Touché* —murmuré, porque @sowitty17 me los había pedido cuando fui a la tienda la víspera…, y ahora se dedicaba a lanzarle un globo de agua tras otro al pobre Jake.

Intenté no sonreír, pero Wit estaba perfecto, justo en el techo solar, en homenaje al día que nos conocimos. Muchos se reían, pero no tenían ni idea de que esa eliminación era una broma interna, algo secreto y especial entre Wit y yo. Me gustaba que fuera así, que ciertas cosas solo fueran para nosotros.

El grupo se divirtió mucho cuando Jake, empapado y con trozos de goma de colores pegados a la ropa, entró en la casa después de cederle su objetivo a Wit.

—¿Una toalla, por favor? —pidió—. ¿Alguien puede traerme una toalla?

—¡Marchando! —respondí, porque era lo menos que podía hacer.

Entonces sentí la mano de Luli en mi brazo.

—Te ayudaré —dijo con una voz agradable, pero la expresión de su cara era de pura furia. Los ojos oscuros y entrecerrados, la nariz arrugada, los labios fruncidos e incluso una vena latiéndole en el cuello. Sabía que se enfadaría, pero ¿tanto? Señaló hacia arriba, al segundo piso—. Las más esponjosas se guardan arriba.

—Genial. —Intenté sonreír. Antes había ansiado hablar con ella, pero no de esta forma. No cuando parecía que vengar la muerte de su hermano era lo único que le interesaba—. Vamos.

Su rostro no se suavizó.

—Sí, vamos.

Mis pulmones se expandieron, pero no se contrajeron cuando la seguí escaleras arriba.

16

*P*ensé que la mejor forma de proceder era disculparme primero, por muy duro que fuera.

—Escucha, Luli —dije cuando cerró la puerta del baño detrás de nosotras—, he estado pensando mucho últimamente…

—Oh, has estado pensando, ¿en serio? —me interrumpió—. Déjame adivinar… —Puso las manos en jarras—. Has estado pensando en ti y solo en ti.

Mis cejas se juntaron.

—*Mmm*, ¿perdona?

Luli puso los ojos en blanco.

—No te hagas la tonta, Meredith. ¡Tú y tu traición acaban de conseguir que eliminen a mi hermano!

—No —dije—. Eso no es verdad, no es verdad en absoluto. Jake se ofreció para ir a buscar el tablero de ajedrez. Yo no he hecho nada.

—Sí, pero tú lo sabías. «Sabías» que era el objetivo de Wit y no nos lo dijiste. —Se rio sin entusiasmo—. Menuda alianza, ¿eh? No puedo creer que me tragara eso de que solo coqueteabas con él para obtener información. Probablemente cambiaste de bando en cuanto te pusiste ese vestidito negro.

Me ardía la nuca. En realidad, Wit y yo siempre habíamos estado en el mismo bando, pensé en decir. El domingo por la noche pactamos ser francos el uno con el otro. Y no es que en ese momento estuviera siendo franca.

—No he cambiado de bando —insistí—. Sigo siendo leal...

Luli negó con la cabeza y sacó su teléfono del bolsillo. Apreté los dientes, sospechando lo que iba a enseñarme.

—¿Átame a Witry? —dijo después de cargar el *post* de Home Port en Instagram—. Esto lo dice todo, ¿no?

No respondí, sino que me limité a mirar la foto: los dos sentados en el mismo lado de la mesa, yo sonriendo y lamiendo la mantequilla de la bonita cara de Wit, que estaba hecha un desastre.

—Y no se trata solo del juego, Meredith —dijo Luli—. Es mucho más que eso. —Hizo una pausa—. Siempre se trata de ti. Siempre es lo que Meredith quiere, siempre es lo que Meredith necesita, ¡siempre es Meredith y su chico!

Meredith y su chico.

Su «chico».

De repente me di cuenta de por qué Luli había mencionado a Ben toda la semana, de por qué había llamado Ben a Wit. No se burlaba de mí porque me hubieran dejado antes de la boda. Ella pensaba que Ben y Wit eran uno y el mismo.

—Luli... —dije con tacto—. No es así.

—¡Sí que lo es! —me espetó—. Puede que Ben haya roto contigo, Meredith, pero tú rompiste con nosotros mucho antes. —Se dio la vuelta—. Tus amigos nunca te dejaron. Fuiste tú la que nos dejaste a nosotros.

Asentí, incapaz de negarlo. Le había dicho lo mismo a Wit: después de la muerte de Claire, me aferré a Ben y alejé a mis amigos. La única amiga que quería a mi lado era mi hermana, y se había ido.

Pero no pude encontrar esas palabras para Luli. Sentí que me cerraba y temblaba; me angustiaba estar atrapada en un espacio tan pequeño con ella.

—Y ahora haces lo mismo con Wit —dijo Luli, como yo esperaba que dijera—. Ben se despide y Wit aparece. Lo conoces hace cuánto, ¿cinco minutos? Y ya estás a tope con él.

—No estoy a tope con él —dije, esperando que mi voz no flaqueara mientras cogía una toalla para Jake y me dirigía hacia la puerta—. Solo estamos viéndonos esta semana.

Luli guardó silencio un momento, y luego utilizó la última arma de su arsenal.

—Te lo va a romper, ¿sabes? Te va a romper el corazón. —Me quitó la toalla de su hermano de los brazos y me rozó cuando se fue hacia el pasillo—. No cuentes conmigo cuando necesites ayuda para recoger los pedazos.

Después de temblar y mirarme en el espejo del baño, subí por la escalera oculta de la Casa del Páramo al tercer piso, la sala de lectura del altillo. «No llores —pensé, haciéndome un ovillo en el asiento tapizado de la ventana—. No es necesario llorar...».

Pero empecé a sollozar y me cubrí la cara con las manos antes de ceder y utilizar uno de los edredones, que Honey había hecho a mano, como pañuelo de papel extra grande. Afuera, las nubes se habían despejado casi por completo, cuando la puerta se abrió con un crujido.

—¿Mer? —dijo alguien—. ¿Estás ahí?

Sarah entró en la habitación con una pequeña caja azul en la mano. Sus ojos me miraron con preocupación cuando me vio acurrucada y sola.

—Sí —respondí débilmente mientras dejaba la caja en una estantería—. Hola.

Un parpadeo después, me tenía envuelta en sus brazos. Enterré mi cara en su vestido Lilly rosa y naranja y respiré su aroma. La vainilla de siempre, pero impregnada de las especias del *gumbo*. De alguna manera, funcionó.

—Todo el mundo está como loco —dijo cuando la miré—. Ha habido una «tonelada» de ataques. Ian se coló arrastrándose por la puerta del perro y hace siglos que nadie te ve, así que Wit... —Inclinó la cabeza y medio sonrió—. Wit está preocupado. Está paranoico con que Ian te haya arrinconado en alguna parte.

Se me escaparon más lágrimas.

—Estaba arrinconada en alguna parte —balbucí.

Todo se precipitó: Luli acusándome de traición a nuestra alianza por dejar a mis amigos por Ben, y Wit..., bueno, empecé y me detuve ahí. Sinceramente, no estaba segura de querer hablar de él con ella, no quería saber lo que pensaba sobre lo que Wit haría con mi corazón.

«¿Tenía mi corazón?», me preguntaba. Porque cuanto más tiempo pasábamos juntos, más me parecía que lo tenía. No estaba enamorada de él, pero sabía que me estaba enamorando. Su voz, su risa, sus bromas, lo natural que había sido todo entre nosotros desde el principio. Pensaba en su tierna mano sobre mi rodilla, en dormir arropada en sus brazos, en sus labios sobre los míos y en las palabras que me había susurrado y me habían hecho sentir capaz de cualquier cosa en el mundo.

Sí, lo sabía, solo nos conocíamos desde hacía unos días, pero yo estaba deslizándome por uno de los antiguos acantilados de Aquinnah y ganando velocidad a cada segundo. Luli no tenía ni idea de que me había tocado una fibra muy sensible con su último golpe. Aunque la mente de Wit era un misterio. ¿Estábamos en la misma longitud de onda? Si le decía que quería que siguiéramos juntos después de esta semana, ¿estaría de acuerdo?

Tenía la cabeza apoyada en el hombro de Sarah cuando terminé de hablar. Me cogió la mano con las suyas. Esperé a que dijera algo, pero pasaron varios segundos antes de que lo hiciera.

—Lo siento —dijo finalmente—. Siento haber estado tan distante esta semana.

«¿Distante? —pensé—. Más bien te he estado evitando yo...».

—Pero ¡qué dices! Para —dije—. ¡Has estado ocupada con los preparativos de la boda!

—Eso no importa —respondió—. Eres mi prima, y sé lo mucho que has estado luchando…, debería haber estado ahí para ti. Debería «estar» ahí para ti.

Esta vez fui yo la que se quedó callada, debatiéndome entre si preguntarle o no algo que iba a llegarle a las entrañas.

—Entonces, ¿por qué contaste la historia de la ensalada? —susurré—. ¿Por qué contaste la historia de Claire y la comida para conejos en Nueva Orleans? —Mi voz era espesa, como si tuviera algo en la garganta—. Fue la misma noche, Sarah. «Esa» noche. —La miré, sin ser capaz de no fijarme en la larga cicatriz—. ¿Por qué lo hiciste?

Mi prima desvió la mirada.

—No era mi intención —respondió—. Al menos, no al principio. Ver que dejabas a un lado la ensalada me hizo pensar en ella y en lo gracioso de la historia, y de repente me vi contándola y supe que no podría parar…, sabía que, si lo hacía, todo el mundo ataría los cabos. —Me apretó la mano—. Ojalá no los hubieras atado.

—Pues claro que los até. —Mi corazón martilleó—. Es mi hermana, mi mejor amiga. —Hice una pausa—. Nos enviábamos mensajes todos los días. Me levanté esa mañana sabiendo que desayunaríais en el Ruby Slipper y que después ibais a visitar el pantano…

Sarah se echó a llorar.

—Lo siento —dijo—. Meredith, perdóname por contar esa historia como si fuera una broma inofensiva…, y por haberla sacado de casa esa noche para empezar. Nunca debí hacerlo. Ella solo tenía dieciocho años, pero lo olvidé; siempre actuaba como si fuera mucho mayor. —Sacudió la cabeza—. Cuando me desperté en el hospital y Michael me dijo…

La abracé, todos y cada uno de mis pequeños rencores se disiparon de golpe. Porque mis padres y yo no éramos los únicos que seguíamos recuperándonos de la pérdida de Claire. Sarah había perdido a su prima, a su prima favorita.

—Tú no lo sabías —susurré—. ¿Cómo ibas a saber lo que iba a ocurrir? Fue un accidente extraño.

—Lo sé —susurró—. Lo sé, y me lo recuerdo cada día, especialmente aquí, especialmente ahora. —Inspiró hondo, se levantó del asiento junto a la ventana y cruzó la acogedora biblioteca para acercarse a la estantería. La vi recoger la caja azul—. Al día siguiente —dijo después de volver a mi lado—, se suponía que íbamos a ir a almorzar, las dos solas, e iba a darle esto y pedirle que fuera una de mis damas de honor.

Mi pulso se ralentizó.

—Sabes lo mucho que te quiero, Meredith —dijo Sarah, como si me leyera la mente—. Te quiero con toda mi alma, pero Claire era como yo en más pequeña.

—Lo sé —dije, porque lo sabía.

Sarah y yo estábamos muy unidas, pero ella y Claire tenían algo especial. Claire era mi hermana mayor, pero todo el mundo creía que Sarah era la hermana mayor de Claire. El vínculo que habían tejido era más que profundo. Cuando era pequeña, tenía celos de ellas, pero después me fascinaba su extravagante personalidad. Era hermoso verlas entonar canciones inventadas y bailar descalzas alrededor de una hoguera.

Sarah esbozó una sonrisa.

—Ahora esto te pertenece —dijo, entregándome la caja azul—. Quiero que lo tengas tú.

El corazón me dio un vuelco cuando levanté la tapa y vi un delicado collar de oro, cuyo colgante tenía grabadas lo que sospeché eran coordenadas de latitud y longitud.

—Paqua —murmuré—. La Granja, ¿verdad?

Sarah asintió.

—Los otros son de plata —dijo, cogiendo el collar y ajustándomelo al cuello—, pero el color favorito de Claire era el dorado…

—Igual que mi pelo —terminé por ella. No era una coincidencia; Claire siempre tiraba de mis trenzas diciendo: «¡Tu pelo, Mer! Siempre será mi color favorito».

—Sí. —La sonrisa de Sarah se ensanchó—. Igual que tu pelo. —Me envolvió en otro cálido abrazo y me susurró que me quería.

—Yo también te quiero, Sarah —dije con los ojos llenos de lágrimas—. Siento todo lo que ha pasado.

Me besó la mejilla.

—¿Volvemos abajo?

«Sí», pensé, pero luego tiré de la colcha de Honey y me acosté.

—¿Podemos quedarnos aquí un rato más? —pregunté—. ¿Un poquito?

—Claro, ¿por qué no? —Sarah se metió debajo de la colcha y nos acurrucamos como solíamos hacer Claire y yo: yo, la cuchara pequeña; ella, la grande. Me abrazó con fuerza—. Dejemos que nos busquen por tierra y por mar...

Wit se estaba quedando traspuesto, pero le di varios codazos para despertarlo.

—No te duermas —le dije mientras sus ojos se abrían y volvían a cerrarse—. No tardarán en llegar.

Bostezó.

—Llevas dos horas diciendo lo mismo.

—Solo porque llevas dos horas preguntándolo.

Le pegué cariñosamente con uno de los cojines del Anexo. Nos habíamos quedado a cenar y a ver una película con mis padres. Luego ellos se fueron a la Casa del Farol a tomar una copa, mientras Wit y yo esperamos a Sarah y Michael. «Venid», me había dicho ella después de nuestra siesta en el altillo. «Michael y yo queremos hacer algo a solas con vosotros antes de que empiece toda la fanfarria de mañana».

La fanfarria incluía la instalación de la gran carpa de recepción en el vasto jardín delantero de la Casa Grande (como llovía, la tía Christine ya andaba preocupada por si el suelo seguía empapado al día siguiente) y luego el ensayo de la ceremonia, por la tarde, en la iglesia de San Andrés antes de la cena de ensayo en Chilmark.

—¿Estás segura? —pregunté—. Si queréis estar solos...

Sarah negó con la cabeza.

—Solos como en «no con nuestro séquito».

Me reí. Como había prometido, ella y el novio llegaron al filo de la medianoche. Michael hizo sonar el claxon del todoterreno, y fue como si Wit hubiera estado fingiendo su agotamiento: se levantó del sofá biplaza, me tomó por el hombro y fuimos hasta la puerta. Hacía frío; la tormenta había roto el extremo calor del día anterior. Los cuatro llevábamos sudaderas.

Cuando recorríamos la carretera de la Granja, Wit preguntó adónde íbamos. «No se lo digas —le había escrito a Sarah en un mensaje antes de vernos—. ¡Quiero que sea una sorpresa!».

Porque quería ver el asombro infantil en la cara de Wit.

Ahora, a modo de respuesta, Michael dijo:

—¿Crees que la cola será larga?

—Qué pregunta más tonta —dijo Sarah desde el asiento del acompañante—. Es una noche agradable, así que...

—Habría sido buena idea traer sillas —bromeé.

Wit gruñó.

—¡¿En serio?!

—En serio —respondimos los tres.

Una vez que dejamos atrás el obelisco de Paqua y giramos en dirección a Oak Bluffs, solo hablamos del juego del asesino. A mi madre la había eliminado una dama de honor cuando salía de la Casa del Páramo; Nicole Dupré básicamente había derribado al padre de Luli y Jake; y el tío Brad había agradecido profusamente a Jeannie las sobras de *gumbo* antes de asesinarla en el camino de la entrada. Nadie tenía novedades de Ian; lo único que sabíamos era que había huido de la Casa del Páramo por la puerta del perro.

«Así que lo sabe —concluí—. Conoce a su asesino».

Yo también necesitaba saber quién era; en caso de que eliminaran a Ian antes que a mí, necesitaba saber quién sería el siguiente en apuntarme con su pistola.

—¡Ya hemos llegado! —dijo Sarah, sacándome de mis pensamientos. Se volvió en su asiento—. ¡Wit, bienvenido a Back Door Donuts!

Pasamos por debajo de una farola en el momento idóneo; bajo la luz, vi el asombro en los ojos de Wit.

—Dónuts —dijo, y juro que oí su estómago rugir de la emoción.

—Sí —le dije sonriendo—. Dónuts.

Señalé lo que normalmente era un aparcamiento anodino detrás de varias tiendas, pero que aquella noche estaba lleno de gente: una sinuosa cola que llevaba hasta la puerta trasera de la panadería local, que era de color púrpura y estaba semiabierta. De ahí su nombre: Back Door Donuts, «dónuts por la puerta trasera». Aquí era donde todos los habitantes de la isla satisfacían su gula de dulce a altas horas de la noche. El primer verano que Claire se sacó el carné de conducir, veníamos varias veces a la semana. Los dónuts bañados en miel y los de crema de coco eran nuestros favoritos.

—Bajad aquí, peña —dijo Michael después de dar varias vueltas al centro para buscar donde aparcar. No había ningún sitio a la vista, porque Oak Bluffs era el lugar donde todo dios iba a terminar la noche. Los restaurantes, los bares y las calles rebosaban de gente—. Luego os busco.

Sarah se inclinó sobre la palanca de cambios para besarlo fugazmente.

—Buena suerte.

Salimos del todoterreno, y Wit me cogió la mano mientras Sarah nos guiaba calle arriba, por unas escaleras de ladrillo y a través del aparcamiento, hasta que nos detuvimos al final de una cola increíblemente larga. Apreté los dedos de Wit.

—Ahora toca esperar.

Él daba saltos de alegría como un crío; cuando Michael se reunió con nosotros veinte minutos después, saludó con un gesto a su hermanastro.

—¿Todo bien, Witty? ¿Necesitas ir al baño o algo?

Sarah y yo nos reímos.

—¿Dónde está el coche? —preguntó ella—. ¿Lejos?

Michael se frotó la mandíbula.

—Digamos que perderemos algunas calorías en el camino.

Mi prima sonrió y puso los ojos en blanco; luego se agazapó a su lado. Michael la rodeó con un brazo y le besó la frente. Empezaron a murmurar sobre esto y aquello, sumidos en su nidito de amor.

—¿Y si tropiezo subiendo al altar? —le oí preguntarle.

—Entonces yo tropezaré al bajar —respondió él.

La pareja que tenían delante se volvió.

—No quisiera ser indiscreta —dijo la mujer—, pero ¿vais a casaros?

—¡Sí! —exclamó Sarah—. ¡Pasado mañana!

Wit se inclinó más hacia mí.

—Y... ¡bam! —susurró al mismo tiempo que Sarah extendía la mano izquierda para mostrar su anillo de compromiso, un halo de pequeñas piedras alrededor de un diamante en forma de pera lo suficientemente grande como para que yo le preguntara a mi padre cuánto ganaba Michael trabajando para los Saints.

¿La respuesta? Mucho más de lo que había pensado.

Avanzamos con lentitud pero sin pausa en la cola. Sarah y Michael charlaban con sus nuevos amigos, que se habían prometido hacía un mes. Sarah parecía la tía Christine, muy contenta de impartir algo de sabiduría sobre la planificación de la boda. De tal palo, tal astilla, incluso en los pequeños detalles.

Cerré los ojos y me refugié de nuevo en Wit, que estaba a mi lado como un escudo humano. Se había levantado viento, pero él desprendía calor como un fuego. Sus brazos me sostenían contra su pecho y reposaba la barbilla en mi cabeza. Podía sentir los latidos de su corazón contra mi espalda.

—Eres una estufa… —murmuré.

—Y tú una mentirosa —dijo alguien.

Mi pulso se aceleró hasta que me di cuenta de que no era Wit quien había respondido. Era alguien que estaba detrás de nosotros.

«Relájate —me dije—. No lo sabe. No sabe que le has mentido, que mi objetivo es él. No lo sabe, no lo sabrá, nunca lo sabrá…».

Pero, un momento, ¿era eso cierto?

—No, no lo es —oí que decía la misma voz—. Eres una mentirosa.

«Sí, lo soy», pensé, cambiando de un pie a otro y reconociendo para mis adentros que Wit se enteraría tarde o temprano. Sabría que le había mentido, bien porque Ian me eliminaría al día siguiente, bien porque los dos llegaríamos al enfrentamiento final del sábado. Se enteraría de que había roto nuestro pacto y le había mentido a la cara.

Se me hizo un nudo en el estómago, pero intercambié una mirada divertida con él. Estábamos lo suficientemente cerca como para leer el menú; los dos chicos que estaban detrás de nosotros bromeaban sobre el origen del dónut Charlie. Era tan hilarantemente absurdo que pronto el cuerpo de Wit se estremeció contra el mío con una risa silenciosa.

—¿Estos chicos hablan en serio? —susurró.

—Eso parece —susurré; luego miré por encima de mi hombro y vi a un chico sonriente de ojos azules brillantes y el pelo rojo-dorado.

—¿Querías meterte en la conversación? —preguntó Wit mientras yo me fijaba en la insignia del Edgartown Yacht Club bordada en su cazadora… y en que iba nada menos que de la mano del guapo librero—. ¿Cuéntale a mi novio quién inventó «realmente» el Charlie?

—No, qué va —dije, pensando también «pobre Eli».

—¡Ey, ÁtameAWitry! —llamó Sarah. Al volverme, la vi con Michael en una caja registradora. Era nuestro turno para pedir—. ¡Venid aquí!

Dónuts. Pedimos muchos dónuts. De crema de Boston, de miel, de crema de coco, de tocino y jarabe de arce, de buñuelos de manzana: los pedimos todos. Todos eran muy ligeros y esponjosos —la dulzura azucarada estallando antes de derretirse en tu boca—, pero bien podría haber estado masticando y tragando cartón.

—¿Estás segura de que no quieres un buñuelo, Mer? —preguntó Michael en el camino de vuelta al coche—. Quedan un par.

—No, gracias —dije, agarrando con fuerza la mano de Wit.

Hacía unos minutos que se había terminado su tercer dónut de gelatina y me había ofrecido que le lamiera los restos de los dedos. Sarah y Michael se rieron cuando acepté.

Ahora no quería soltar esos dedos. No podía soltarlos. Nuestro tiempo juntos se deshacía como un azucarillo. Pasado mañana, pensaba una y otra vez. Pasado mañana.

Solo tenía esos dedos, esa mano, ese brazo, ese cuerpo, esa persona hasta pasado mañana. No era suficiente, ni siquiera estaba cerca de serlo. Mi corazón latía tan rápido que creí que se me iba a salir del pecho.

Y sabía por qué.

VIERNES

17

—*D*ichosos los ojos —dijo la tía Rachel cuando desenrollé mi esterilla de yoga morada y me senté a su lado—. Te he echado de menos últimamente.

—Sí, bueno —dije—, alguien me avisó de que Ian te estaba haciendo compañía.

Wit había pensado que corría un gran riesgo al ir al Campamento esta mañana, pero le tapé la boca en mitad de la protesta y le dije que necesitaba hacerlo. Necesitaba calmarme y centrarme…, y, si eso no era posible, necesitaba pensar.

—Asumiste que nos poníamos de su lado, ¿no? —preguntó la tía Rachel—. ¿Que le juramos lealtad?

La miré fijamente.

—¡La tía Julia anunció por un megáfono que me iba de la playa!

—Oh, Julia. —Mi tía se rio—. Probablemente no debería decir esto, pero todo era parte de su plan maestro. —Se dejó caer, me cogió la mano y la apretó contra su vientre—. El bebé…

—Está dando patadas —respiré, sintiendo el pequeño puntapié—. Como un potrillo.

Gimió.

—Estoy harta de estar embarazada.

—¿Qué ibas a decir? —le pregunté un minuto después—. ¿Antes? ¿Sobre el plan maestro de la tía Julia?

La tía Rachel sonrió.

—Han asesinado a Ian —me dijo—. Julia lo asesinó anoche. Lo invitamos a hornear galletas con los niños y, cuando se fue, lo siguió hasta la Cabaña.

Me quedé sin aliento.

—¡Pero si es su ahijado!

—Lo sé —asintió—. Por eso no lo había perseguido antes. Dijo que era «mutuamente beneficioso» dejarlo en el juego: cuanta más gente eliminara él, más cerca estaba ella del enfrentamiento final. —Suspiró—. Pero él no estaba haciendo ningún progreso…

«Así que la tía Julia y yo pensamos igual —pensé—. La misma estrategia, excepto que una de nosotras apretó el gatillo, y la otra…».

Necesitaba hacerlo.

Necesitaba ser como la tía Julia.

Necesitaba asesinar a Wit.

La idea hizo que se me revolviera el estómago.

—Aunque aquí viene el giro —continuó la tía Rachel—. Tú nunca has sido el objetivo de Ian, Mer.

La miré incrédulo.

—¿Cómo?

—Era una treta para que te centraras en él y te sintieras segura con el resto.

Me di cuenta de que era «una estratagema clásica de Claire Fox». Consistía en difundir información falsa por la Granja. Después de verla ganar tantas veces, mi primo se había dado cuenta y había aprendido algo. Tal vez mi alianza había fracasado este año, pero Ian había jugado bien.

—No sé con quién colabora Ian —dijo la tía Rachel adelantándose a mi pregunta—. Lo único que sé es que el nombre que aparece en la nueva nota de Julia no es el tuyo.

Solté un hondo suspiro.

—Y hablando de eso… —sonrió—. ¿Empezamos?

—Sí. —Le sonreí a mi vez—. Empecemos.

Pero cuando cerramos los ojos, se me vino a la mente Luli: «Has estado pensando en ti y solo en ti».

Es decir, en eso no se equivocaba. Ahora que Wit y yo pasábamos tanto tiempo juntos, nuestro pacto se había vuelto más fuerte que mi alianza con mis amigos. Era una alianza en sí misma. No había querido que ocurriera, pero había sido así. Era difícil evitarlo cuando dormíamos juntos todas las noches.

No podía encontrar ese equilibrio vital entre amigos y novio. Ben había sido todo lo que necesitaba después de la muerte de Claire. No había necesitado ir de compras, ni tomar café, ni salir con los amigos. Me habría venido bien hacerlo, pero no lo hice. La escuela, el trabajo en la tienda de *bagels* y Ben: eso era todo lo que podía gestionar. Cuando Claire murió, la diversión murió con ella. Era como si hubiera estado caminando por una niebla espesa y hubiera necesitado aferrarme a alguien para no perderme.

Pero Wit era otra cosa, ¿no? No me aferraba a él; más bien, era como si estuviéramos enredados, como si una cuerda invisible nos conectara. Era mi amigo, mi cómplice, la persona que me hacía reír mucho antes de adormecerme con los latidos de su corazón y su adorable respiración.

«Voy a intentarlo —quería decirle a Luli—. He cometido muchos errores, pero voy a intentar hacerlo mejor. Hemos sido amigas desde siempre, y quiero que sigamos siendo amigas para siempre».

Cuando la tía Rachel y yo terminamos la sesión de yoga, decidí que hablaría con Luli. Sus comentarios hirientes seguían doliéndome, pero me arrepentía de no haber dicho más, de no haberme esforzado más.

—¿Adónde vas ahora? —preguntó la tía Rachel mientras enrollábamos las esterillas.

Le respondí que me iba de excursión.

Porque ir al Complejo de Condominios de Nailon era exactamente eso.

Después de salir del campamento, empecé a cruzar el césped y me topé con Michael, que iba por el camino de la Casa del Páramo con la ropa de la noche anterior: la misma sudadera negra con el logo dorado de la flor de lis de los Saints y los mismos vaqueros. Aceleré, con pasos rápidos y silenciosos, y pronto le di alcance.

—Buenos días —dije despreocupadamente, y me reí cuando dio un respingo—. ¿Has dormido bien?

—Sí, la verdad es que sí —dijo, asumiendo plenamente su paseo de la vergüenza—. Al final lo conseguí. —Bostezó y luego sonrió para sí mismo—. Nunca duermo bien cuando estamos separados.

Se me hizo un nudo en la garganta.

—Hablando de eso —dijo Michael—, ¿dónde está Witty?

—Que yo sepa, sigue en la cama —respondí.

—Genial. —Dio una palmada—. Tengo ganas de salir a correr un poco...

Todo estaba en silencio en el Complejo de Condominios de Nailon cuando llegué. Era lo suficientemente temprano como para que la mayoría de la gente siguiera durmiendo, pero algunos probablemente se habrían levantado y habrían conseguido llegar a rastras a la Casa del Páramo para desayunar con el clan Dupré. En esa cocina cabía un ejército, y Jeannie era más que capaz de alimentar a uno entero. «Sí, la mujer sabe cocinar —había dicho Eli después de que yo alabara el *gumbo*—. Deberías probar su versión de los huevos Benedict».

«Iré a desayunar», decidí, y rodeé las tiendas hasta encontrar la de color magenta, que Luli compartía con Pravika y su hermana. Ellas eran madrugadoras, pero no tanto como Luli, que tenía un récord de dormir dieciséis horas de un tirón.

Con el corazón a mil, intenté llamar a la tela de nailon. Por supuesto, habíamos crecido sin necesidad de llamar a las puertas de las casas, pero esto era una tienda de campaña; sentí que tenía que hacerlo.

—¿Hola? —dije cuando mis nudillos tocaron la tela—. ¿Luli?

Al principio no hubo respuesta, pero pronto se abrió la cremallera de la solapa frontal. La oscura y desgreñada cabellera de Luli parecía un nido alrededor de su cara.

—Meredith —dijo con la voz quejumbrosa—. Hola.

Nos miramos fijamente durante unos segundos; luego parpadeé y fingí que mi pulso no latía tan fuerte.

—¿Podemos hablar? —le pregunté—. Tengo algo que decirte.

Luli hizo un gesto grandilocuente animándome a entrar.

—Bienvenida.

Su tienda estaba mucho más desordenada que la de Eli y Jake. Miré a mi alrededor y vi un colchón de aire, un saco de dormir y una almohada dispuestos en cada rincón, pero también mochilas y bolsas de lona hasta los topes. Varias prendas, zapatos y toallas se esparcían por el suelo, y había arena, inevitablemente traída de la playa. De pronto me sentí culpable por no haberle ofrecido la litera de Claire en el Anexo y, como técnicamente no había dormido allí, la mía también.

—No es exactamente la Casa del Páramo —comentó Luli—. O «cualquier» otra casa.

—Pero es divertido, ¿verdad? —dije tímidamente—. ¿Te estás divirtiendo?

—Sí —contestó—. El Complejo de Condominios de Nailon se lo pasa pipa.

Asentí y volvió a hacerse el silencio entre nosotras, hasta que Luli lo rompió.

—Me decías que tienes algo que contarme. —Cruzó los brazos sobre su camiseta extragrande—. ¿Qué es?

—Oh —dije, tomando asiento. Luli se quedó de pie—. Es sobre el juego del asesino. Tengo noticias para ti.

—¿De Wit?

—No. —Sacudí la cabeza—. Tía Rachel.

Luli levantó una ceja.

Lo tomé como una invitación a hablar y le conté todo lo que había pasado entre la tía Julia e Ian la noche anterior. Su estrategia desde el principio, las galletas, el asesinato aplazado...

—Pero ¿eso qué tiene que ver conmigo? —preguntó Luli antes de dejarme terminar—. Ian era tu asesino, así que ahora eres el objetivo de la tía Julia. A mí eso ni me va ni me viene.

—Bueno, esa es la cuestión —dije—. Todo ha sido un encubrimiento. Ian ha llevado la táctica de información falsa, la típica de Claire, al siguiente nivel, actuando realmente como si yo fuera su objetivo..., ya sabes, apareciendo en las meditaciones matutinas de la tía Rachel, siguiéndome en la Sala Varsity. —Sacudí la cabeza—. Era una farsa. Alguien de su alianza secreta va a por mí, pero no es él ni la tía Julia.

Luli suspiró.

—¿Por qué estás tan segura?

—Porque tengo esto —respondí, enseñándole una foto en mi teléfono: un papel plastificado con el nombre de Luli. Se puso rígida—. Es de la tía Julia —continué—. La tía Raquel se coló en su dormitorio mientras dormía y la sacó para enseñármela.

«No la difundas —había dicho mi tía—. Úsala con cabeza...».

Diría que la estaba usando con toda la cabeza de la que era capaz.

Luli se quedó mirando la foto, se frotó los ojos y volvió a mirarla. Me quedé callada.

—Gracias —susurró finalmente—. Por el aviso.

—De nada —dije, y añadí—: Siempre te he cubierto las espaldas.

La cara de Luli se torció en algo que no supe interpretar, pero, de todas formas, aproveché la oportunidad: me disculpé. Me disculpé por los últimos dieciocho meses.

—Te portaste superbién —le dije—, siempre pendiente de mí, pero la mayoría de las veces no fui capaz de responder. —Los ojos se me llenaron de lágrimas—. Lo intenté, pero no podía... físicamente. Me temblaban los dedos, se me espesaba la garganta o me ponía a llorar. —Las lágrimas rodaron por mi mejilla—. Estar en mi casa era un recordatorio constante de que Claire se había ido. Es decir, durante un tiempo traté de convencerme de que estaba en la universidad..., pero creí que si hablaba de ello contigo solo empeoraría las cosas. Cada texto, cada FaceTime, cada *snapchat* era otro recordatorio de que se había ido. —Sacudí la cabeza—. Lo siento, debería haberlo gestionado de otra manera. No merecías que pasara de ti.

—No, no me lo merecía —dijo Luli insensiblemente, y me dio la espalda—. Lo único que quería era estar ahí para ti, ser una buena amiga, una buena prima.

—Eres una buena prima —dije—. Eres muy especial.

—¿Podrías irte, por favor, Meredith? —me pidió después de unos cuantos latidos frenéticos de mi corazón y sin dejar de darme la espalda—. Necesito un poco de espacio.

—Sí..., vale, claro. —Me puse de pie y me enjugué las lágrimas, aunque sentí que volvía a emocionarme—. ¿Nos vemos después?

Luli asintió con la cabeza.

La carpa blanca del banquete de bodas parecía una nube hinchada al viento en un cielo imposiblemente azul; cuando me acerqué a la Casa Grande, vi que la tía Christine supervisaba su construcción mientras Honey trajinaba en el jardín. Sin embargo, en lugar de vigilar al equipo con ojo avizor, se dedicaba a ofrecer a los albañiles vasos de té helado casero y galletas con chispas de chocolate.

«La Casa Grande es realmente perfecta —pensé—. Realmente perfecta para una boda».

Al parecer, había habido un tira y afloja sobre el lugar donde debía celebrarse la recepción, pero, al final, la casa de Wink y Honey se impuso a las demás. «Tiene las mejores vistas —había dicho Sarah—. El mar, los lagos, las estrellas... Se puede ver todo, y quiero que esa noche lo sea todo».

Wink se relajaba en el porche leyendo un libro.

—Buenos días, Mer —me saludó cuando me dejé caer en la hamaca—. ¿Alguna novedad?

Cerré los ojos.

—Sí —respondí—, estoy amodorrada después del desayuno en la Casa del Páramo. Jeannie me ha preparado sus huevos Benedict. ¿Sabes que añade tomates verdes fritos y tomates rojos asados? —Suspiré—. Es algo delicioso.

—Mmm, sí —convino mi abuelo—. Cuando Honey y yo fuimos a visitar a Sarah y Michael este invierno, ella y Oscar nos invitaron a almorzar. Los tomates son una fruta muy criolla, ya sabes.

—Me lo comentó, sí, —dije, y luego tragué saliva con fuerza.

Le había mandado un mensaje a Pravika diciéndole que iría a desayunar, así que ella, Eli y Jake me habían guardado un sitio en la larga mesa de la cocina; sin embargo, cuando llegué, sus caras... me confirmaron que estaban al tanto de mi pelea con Luli, que debía de habérselo contado el día anterior.

—Luli no hablaba en serio cuando te dijo lo que te dijo —afirmó Pravika cuando me senté y cogí mis cubiertos—. Ni una sola palabra.

—¿Eso te ha dicho ella? —pregunté.

—No —respondió Pravika—, pero...

Eli la cortó.

—Meredith, yo no diría que no hablaba «en serio».

Esperé a que dijera más.

Como no lo hizo, Jake suspiró e intervino.

—Que pasaras de ella la deprimió, Mer. O sea, nos deprimió a todos —dijo, mirando a la mesa, y los demás asintieron—, pero a ella más. Ella siempre ha considerado que sois como hermanas..., así que después de que Claire... —Hizo una pausa—. Ella quería estar ahí para ti, pero también necesitaba que tú estuvieras ahí para ella.

Hice un mohín. Tenía razón, y yo era un idiota. Nunca me lo había planteado así, que Luli necesitara consolar y que la consolaran.

—Dale tiempo para procesarlo —dijo Eli cuando les conté que me había disculpado con ella. Me rodeó con un brazo—. Está disgustada; tardará un tiempo en calmarse, pero lo hará. —Me miró—. ¿Sí?

Me mordí el labio.

—Sí.

Hubo un minuto de silencio y luego Pravika tomó la palabra.

—¿Cambiamos de tema? —sugirió—. ¿Algo divertido?

—¿Como qué? —pregunté.

—¿No es evidente? —dijo con una risita—. ¿Tu apasionado rollito de boda?

Un rato después, en la hamaca de la Casa Grande, se me encogió el corazón.

—Bueno, ¿crees que vas a ser capaz de hacerlo? —me preguntó Wink.

Parpadeé.

—¿Eh?

Mi abuelo cerró su libro.

—¿Crees que vas a ser capaz de hacerlo? —volvió a preguntar.

Lo único que pude hacer fue mirarlo con cara de asombro. ¿Lo sabía?

Wink asintió.

—Empezaste con mucha fuerza, Mer... Rachel y su meditación, Daniel en Edgartown, ¡y desde el todoterreno, nada menos! Oscar durante la partida de bochas... y la odiosa amiga de Sarah, Vivian. —Se inclinó hacia delante en su silla Adirondack—. Pero te he estado observando. Llevas dos días con tu Super Soaker a cuestas —señaló con su libro la pistola de agua, apoyada en una columna del porche— y no le has sacado ningún partido. —Se recostó en la silla—. Así que dime, ¿él lo sabe?

Suspiré.

—Lo adivinó.

Wink silbó.

—Su apodo es acertado.

—Pero le mentí —reconocí, cubriéndome la cara con las manos—. Le mentí y le dije que Luli era mi objetivo.

—Ah.

—Tendría que haberle dicho la verdad —añadí, algo ansiosa—. Si hubiera sido sincera con él, podríamos haber hecho algún tipo de trato...

—Pero no lo has sido —dijo mi abuelo—, y te preocupa que, si te sinceras ahora, se sienta traicionado.

Asentí.

«Dime qué debo hacer —pensé—. Por favor».

—Mmm. —Eso fue todo lo que Wink dijo antes de volver a abrir su libro.

Y no iba a decirme nada más. ¿Por qué iba a hacerlo? Sí, era mi abuelo, pero ¡también era el comisario del juego! No podía dar consejos ni mostrar favoritismos.

Suspiré y me levanté para irme.

Su voz me detuvo.

—Ten en cuenta, Meredith, que solo puede ganar una persona.

A pesar de que el ensayo de la ceremonia era por la tarde, Wit se mostró más que dispuesto cuando le hablé de conducir hasta Beach Road y saltar desde el puente Jaws. Era el límite entre Edgartown y Oak Bluffs, pero el verdadero reclamo de este famoso hito se debía a su aparición en la película *Tiburón*, rodada en Vineyard en los años 1970. «Tienes que hacerlo —le dije—. Es casi un rito de paso para los turistas».

El puente se alzaba tres o cuatro metros por encima del agua y había carteles que advertían: «¡no se acerque a la barandilla del puente!» y «¡no salte ni bucee desde el puente!», pero nadie les hacía caso. Claire y yo dimos el gran salto por primera vez cuando teníamos trece y doce años. Saltamos cogidas de la mano; seis intentos más tarde, ya hacíamos saltos de cisne y volteretas (mezcladas con algunas panzadas).

—Bua, me renta mazo —dijo Wit cuando le expliqué la tradición, asintiendo rápidamente—. Un mazo…

Quedamos en el Anexo, así que, después de ponerme el traje de baño, me senté en las escaleras de la entrada a esperar. «Todo listo», le escribí a @sowitty17.

Luego me puse a navegar por Instagram y me topé con la cuenta de Sarah. Su última publicación era de Back Door Donuts, un vídeo que yo había grabado de sus dónuts de crema de Boston.

«Cuidado, prima —me oí decir—. A ver si luego no vas a caber en el vestido».

«Oh, cabré —dijo en mitad de un gran bocado—. Puede que no pueda respirar, ¡pero cabré!».

«#HurraEsUnaDupré».

Sarah no tenía muchos vídeos, así que continué desplazándome por sus fotos, en las que salía almorzando con amigos, en la línea de banda de un partido de los Saints, en una celebración de Mardi Gras y posando con la familia Dupré durante su fiesta de compromiso. Sarah tenía una mano sobre el pecho de Michael y su gigantesco anillo relucía bajo la luz del sol. Su sonrisa era kilométrica.

Pero, al final, había otro vídeo, enterrado al fondo de todas las fotos. Se me paró el corazón al reconocer inmediatamente a una persona. A primera vista, podía confundirse con Sarah, por el pelo castaño y las gafas…, pero la blusa sin hombros que llevaba… era mía. Claire me había pedido que se la prestara cuando hacía la maleta para el viaje.

Era mi hermana, estaba justo ahí.

«No lo veas —pensé—. Ni se te ocurra…».

Pulsé el vídeo. No llevaba título, pero la etiqueta de ubicación era Basin Seafood and Spirits Restaurant. Se me erizó la piel.

La última noche de Claire.

Cuando toqué el vídeo para activar el sonido, Sarah estaba hablando. Era difícil oírla en medio del jaleo del restaurante, pero hice lo que pude.

«Mírala —decía—. Mira lo que está pasando ahí. —Enfocó a Claire y su ensalada, que ella reorganizaba muy entusiasta con el cuchillo y el tenedor—. No ha probado bocado…».

«Y no creo que él se haya dado cuenta. ¿Y tú?», remató Michael.

Sarah soltó una risita.

«Creo que sí —dijo, inclinándose hacia la cara de Claire. Literalmente no podía mantener la boca cerrada; se movía tan rápido como sus cubiertos—. Creo que está siendo dulce, educado… ¡Pero mira! Su mirada acaba de posarse sobre el plato de ella. No le quita ojo».

Mi columna se enderezó, porque de repente tuve la sensación de saber de quién estaban hablando… Y cuando Sarah volvió a mover la cámara, allí estaba él, junto a mi hermana.

Wit.

«¡Oye! —gritó él desde el otro lado de la mesa—. ¿Nos estás grabando?».

Tenía el mismo aspecto, pero distinto. Llevaba el pelo pajizo un poco más corto y, por supuesto, su cara estaba impoluta. Sin cardenales ni quemaduras de sol.

«No recuerdo haber firmado una dispensa —dijo—. ¿Y tú, Claire?».

Mi hermana se rio y mis dedos empezaron a temblar, el teléfono vibraba. Hacía más de un año que no escuchaba la risa de Claire. Su preciosa y deslumbrante risa. El mundo era un lugar silencioso sin ella.

Dejé caer el teléfono, inánime, a la hierba, pero lo volví a coger cuando oí la voz de Wit en la vida real.

—¡Estoy listo! —gritó mientras caminaba hacia mí con un bañador de rayas y una toalla echada al hombro—. ¿Y tú estás lista?

Sonrió e intentó besarme cuando me levanté de los escalones del porche, pero aparté la cara. Levanté el teléfono y conseguí articular un:

—¿Qué hostias es esto?

Wit frunció las cejas.

—Ejem, ¿tu teléfono?

—Ah. —Me di cuenta de que lo había bloqueado, la pantalla estaba oscura—. Espera. —Introduje rápidamente mi código de acceso y puse en cola el vídeo, con sonido y todo lo demás—. ¿Qué es esto? —repetí.

Observé la cara que ponía mientras se reproducía el vídeo. Se me humedecieron los ojos al oír la risa de Claire.

—Escucha —murmuró—, puedo explicar…

—¿Conocías a Claire? —interrumpí con la voz estridente—. ¿Conocías a mi hermana?

Un momento de vacilación, y luego un asentimiento.

Sentí unos pinchazos en la nuca.

—No puedo creer que no me lo dijeras. No puedo creer…
—Me interrumpí, sin saber cómo continuar; las lágrimas me nublaron la vista.

—Por favor, déjame que te lo explique —insistió Wit, apoyando levemente una mano en mi brazo. Me zafé de ella y me alejé hacia el campo abierto. Una parte de mí quería que me lo contara todo, pero el resto no quería oír ni una palabra—. ¡Meredith! —Wit me alcanzó, e igualó su paso al mío—. Intenté decírtelo. He intentado decírtelo más de una vez.

—¿Cuándo? —le espeté.

—Ayer —respondió—. Durante la excursión. Dijiste que era como si la conociera.

Dejé de caminar. Estábamos en los juncos, y los dos mirábamos las dunas. «Es como si la conocieras», le había dicho a Wit después de que elogiara la capacidad de Loki para beber de la botella de agua, pero no le di muchas vueltas y lo achaqué a que yo hablaba mucho de Claire. Pero entonces, sí, algo cambió en su actitud, y apartó la vista. «Meredith —recordé vagamente que dijo—, creo que tengo que aclarar algo…».

En ese momento estalló el trueno.

—Pues tendrías que haberte esforzado más —respondí, sin importarme lo fuerte que sonaba mi voz—. ¡Deberías habérmelo dicho en el camino de vuelta a casa, o antes del *gumbo*, o más tarde ese mismo día!

Wit se pasó una mano por el pelo.

—Pensé que lo sabías —dijo con voz queda—. Me cortaste tan bruscamente, diciendo que teníamos que volver al coche…

—No, el «trueno» te cortó —contesté, sintiendo que el corazón me martilleaba el pecho—. ¡Tuvimos que volver corriendo!

—Meredith, fue un estruendo. Pensé que sabías lo que iba a decir y que no querías oírlo. —Tragó saliva—. Quise respetar eso.

Se oyó un extraño crujido en la hierba, detrás de nosotros, pero me sentía demasiado frustrada como para mirar. Probablemente serían Loki o Clarabelle o cualquiera de los perros.

Apreté los dientes.

—Entonces, ¿esa es la razón por la que tampoco dijiste nada el lunes? —pregunté al recordar otro detalle de la cena de Wink y Honey, cuando Sarah contó la historia de la ensalada. Ella dijo que no recordaba al lado de quién estaba sentada Claire. Puede que eso fuera cierto, puede que no, la verdad es que no me importaba, pero Wit se movió incómodo en el taburete de Claire—. ¿Cuando estábamos hablando de ella?

Wit no dijo nada. Volví a oír el crujido en la hierba, pero lo único en lo que podía concentrarme era en esperar a que hablara.

—Estabas temblando —murmuró—. Hacía calor, pero tú estabas temblando. —Yo tenía los brazos cruzados sobre el pecho, pero algunos de sus dedos empezaron a rozarme el pelo, sutil y suavemente, como aquella noche. Resistí el impulso de cerrar los ojos y dejar correr las lágrimas—. Nunca te habría hecho eso.

—Pero, aun así, lo mantuviste en secreto —repuse—. Lo has mantenido en secreto durante demasiado tiempo. O sea, ¿pensabas contármelo alguna vez? —Me alejé de él—. Te he dado todas las oportunidades: hablándote de ella, contándote miles de historias. —Sacudí la cabeza—. Tal vez si…

No pude terminar la frase, porque un aluvión de algo me golpeó en plena espalda.

Bueno, un aluvión de algo no. Un aluvión de «agua».

«Espera, ¿qué?», pensé cuando Wit y yo nos volvimos y vi al tío Brad sonriendo como el más astuto de los zorros. Tardé un segundo en asimilar las cosas, pero cuando lo hice…

Me quedé sin palabras.

«Te han asesinado. La has cagado», me dije.

Se me encogió el estómago. Se suponía que jugaba a esto por Claire. Se suponía que iba a «ganar» por ella.

—Escúpelo —dijo el tío Brad, haciendo un gesto hacia el bolsillo de mi pantalón con su pistola de agua—. Hoy la agenda está apretada, con el ensayo de la ceremonia, la cena y todo eso.

—Sí. —Tenía la garganta seca—. Claro. —Me metí la mano en el bolsillo para sacar el trocito de papel con el objetivo, pero lentamente, para poder lanzarle una mirada rápida a Wit—. Corre —le dije con un murmullo.

El tío Brad seguía con la pistola en alto y, dejando aparte mi enfado con Wit, no quería que mi tío se cargara a dos objetivos con apenas un minuto de diferencia.

Wit entrecerró los ojos.

—¿Qué?

—Cualquier día de estos, Mer…

—Corre —volví a murmurar.

—No —dijo Wit mientras yo sacaba el papel del bolsillo. Lo puse boca abajo, apretando el nombre contra mi pecho—. No hemos acabado de hablar. Dáselo ya —añadió, haciendo un gesto hacia el tío Brad— para que podamos solucionar esto. No pienso irme.

A cierta distancia del tío Brad, le di la vuelta al papel para que Wit pudiera ver su nombre. Sus ojos turquesa se agrandaron mientras que el resto de su cara se relajaba

—Stephen —dije con firmeza—. Corre.

18

*D*espués de que Wit se librara por poco de su asesinato y yo le pasara mi objetivo al tío Brad, me fui a Playa Secreta a enfurruñarme…, pero no estaba muy segura de «la razón» de mi enfado. ¿Era por el juego del asesino? Por lo visto, mi nombre había circulado mucho durante la semana. El misterioso aliado de Ian había sido mi primer asesino, pero el tío Brad me había heredado de Jeannie Dupré. «Ella dudó si pasarme tu nombre —me contó—. A pesar de que te cargaste a su marido, lo estuvo dudando un buen rato».

Nadé hasta la plataforma flotante del lago Paqua y me tumbé de espaldas para cocerme al sol. Nadie me buscaría en este momento; no tenía planes hasta la cena de ensayo de la noche. «Lo siento mucho, Claire —pensé cuando el sol se escondió detrás de unas nubes—. Siento mucho no haber conseguido que te sientas orgullosa de mí. Lo he tirado todo por la borda por un chico».

¿Por qué estaba así? Luli había dado en el clavo; había pasado de estar con Ben a estar «a tope» con Wit. Tan comprometida que, en lugar de eliminarlo del juego sin esfuerzo, había decidido retrasar y retrasar el momento: había decidido protegerlo. Me había puesto a mí misma en segundo lugar. Se me llenaron los ojos de lágrimas, que pronto resbalaron por mi cara.

Empecé a pensar en el vídeo de Instagram de Sarah —Claire y Wit hablando juntos, riendo juntos— y en el hecho de que no me lo hubiera contado. «Oye, conocí a tu hermana».

Sinceramente, no sabría decir cómo habría reaccionado, pero la cuestión era que nunca había dicho nada.

Sin embargo, Claire había dicho algo. Me di cuenta durante mi paseo al lago, al abrir nuestra vieja conversación de texto que nunca había tenido el valor de borrar. El último mensaje que me había enviado era: «¡Tengo noticias increíbles! ¡Los destinos finalmente se han alineado!».

No respondí al momento, porque nuestra familia estaba organizando la fiesta de Año Nuevo. Ben y yo habíamos jugado con todo el mundo, luego hubo cena y postre, y después nos escabullimos para pasar un rato a solas. No miré el teléfono hasta un par de horas más tarde, cuando nos acomodamos para ver a Ryan Seacrest presentando el programa televisivo *Especial de Año Nuevo de Dick Clark*. El estómago se me había retorcido con ese mensaje. «¡Noticias increíbles!».

«¿Has conocido a un chico?», le escribí, porque después de leer infinitud de romances amorosos en sus libros, Claire merecía de sobra vivir uno en sus propias carnes.

El mensaje aparecía marcado como entregado, pero debió de recibirlo tarde, cuando ya estaría liada en la calle Bourbon, así que no tuvo la oportunidad de responder.

Y resultó que nunca tuvo la oportunidad de responder. Le di vueltas a ese mensaje mucho después de que ella ya no estuviera: «Los destinos finalmente se han alineado».

¿Qué había querido decir con eso?, me preguntaba una y otra vez. Aunque me importaba una mierda el destino; habría querido que me escribiera un «te quiero, Mer» antes de irse a la cama sana y salva esa noche.

Ahora tenía la respuesta.

Sí, Claire había conocido a un chico en Nueva Orleans.

Pero no para ella.

«Stephen —decidió cuando aún éramos lo suficientemente pequeñas como para vestirnos igual y bromear sobre con quién me casaría algún día—. ¡Se llamará Stephen!»

Ahora me sentí tan mareada como cuando había visto su nombre en el papelito del juego del asesino.

Stephen…

Debí de quedarme dormida, porque me desperté de repente cuando una mano me tiró del tobillo. Mis ojos se abrieron y vi a Wit flotando en el agua con los codos apoyados en la plataforma.

—Vas a achicharrarte —dijo—. ¿Se te ha olvidado el protector solar?

Hice una mueca de dolor cuando quise incorporarme. Tenía los brazos y las piernas chamuscados. ¿Cuánto tiempo llevaba tumbada allí? El sol ya no se escondía detrás de las nubes; de hecho, se había desplazado en el cielo.

—Hay aloe vera —dijo Wit. Su voz sonaba extrañamente formal—. Tengo una botella grande en mi cómoda, ¿recuerdas?

—Tu segundo nombre es Oscar —respondí, teniendo una súbita revelación—. ¿No?

Asintió.

@sowitty17, pensé. No era odioso, pero había que reconocer que sí ingenioso. Lo había tenido delante todo el tiempo: SOW.

Stephen Oscar Witry.

—Me gusta —dije, sumergiendo los dedos de los pies en el agua. El frescor fue un gran alivio…, también me había quemado los pies. Inspiré hondo—. Mira, en cuanto a lo de antes…

—Sí, lo de antes —dijo—. ¿Por qué lo has hecho?

La leve aspereza de su voz hizo que se me retorciera el estómago. Yo iba a mencionar a Claire, pero estaba claro que él hablaba de otra cosa.

Del juego del asesino.

—Te creí, Meredith —dijo—. Cuando dijiste que yo no era tu objetivo, te creí. Adiviné la verdad y, aun así, te creí. —Golpeó el agua—. Me mentiste.

—Lo siento —me disculpé—. Wit, lo siento mucho. Quería decírtelo, de verdad, pero…

—Pero ¿qué? ¿Pensaste que todo terminaría si me enteraba?

Tragué saliva.

Negó con la cabeza.

—Podríamos haber elaborado un plan…, crear algún tipo de acuerdo para avanzar juntos, para llegar juntos a la final.

—Eso es lo que he estado haciendo, a pesar de todo —repuse, porque, fuese o no un error, era la verdad y pensaba defenderme—: Eso es exactamente lo que he estado haciendo. No me he acercado a ti con un arma ni una sola vez. Quería que derribaras a cuanta más gente mejor para que al final quedáramos solo nosotros dos.

—Sí, pero lo hiciste de la manera equivocada —dijo—. Rompiste nuestro pacto. Acordamos que, si aparecía uno de nuestros nombres, se lo diríamos al otro. —Se encogió de hombros—. Y no lo hiciste.

Mi voz nunca se había hecho tan pequeña; si hubiera sido Loki, habría enroscado el rabo entre las patas.

—Wit…

Suspiró.

—Tengo que irme. Nos vamos al ensayo dentro de poco.

—¿Cuándo vuelves? —pregunté.

—No volvemos —respondió—. De allí nos vamos directamente a la cena. —Hizo una pausa—. Llevaré nuestro guion.

—Vale, gracias —dije, pensando en la hoja doblada que había metido en su guía de Nueva Zelanda—. Y, um… —Me mordí el labio—. ¿Podemos hablar más tarde?

Sentía que entre nosotros no se había aclarado nada; en realidad, todo parecía haberse complicado aún más. Él me había mentido. Yo le había mentido. Por una vez, no estábamos en la misma onda.

—Claro —asintió Wit—. Sé que te debo una mejor…, una mucho mejor… —Se interrumpió, inspiró hondo y me miró a los ojos—. Sí, hablamos más tarde.

Se alejó de la plataforma, nadando hasta la orilla.

La cena de ensayo de Sarah y Michael era en la zona alta de la isla, en el Beach Plum Inn de Chilmark, en medio de sus bucólicas colinas. Los jardines formales y las cabañas privadas salpicaban los siete acres de la propiedad, pero la cena de ensayo fue en la casa principal, donde mi prima había llevado a su prometido la primera vez que visitó Vineyard. Querían recrear esa primera cita en la isla y que todo fuera lo más sencillo posible: largas mesas de roble rústicas en la terraza trasera de ladrillo con manteles de lino y jarrones de flores silvestres de Morning Glory. A diferencia de la recepción prevista para el día siguiente, no había asientos asignados.

—Esto es precioso —dijo mi madre mientras subíamos los escalones de la terraza—. Absolutamente precioso.

—No tan precioso como tú, Liz —dijo mi padre, y luego la besó.

Eso me calentó el corazón. Sarah y Michael no eran los únicos que resultaban perfectos el uno para el otro.

Irónicamente, los novios y su séquito fueron de los últimos en llegar.

—Se ha producido un incidente en la iglesia —dijo la tía Christine, haciendo ruido con sus zapatos de tacón alto—. ¡Le dije a todo el mundo que nada de interferir en los actos de la boda!

—Mamá, relájate. —Sarah sonrió. Estaba deslumbrante con un vestido de cóctel blanco y cuñas doradas—. Bonitos zapatos, Mer —me dijo, y me guiñó un ojo, porque llevaba los mismos que ella.

Mi vestido era de color coral claro, y las mangas de hombros descubiertos ondeaban en la brisa.

El supuesto «incidente» había sido Nicole Dupré intentando asesinar a uno de los padrinos en el ensayo de la ceremonia.

—Pero no fue durante la ceremonia —protestó ella—. Todo el mundo había salido de la iglesia y estaba subiendo a los coches...

Wink aún no había tomado una decisión oficial, pero una vez mezclados los cócteles, la tía Christine anunció que, si veía alguna pistola de agua esa noche, habría *graves* consecuencias.

Mi padre resopló en su bebida y le dio una palmada al tío Brad en el hombro.

—Discúlpame, tengo que ir corriendo al baño —dijo mi tío, entregándole el martini a su esposa—. Solo será un momento.

Todos nos reímos, viéndolo entrar corriendo a la casa.

—El padre de la novia, señoras y señores —dijo la tía Christine, inexpresiva, y le dio un buen trago a la copa del tío Brad. Puso los ojos en blanco cariñosamente—. También conocido como mi marido.

Encontré a Wit con sus padrinos de boda.

—Espera, ¿qué? —pregunté cuando se volvió hacia mí—. ¿Dónde está el...? —Señalé su cara, donde no quedaba rastro del cardenal. Seguía quemada por el sol, pero le faltaba la mancha verde pantano.

—Oh, sigue ahí, no lo dudes —dijo Wit—. Solo que escondido debajo de quince toneladas de maquillaje. —Se frotó un poco para que lo viera—. Tu tía me citó en la Casa del Lago, donde las damas de honor utilizaron una mezcla de base de maquillaje y corrector, y lo que quiera que sea el «contorno», para garantizarme un aspecto saludable para las fotos. —Se encogió de hombros—. No está mal, supongo.

—No está nada mal —dije, un poco aturdida.

Solo había conocido a Wit con su gigantesco cardenal. Ahora se parecía más al chico del vídeo de Instagram de Sarah. Resultaba un poco inquietante.

Dios, qué guapo era.

—¿Dónde estás sentado? —le pregunté.

Esperaba que dijera: «Contigo». Dijimos que hablaríamos, necesitábamos hablar, y yo quería que hablásemos.

—Con mi familia —respondió con una voz que volvió a sonar reservada, como si apenas nos conociéramos. Se me encogió el estómago—. ¿Y tú?

—Todavía no estoy segura. —Igualé su tono formal—. Creo que debería ir a averiguarlo…

Me di la vuelta, pero los cálidos dedos de Wit se posaron en mi codo antes de que pudiera dar un paso.

—Lo tengo aquí —me dijo cuando me volví a mirarlo, y se dio una palmadita en el bolsillo del traje—. No lo he olvidado.

—Sabía que no lo olvidarías —dije.

Ladeó la cabeza.

—¿Nos vemos luego?

Asentí.

—Luego nos vemos.

—No, eso es imposible, Eli —dijo Jake—. No se puede hacer.

—Sí, se puede —repuso Eli, sacudiendo la cabeza—. Ya he estado en diez.

—¿Diez qué? —preguntó la tía Julia mientras se sentaba de nuevo con la tía Rachel.

El plato principal estaba en camino, pero, como la tía Rachel no se encontraba bien, habían ido a dar un paseo por los jardines. No parecía que hubiera servido de mucho. Por su ceño fruncido, era evidente que la tía Rachel seguía molesta.

¿El bebé estaba pataleando otra vez? ¿O era más que eso?

—Diez fotobombas —explicó Pravika—. Eli se ha propuesto reventar todas las fotos de la boda.

—No todas —dijo Luli—. Es imposible que supere todos los trámites burocráticos que la tía Christine pondrá en marcha mañana para las fotos de la fiesta.

Me reí.

—Aunque han sido fotobombas de buen gusto —añadí—. No hace orejas de conejo ni nada; solo posa educadamente con el grupo.

—Bien —dijo Eli mientras nos servían la comida: un plato inspirado en la cocina de Nueva Orleans. Jeannie había trabajado con el chef del Beach Plum en un menú personalizado—. La idea no es «reventar» las fotos, sino hacer que los invitados se pregunten «¿Quién coño es ese?» cuando el álbum esté en línea.

Hubo más risas, pero vi que la tía Rachel apartaba la cena y se frotaba la frente. La columna de la tía Julia se puso tiesa.

—Rach…

Sonó una campanilla rápida y, como si alguien hubiera apretado un interruptor, las conversaciones cesaron. Me volví en mi silla y vi a Jeannie Dupré con una copa de champán y un micrófono. Michael se inclinó y susurró algo al oído de Oscar Witry; después de intercambiarse una mirada, Oscar se levantó de su silla para colocarse junto a la madre de Michael.

—¡Hola a todo el mundo! —saludó—. ¡Soy Jeannie, la madre más orgullosa de cualquier novio que haya existido jamás! —Sonrió a su hijo—. Y quiero agradeceros a todos que estéis aquí esta noche. Es una ocasión muy especial, y resulta todavía más importante por teneros a todos y cada uno de vosotros para celebrar…

—Rachel —murmuró la tía Julia—. ¿Estás bien?

La tía Rachel tenía las manos apretadas contra la cara.

—No. —Sacudió la cabeza—. Contracciones… —Dejó escapar un leve gemido—. Creo que voy a romper aguas.

Mis amigos estaban enfrascados en el brindis de Jeannie, pero la tía Julia y yo establecimos contacto visual.

—Mis padres —me dijo—. Díselo a Wink y a Honey.

Asentí, me levanté de la silla y corrí a la mesa de mis abuelos.

—¿Qué pasa, cariño? —se volvió Honey cuando le puse una mano en el hombro. Wink también se volvió—. Estás interrumpiendo a Jeannie…

Les conté lo de la tía Rachel.

Reaccionaron al instante. Honey fue inmediatamente con mis tías —la tía Julia, Jake y Eli estaban levantando a la tía Rachel de su silla—, mientras que Wink buscaba a Sarah y le cogió las manos para explicárselo. «Lo siento», leí que decían sus labios, y luego le dio un beso en la frente.

Se suponía que iba a dar un brindis por la noche.

Algunos se habían dado cuenta de que pasaba algo grave, pero no faltaron los aplausos cuando Jeannie levantó una copa por los novios. Jake y Eli volvieron a nuestra mesa minutos después.

—Van de camino —confirmaron—. En el coche, de camino al hospital.

Todos respiramos aliviados y Luli me soltó la mano. No me había dado cuenta de que me la había cogido. Puede que fuera un acto inconsciente, como un viejo hábito, o tal vez es que pronto volveríamos a ser amigas.

Preferí creer lo segundo.

La cena continuó, al igual que los discursos. El tío Brad montó un pase de diapositivas con fotos de Sarah, desde el día de su nacimiento hasta el primer día de colegio, pasando por su fiesta de compromiso y el otro día en la playa. El tío favorito de Michael habló de lo honrado que era, pero también de que tenía que ser un poco más fiable a la hora de conseguir entradas gratis para los Saints.

Wit me hizo una seña desde el otro lado de la terraza mientras esperábamos el postre, saludando con el brazo. Le hice un gesto para que viniera a mi mesa, y pronto estuvo a mi lado, irradiándome el calor de su cuerpo. Me recordó la perezosa mañana que pasamos en su cama componiendo el brindis, con nuestras caligrafías mezcladas: el garabato en mayúsculas de Wit y mis letras redondas.

—Sí, lo tenemos —recordé haber dicho, recostándome en las almohadas de Wit mientras él descansaba en mis brazos con un bolígrafo en alto—. Me encanta. —Señalé unas líneas que había escrito de su puño y letra.

—¿Crees que vale así? —Se volvió para mirarme—. No soy bueno como poeta.

—Sí que lo eres —le dije, besándolo—. Solo que no lo sabes.

Ni Sarah ni Michael estaban al corriente de que habíamos escrito un discurso; acordamos que sería una sorpresa. Wit desdobló el papel y yo sonreí al ver los recuerdos que contenía. Entre los dos habíamos escuchado muchas historias sobre sus vidas de antes y de después de conocerse.

—Por eso me echó en cara lo de las chicas de Tulane —reconoció Wit después de ponerme al corriente de los días de fraternidad salvajes con Michael—. Él también era así hasta que conoció a Sarah.

Me sorprendió.

—¡Pero ella siempre dice que fue amor a primera vista!

Wit asintió.

—Bueno, él también dice eso, pero añade que el amor a primera vista no significa que no necesitara que ella le diera un buen repaso.

Ahora le ofrecí mi vaso de agua. Teníamos el micrófono cerca.

—¿Quieres hacer los honores? ¿O lo hago yo?

—Tú —respondió—. A mí me tiemblan los dedos.

Le cogí la mano para comprobar si era cierto.

—¿Te pone nervioso hablar en público?

No contestó.

Me estremecí y no pude evitar besarlo. Solo fue un leve beso en unos labios que había besado muchísimas veces esa semana, que adoraba…, pero que sabía que tenía que «parar» de adorar.

—Haz como si solo existiéramos nosotros —murmuré—. Imagina que solo estamos tú y yo, haciendo el tonto en la Cabaña, como cuando practicamos. ¿De acuerdo?

Wit cerró los ojos.

—De acuerdo.

Esperé a ver de nuevo sus anillos de oro antes de dar unos golpecitos en mi vaso. Las cabezas se volvieron hacia nosotros. Sarah y Michael parecían especialmente divertidos.

—Hola, fans empedernidos de Sarah y Michael —dije con confianza, micrófono en mano—. Soy Meredith, la prima de Sarah, y él es… —hice una pausa, porque estuve a punto de decir «Stephen», pero me repuse rápidamente— Wit, el hermanastro de Michael.

—Y aunque la competencia es muy dura esta noche —intervino Wit—, a Meredith y a mí nos gustaría hacer un brindis. ¿Suena bien?

La gente aplaudió.

—¡Maravilloso! —Le di un codazo en el hombro—. Resulta que Wit y yo somos aspirantes a poetas, así que, Sarah y Michael, ¡hemos escrito un poema para vosotros!

Wit levantó nuestro guion para que todos lo vieran. Sus dedos habían dejado de temblar. Carraspeé teatralmente y con una sonrisa en los labios dije:

Dulce Sarah, dulce Michael,
volvamos al recuerdo más tierno,
al principio de todo, imagino,
cuando ibais al mismo colegio.

¿Qué tenía este Michael,
tu primera elección instantánea?
¿Fue su amor por la cecina
o acaso su infame patada?

Risas, gritos y silbidos. Michael escondió la cara entre las manos mientras sus padrinos de boda se burlaban de él, e incluso Sarah sonrió. «La infame patada» aludía a una fiesta en Sigma Chi, en la que Michael iba tan borracho que, sin querer, chutó un balón de fútbol por una de las ventanas de la casa de su fraternidad y destrozó el cristal.

Cuando la sala se calmó, le pasé el micrófono a Wit. Me miró, esbozó su sonrisa torcida y dijo:

> ¿Qué tenía esta Sarah
> que hizo que te arrodillaras?
> ¿Su traje de Sailor Moon
> o su gula de madrugada?
> Cuántas historias nos has contado,
> hasta el día al que hemos llegado,
> en el que veremos a Michael llorar
> al ver a Sarah con el ramo en la mano.

Hubo más aullidos desde la mesa de los novios y un «aay» del resto de la asistencia. El corazón me dio un vuelco y me acerqué más a Wit para que pudiéramos interpretar juntos la última estrofa. Con su mano sobre mi espalda, la mía tomó su muñeca, y nuestras respiraciones se mezclaron mientras leíamos:

> Siempre vais a estar juntos,
> de eso no cabe duda.
> Con honestidad y con humor,
> conocéis vuestra alma desnuda.
> Levantemos, pues, nuestra copa
> con todos los aquí presentes:
> Sarah y Michael, ¡os queremos mucho
> y brindamos por vuestra suerte!

19

Los padrinos de boda de Michael organizaron una fiesta después de la cena de ensayo en la Cabaña, con fogata, malvaviscos, música y mucha cerveza y puros, aunque solo me quedé una media hora. El tiempo suficiente para ver a Jake y Luli ganar unas cuantas rondas al *cornhole*, pero no lo suficiente como para enfrascarme en una conversación con Wit. Había tenido tantas ganas de hablar con él en The Beach Plum…, pero ahora no las tenía. Porque ¿qué importaba? Todo se acababa.

Me escabullí hacia el Campamento para ayudar a mi madre a «hacer de niñera» de Hannah y Ethan. Ambos estaban dormidos en su litera; la verdadera niñera los había acostado hacía horas. Al día siguiente, al despertar, descubrirían que su hermanito había llegado a este mundo.

Mi madre estaba sentada en el sofá y yo me había desparramado encima de ella como una niñita triste. Todavía llevaba puesto el vestido de color coral, pero se me había deshecho el moño y llevaba el pelo suelto y ondulado; mi madre lo recorría con los dedos.

—¿Qué te pasa, Mer? —me preguntó cuando suspiré—. ¿Por qué no estás divirtiéndote con tus amigos… y con Wit?

—Porque el folletín con Wit toca a su fin —murmuré; a pesar de aquella improvisada rima, no sonreímos.

—Te dije que sería difícil despedirse de él —dijo al cabo de un minuto.

Asentí, recordando la noche pasada en el Anexo, cuando le confesé lo mucho que me gustaba Wit, y la mirada preocupada de mi madre.

—Pero no es solo eso —murmuré, y me volví para quedarme boca arriba en su regazo. Nuestros ojos se encontraron—. Wit conocía a Claire —dije—. Cuando fue a ver a Sarah y Michael a Nueva Orleans. La conoció y nunca me lo dijo. —Mi voz sonó grave—. Dice que lo intentó un par de veces, pero que, como lo interrumpí una vez, pensó que yo lo sabía y que no quería hablar de ello. Mamá, lo mantuvo todo en secreto. Mintió.

—¿Cómo te has enterado? —preguntó mi madre a media voz—. Si no te lo dijo...

—Por un vídeo antiguo en el Instagram de Sarah —respondí—. Era de aquella noche en Basin. Claire estaba sentada a la otra punta de la mesa, enfrente de Sarah, y adivina quién estaba a su lado. —Se me formó un nudo en la garganta.

Mi madre me acercó a ella y me secó cariñosamente las lágrimas cuando se me cayeron sin poder evitarlo.

—Sí, debería habértelo dicho —dijo—. Sobre todo después de todo el tiempo que habéis pasado juntos, de lo mucho que habéis intimado... —Me besó la frente—. No pienso que te mintiera, Mer, pero sí, tampoco estaba siendo sincero. Si intentó decírtelo, pero no lo hizo, creo que estaba —hizo una pausa— desentrañando los posos del café.

«Desentrañando los posos del café».

Cualquier otra persona diría «desentrañando la situación», pero «desentrañando los posos del café»..., esa frase era propia de mi hermana. Era muy Claire.

Se me humedecieron los ojos otra vez.

—La echo mucho de menos —dije—. La echo mucho de menos, mamá.

—Oh, Meredith, yo también la echo de menos, todos lo hacemos. Me duele el corazón todos los días. —Me acarició la mejilla con la mano—. Pero esta semana que hemos pasado aquí me ha dolido un poco menos. Aunque parezca imposible, siento su presencia. La noto a nuestro alrededor.

Pensé en la voz de Claire, que había sonado en mi cabeza durante toda la semana, en los abrazos que me daba a través del sol.

—Está en todas partes —coincidí, aunque eso no detuvo mis sollozos. Puede que los empeorara, al recordar que me habían eliminado del juego y las secuelas que eso conllevaba—. Estoy muy disgustada con Wit —dije llorando—. Y él también está disgustado conmigo.

Mi madre no dijo nada y esperó a que me explicara.

—Hicimos un trato justo antes de que empezáramos con lo del juego del asesino —dije—. No fue una alianza, sino un pacto para pasarnos información y avisarnos si aparecían nuestros nombres. —Tragué saliva con fuerza—. Él acabó siendo mi objetivo, pero no le dije nada. No hice nada. Nunca fui a por él; tenía un plan para que llegáramos juntos a la final. —Hice una pausa—. Pero cuando se ha enterado, se ha cabreado, se ha cabreado de verdad.

Mi madre volvió a guardar silencio.

—Lo cual es una estupidez, ¿verdad? —pregunté, pero mi voz era débil—. El juego del asesino se basa en secretos y engaños. Mientes para sobrevivir. A ver, le mentí a Luli y a mi «verdadera» alianza. No estoy orgullosa de ello, pero lo hice. —Me froté la frente—. Wit... juega como Claire. Debería entenderlo.

—Sí, tendría que entenderlo —dijo mi madre—. Solo es un juego y no debería haber resentimientos cuando termine. —Me acomodó un mechón de pelo detrás de la oreja—. Pero, en este caso, no creo que Wit pudiera hacer nada para evitarlo. Sus emociones han podido más que él.

Se me cortó la respiración.

—¿Cómo?

Me dedicó una sonrisa agridulce.

—Mer, tu pacto empezó como una estrategia, pero creo que ahora significa más de lo que cualquiera de los dos esperabais; los dos lo sabéis.

Esta vez fui yo quien no dijo nada. El corazón me martilleaba el pecho.

—Le estoy muy agradecida —añadió—. Te ha traído de vuelta a nosotros. La Granja y él. Has estado en una bruma somnolienta el último año y medio, sé que todos lo hemos estado, y no creo haberte visto tan despierta y viva desde aquel horrible día. Cuando los dos estáis juntos... —Sacudió la cabeza—. Creo que deberías hablar con él. Si os separáis de mala manera, os arrepentiréis.

Me arrimé a ella.

—No puedo hablar con él.

—¿Por qué no?

—Porque... —empecé, pero la vibración del teléfono de mi madre en la mesita me cortó.

«Tom», pude ver en la pantalla.

Mi madre respondió a la llamada y me miró cuando colgó un par de minutos más tarde.

—Oliver Isaac Epstein-Fox —anunció con una sonrisa—. Dos kilos y medio.

Me estaba acomodando para pasar la noche en el pequeño sofá del Anexo cuando oí el crujido de los escalones del porche. No eran mis padres, lo sabía. La tía Julia estaba en el hospital, de modo que dormiría en el Campamento con Ethan y Hannah.

—¿Hola? —dije.

—Buenas —respondió alguien.

Aparté el edredón y di varios pasos hacia la puerta. Wit estaba fuera.

—¿Dónde te habías metido? —preguntó—. Debo de haber dado cien vueltas alrededor de la Cabaña.

—No estaba allí —respondí—. Bueno, estuve un rato, pero luego fui a cuidar a Ethan y Hannah con mi madre.

—Ah, entiendo.

—¿Qué estás haciendo aquí? —pregunté.

Wit levantó la mano y la apoyó en la mampara de la puerta. Yo hice lo mismo instintivamente, nuestras palmas juntas.

—Es que no lo hemos hecho —me dijo.

Mis cejas se juntaron.

—¿Qué no hemos hecho?

—El reto —respondió—. El reto del camino.

El reto del camino.

—Me retaste el lunes, en Morning Glory. Acordamos hacerlo en algún momento de esta semana. —Se encogió de hombros—. Pero mañana es el gran día, así que…

Dejé caer la mano. «Mañana es el gran día». Había dado en el clavo y en el corazón…, por eso yo era incapaz de seguir con lo nuestro. Dejando de lado los malentendidos, nuestro tiempo juntos se agotaba rápidamente y yo necesitaba hacerme a la idea. Me daba igual que aún nos quedara la boda, al día siguiente; tenía que poner distancia entre nosotros ahora mismo.

—Lo siento —le dije, fingiendo un bostezo—, pero estoy a punto de irme a la cama.

Silencio.

—Por favor —murmuró Wit—. Por favor, vamos a dar un paseo. —Hizo una pausa—. Demos un paseo y hablemos.

Me reí. Una risa hueca, pero me reí.

—Bueno —dije, pensando en lo que mi madre había dicho sobre Wit, que nada quedaría cerrado si no hablaba con él—. Vamos a dar un paseo. —Levanté la mano y junté mi palma con la suya un momento más—. Y a hablar.

Pero durante los primeros diez minutos del paseo, el único sonido fue el de nuestros pies rozando el camino de grava y el de los bichos nocturnos huyendo de nuestras pisadas. Mantuvimos un ritmo tranquilo, caminando uno al lado del otro sin cogernos de la mano. Si el dorso de nuestros dedos se rozaba, era por accidente. Ninguno de los dos hablaba.

Hasta que, sin venir a cuento, Wit tomó la palabra.

—Lo siento —dijo—. Siento no haberte hablado de Claire. Tenías razón. Tuve muchas oportunidades para hacerlo, pero me preocupaba pasarme de la raya y ponerte triste, y luego, a medida que transcurría el tiempo, me convencí de que probablemente te imaginabas que la había conocido con Sarah y Michael.

Suspiré.

—Me quedé de piedra cuando vi ese vídeo, Wit —dije. Luego, después de una pausa, añadí—: Pero he estado pensando mucho, y no pasa nada.

Porque no pasaba nada. Desde que me había ido del Campamento, había hecho las paces con la idea de que se conocieran... y, en cierto modo, me hacía feliz que así fuera. «Ojalá la hubieras conocido. Le habrías caído muy bien».

¿Cuántas veces había dicho eso esta semana?

Había perdido la cuenta.

—Sarah habló de ella durante meses antes de su visita —dijo Wit en voz baja. Se rio un poco. —Era como si Taylor Swift viniera a la ciudad.

Sonreí a medias. Sarah era la Swifty más devota.

—Pasé las Navidades en Vermont con mi madre y mi padrastro —continuó en la oscuridad—. Pero fui a Nueva Orleans para el Año Nuevo. Sarah y Michael me invitaron a cenar con ellos en Basin. Bueno, fue más una orden que una invitación. «Tenía» que conocer a la famosa Claire.

Inspiré, nerviosa, porque no me atrevía a preguntar, pero necesitaba saber.

—¿Qué pensaste de ella?

Wit silbó.

—Me pareció extraordinaria —respondió—. Parecía la gemela de Sarah, claro, pero no exagero cuando digo que tenía una personalidad chispeante.

—Sí —asentí—. Claire era así. Deslumbraba. —Solo que ella no tenía ni idea de que deslumbraba ni de las grandes cosas que le esperaban.

Se me encogió el corazón.

De las grandes cosas que la hubieran esperado.

Estaba segura de que nunca me acostumbraría a hablar de ella en pasado.

—¿De qué hablasteis? —pregunté.

Los dedos de Wit se entrelazaron con los míos.

—¿De qué crees que hablamos?

—No lo sé —respondí—. ¿De Tulane?

—No, Tulane no salió en la conversación —contestó Wit—. Mientras yo observaba cómo tu hermana dejaba de lado la ensalada, ella no podía dejar de hablar de ti.

Se me encogió el estómago.

—¿Cómo?

—«Tienes que conocer a mi hermana» —me dijo—. «Te encantaría, Stephen. Es muchas cosas, pero sobre todo una combinación de persona adorable y mordaz. ¿Todos tus chistes que a mí me hacen reír? Pues Meredith habría tenido réplicas asesinas. Seguro que vuestros rifirrafes durarían horas».

Aminoré el paso.

—Inteligente —empezó Wit—. Payasa. —Inspiró hondo—. Dramática. Glotona a medianoche. Leal. Lectora de novelas de fantasía. Competitiva. Dormilona. Intrépida. —Enlazó unos dedos alrededor de los míos.

Las comisuras de los ojos me escocían. No me había sentido como esa chica —la hermana de Claire— desde hacía mucho tiempo, hasta que había vuelto a Vineyard y había conocido a Wit. Mi voz se quebró cuando hablé.

—¿Cómo sabía ella que te llamabas Stephen?

—Adivinó que Wit era un apodo de Witry —respondió—. Así que me preguntó cuál era mi nombre de pila. —Hizo una pausa—. ¿Por qué? ¿Importa que me llame Stephen?

Me paré en seco. Debíamos de haber caminado solo un kilómetro y medio de los cinco del camino, pero había llegado el momento.

—No, no importa —respondí, separando mis dedos de los suyos—. No hay nada entre Stephen y yo.

Wit no respondió al principio.

—¿En qué sentido? —preguntó finalmente—. ¿Entre tú y el nombre? ¿O entre tú y yo? ¿Entre nosotros?

Suspiré.

—Lo último.

La luna brillaba lo suficiente como para que pudiera ver cómo Wit fruncía el ceño.

—Yo no…

—La semana se acaba, Wit —dije, tragando saliva con fuerza—. Y cuando la boda termine…, las otras cosas también acabarán.

—Espera —dijo—. ¿Otras cosas?

—Lo nuestro —respondí, haciendo un gesto entre los dos—. Lo que hemos estado haciendo en los últimos días, actuando como…

«#ÁtameAWitry. Actuando como #ÁtameAWitry», pensé.

—Bueno, ¿por qué lo nuestro no puede seguir? —preguntó—. ¿Por qué no podemos ir más allá?

Mi pulso se aceleró.

—¿Has imaginado que lo nuestro iría más allá?

Se quedó callado y luego suspiró.

—No exactamente…

—¿Ves? —Sacudí la cabeza.

—No, no —dijo rápidamente—. Esperaba que esta semana fuera en una dirección, pero luego no ha sido así, y me he visto envuelto en la magia…, envuelto por ti. Suena estúpido, pero nunca me he parado a pensar que el tiempo se acababa. Este lugar… —Se interrumpió para contemplar la luna—. Es uno de esos lugares especiales en los que sientes que el tiempo no existe. Donde siempre será verano, donde siempre me despertaré contigo.

Mi cuerpo empezó a temblar.

—Bueno, no es así como funciona —dije—. Puede parecer eso, pero es una ilusión, una fantasía. Esta semana terminará. Lo hará.

Wit apoyó sus manos en mis hombros.

—No tiene por qué —dijo—. Podemos seguir juntos.

—¿Cómo? —Me alejé de él—. ¡Te vas a Nueva Zelanda! ¡Te vas al otro lado del mundo un año entero!

—Un año escolar —me corrigió—. De finales de agosto a mayo, y podemos tener una relación a distancia.

«A distancia».

Todo el mundo decía que era difícil, y yo aplaudía a las parejas que sabían llevarlo…, pero ¿yo? Claire no había dicho «paciente» en su descripción de mi persona a Wit, y era por una buena razón. Yo no era una persona paciente. La enorme diferencia de hora, esperando los FaceTimes programados o, si teníamos suerte, una visita…, no me veía capaz de llevarlo bien. Me deprimiría. Ben y yo habíamos planeado seguir juntos, ¡y menudo resultado! Cambió de opinión antes de intentarlo siquiera. Después de cuatro años juntos, no confiaba lo suficiente en «nosotros».

—Tendríamos una relación a distancia de todas formas —decía Wit—. Incluso si estudiara en Tulane…

—No puedo —dije—. No puedo tener una relación a distancia, al menos no con alguien en otro hemisferio. No sería suficiente, Wit. No para mí.

La brisa agitaba las ramas de los árboles y yo fingía no oler el hedor a mofeta en el aire. Con suerte, los perros pasarían la noche dentro de casa.

—Entonces ven conmigo —dijo Wit en voz baja—. Ven a Nueva Zelanda.

Resoplé.

—Estás de broma.

—No.

Un escalofrío me recorrió la espalda.

—Hemos vivido muchas aventuras estupendas aquí —dijo—. Tengamos más, muchas más. Claire dijo que no tenías miedo. —Su voz se redujo a un murmullo—. Y creo que lo necesitas tanto como yo. Creo que «necesitas» algo, algo diferente... —Se interrumpió—. Ven conmigo.

Sentí que se me cerraba la garganta.

—No puedo —dije con voz ahogada—. No puedo. Tengo que empezar la facultad. Tengo que conocer a mi compañera de piso, apuntarme a las clases, hacer nuevos amigos, estudiar, volver a cenar a casa una vez a la semana. No puedo irme. Ni en sueños...

Wit no respondió. Nos quedamos parados un par de minutos y luego reanudamos el paseo por el camino de la Granja. Aunque los dos estábamos tristes, Wit quería tocar el obelisco de Paqua. Iba a cumplir el reto.

Y lo cumplimos. Lo hicimos en silencio, pero yo marqué la fría piedra y solté un largo y exhausto suspiro. Ojalá no nos quedaran cinco kilómetros de regreso a casa.

Eran las dos de la madrugada cuando Wit me acompañó a la puerta del Anexo. Nos quedamos parados un momento, sin saber qué hacer.

—Buenas noches —me despedí.

Casi al mismo tiempo, él me cogió de la mano y me dijo:

—Un día más.

—¿Cómo? —pregunté.

—Queda un buen día más. La semana aún no ha terminado, todavía tenemos la boda mañana. —Me apretó la mano—. Vamos a fingir.

Fingir.

Sabía lo que estaba sugiriendo: «Finjamos que el tiempo no existe. Finjamos que esta semana no se acaba. Finjamos que siempre seremos nosotros: felices, quemados por el sol y enredados el uno al otro».

Me dolería. Me dolería de verdad, pero también sería maravilloso; un último día perfecto con él.

—Está bien —susurré, apretándole la mano—. Finjamos.

En lugar de acurrucarme en el sillón, atravesé la sala de estar y entré en la habitación de las literas. La ventana estaba abierta; en el interior se oían la música y las risas de la Cabaña, una especie de canción de cuna. Sonreí para mis adentros, me metí bajo las sábanas de Claire y cerré los ojos.

SÁBADO

20

*E*l sol me despertó, sus suaves rayos se colaban a través de las persianas del dormitorio. No esperaba dormir tan bien en la cama de Claire, pero no me había despertado ni una sola vez. «Gracias», pensé, acurrucándome de nuevo en las mullidas almohadas y cerrando los ojos antes de respirar profunda y dulcemente y apartar la colcha blanca de mi hermana.

Este era un día especial.

Le di de comer a un impaciente Loki y luego fui a la Cabaña, donde me dieron la bienvenida los restos de la fiesta posterior a la cena de ensayo: la guitarra de alguien en una mecedora, latas de cerveza vacías esparcidas alrededor de la fogata y unas cuantas ascuas todavía encendidas. Recorrí el camino a la habitación de Wit casi con los ojos cerrados; la mosquitera se abrió y chirrió al entrar.

—¡Uf! —gimió, con la voz completamente rota. Crepitaba como el fuego de una hoguera—. Michael, no... No voy a ir a correr.

—No soy Michael. —Me subí a la cama de un salto—. ¡Soy alguien mucho mucho peor!

—¿Ah, sí? —Wit se rio, y juntos maniobramos para meterme debajo de sus colchas y entre sus cálidos brazos. Olía a naranjas y a la brisa de Vineyard, pero también a humo de puro.

Eso explicaba lo de su voz.

—¿Un buen fiestón anoche? —bromeé.

Debía de haberse incorporado a la fiesta después de nuestro desastroso reto del camino.

Otro gruñido.

—La presión de los colegas.

—Sí —dije—. Dicen que se supone que tienes que resistirte.

Wit enterró la cara en mi camiseta azul de Hamilton y le pasé una mano por el pelo. Estaba tieso por la sal del océano.

—Estoy muy cansado —se quejó—. Las cosas no se calmaron hasta las cuatro de la mañana. Me acosté a las dos y media, pero ¿cómo se supone que vas a dormir cuando hay una fiesta justo delante de tu puerta?

—No puedes —respondí, de pronto nerviosa por él: eran las ocho y su primera obligación del día empezaba dentro de menos de una hora.

Wit asintió y levantó la cabeza para mirarme.

—¿Has dormido bien? —me preguntó.

—Sí —respondí, esbozando una sonrisa—. Sí, la verdad es que he dormido muy bien.

—Bien. —Me sonrió a su vez—. Eso es bueno.

Entonces nos miramos mutuamente, sus ojos turquesa de párpados pesados fijos en los míos. Sabía que quería besarme y yo sabía que quería besarlo. Y si íbamos a fingir, yo estaba decidida a hacerlo desde ya.

—¿Quieres cepillarte los dientes primero? —susurré—. Aliento a puro… —Arrugué la nariz—. ¡Puaj!

Wit apartó las sábanas y lo observé, en calzoncillos, estirando sus nervudas extremidades de forma lánguida, teatral, totalmente a propósito.

—Eres malo —dije.

—Y eso te vuelve loco —respondió, y desapareció en el diminuto cuarto de baño contiguo al dormitorio.

Solo había un inodoro y un lavabo; la única ducha de la cabaña estaba en la parte de atrás. Le oí abrir el grifo.

—¿Tienes un plan? —pregunté unos minutos después, tras varios besos de menta fresca.

—¿Un plan?

—Sí, un plan.

Porque necesitabas un plan para el enfrentamiento final del juego del asesino de Paqua. Había que olvidarse de tener toda la Granja como campo de juego; la gran final se celebraba al estilo de los Juegos del Hambre, en un lugar muy concreto. Los espectadores creaban los bordes del ruedo con sus toallas de playa y sus sillas; las de los comisarios eran réplicas casi exactas de los altos tronos verdes de los jueces árbitro de Wimbledon. Las sacaban del granero un día antes, y cada uno tenía un toldo para evitar que el sol los deslumbrara.

Aquella mañana, la gente bostezaba mientras desplegaba las sillas. Eli incluso había traído una almohada; extendió su toalla de playa y se quedó dormido al instante.

—Qué manera de apoyar, Eli —refunfuñó Luli mientras se anudaba las zapatillas—. Serás el primero al que le dé las gracias cuando gane.

Jake y Pravika se rieron. A petición de la tía Christine, la final se celebraría mucho antes que de costumbre para no interferir con la boda. Tanto las damas de honor como los padrinos estaban almorzando en privado antes de empezar con los preparativos. Bueno, al menos las damas de honor. Wit había mencionado que Michael y sus padrinos irían a surfear más tarde. «Es un traje y una corbata —había dicho Gavin, el padrino—. Tardaremos diez segundos».

—¡Muy bien, todo el mundo! —La voz de Wink retumbó a través de su megáfono de comisario—. ¡Bienvenidos! ¡Bienvenidos al enfrentamiento final del juego del asesino de este verano!

Dejando a un lado el agotamiento, conseguimos lanzar unos entusiastas vítores.

—¿Han llegado todos nuestros finalistas? —preguntó Honey, echando un vistazo al campo de juego.

El número de asesinos activos había disminuido mucho en los últimos días. El mayor enfrentamiento final que había presenciado jamás había reunido a doce; el menor, a tres.

En cualquier caso, Claire siempre había aniquilado rápidamente a cada uno de ellos. Sentí un cosquilleo en el corazón, todavía decepcionada por no haber podido apretar el gatillo contra Wit. De haberlo hecho, podría haber sido uno de los asesinos que se enfrentarían en la gran final.

Este año había siete aspirantes: Wit, Luli, el tío Brad, Nicole Dupré, la hermana mayor de Pravika, un padrino y…

—¡Todos menos Julia! —dijo el tío Brad a sus padres—. Aunque puede que ella…

—¿Puede que ella qué, Brad? —preguntó la tía Julia, entrando en el ruedo con su pistola de agua—. ¿Puede que qué?

—¡Mami! —exclamaron Hannah y Ethan desde la barrera.

La tía Julia sonrió satisfecha.

—No pensarías que iba a renunciar, ¿verdad? —dijo con una mano en la cadera—. Eso nunca.

Salvo que eso fue exactamente lo que hizo: cuando Honey tocó el silbato para dar comienzo al enfrentamiento, todos los asesinos se dispersaron y reclamaron su propio espacio, mientras que la tía Julia se quedó inmóvil como un poste en el centro del ruedo.

—¡No voy a ninguna parte, Divya! —le dijo a la hermana de Pravika—. Ven aquí. —Se sentó en la hierba—. ¡Soy toda tuya!

Divya aprovechó la oportunidad y atacó rápidamente.

—¡Maravilloso! —La tía Julia se levantó y entregó su objetivo: Luli, lo sabía—. Vamos, nenes —les dijo a Ethan y Hannah, haciéndoles una seña con la mano—. ¡Hay alguien que mamá y yo queremos que conozcáis!

Después de eso, el juego se puso serio. Con renovado ímpetu, la hermana de Pravika le estaba haciendo sudar la gota gorda a Luli. Ambas corrían en círculos.

—¿En serio, Divya? —gritó Luli—. ¿Después de todo lo que hemos pasado juntas? ¿Compartiendo una tienda de campaña durante una semana entera?

—¡*Uuuu*! —abucheó Jake desde la barrera—. ¿Qué pasó en la tienda?

Su hermana le hizo la peineta y siguió esquivando a Divya.

Mientras tanto, Nicole Dupré perseguía al padrino, que a su vez perseguía al tío Brad; un triángulo que estaba demasiado preocupado como para darse cuenta de que Wit, el bandido del pañuelo, se había encaramado a un árbol en el extremo del campo.

Wit permaneció allí escondido durante diez minutos, y solo se reveló cuando quedó claro que la persecución de Luli había agotado a Divya. Su cola de caballo se balanceaba de un lado a otro y su respiración era agitada.

—¡Divya! —gritó, bajando de una rama—. ¿Quieres un poco de agua? —Levantó su botella de Gatorade—. Yo tengo.

Con las manos en las rodillas, Divya asintió.

—Ay, Divya —suspiró Pravika—. Qué tonta.

—Está deshidratada —dijo Jake—. No piensa con claridad…

Pravika resopló.

—Espero que sea eso.

Ahogué una risita cuando Wit, con apariencia inofensiva, se acercó a Divya y le lanzó un chorro en el estómago.

—¡Divya! —La voz de Honey sonó por el megáfono—. ¡Eliminada!

—¡Y Vincent! —exclamó Wink—. ¡Eliminado!

Nuestras cabezas se volvieron y vieron a Nicole jadeando mientras el padrino caía al suelo. Quedaban ella, el tío Brad, Luli y Wit.

Pero a las únicas que veías en el ruedo era a las mujeres. Wit se había subido otra vez al árbol, mientras que el tío Brad se había escondido en la hierba alta.

«Dos de los jugadores más ofensivos, jugando a la defensiva», me dije, sonriendo para mis adentros.

—¡Brad! —le gritó mi padre con un susurro—. ¡Estás casi fuera de campo!

—¡Oye! —grité yo—. ¡Nada de instrucciones!

«Hipócrita», sentí que bromeaba Claire, y me sonrojé.

Luli y Nicole habían moderado el ritmo para recuperar el aliento. Wit iba ahora a por Luli, mientras que esta iba a por Nicole.

«Ve a por todas. La tienes justo ahí...», quise decirle a mi amiga.

—Oh, mierda —dijo Eli, que se había despertado—. Mira. —Señaló a Luli, que estaba recogiendo la botella de Gatorade de Wit. Después de dejar a Divya fuera de juego, Wit había dejado la botella tirada en la hierba. Vimos a Luli dando unos tragos al agua; el sol pegaba fuerte esta mañana—. ¿Es esto...?

—¿Una trampa? —terminé por él.

Eli tenía la ceja levantada. Señalé el árbol de Wit. No podías verlo, pero por detrás del tronco asomaban las seis boquillas moradas de la pistola de Claire. Con tres boquillas a cada lado, el artilugio de la mochila propulsora proporcionaba un alcance fuera de lo común.

—No —gimió Pravika—. ¡Luli no, todavía no!

Jake se movió nervioso. Su humillación del miércoles por el ataque con globos de agua no era nada comparado con lo que estaba a punto de ocurrirle a su hermana.

—Esto se pone interesante de la hostia —dijo.

«Uno, dos», pensé, con el corazón acelerado.

Pausa.

¡Tres!

Luli recibió seis chorretazos de agua en la espalda.

Un ¡ay! corrió entre el público. La camisa de Luli estaba empapada. Se dio la vuelta y, al ver a Wit, lanzó contra él su botella de agua.

—¡Capullo! —le gritó—. Menudo capu…

—¡Renuncia, Luli! —interrumpió Wink—. ¡Renuncia!

Ella se burló y se dirigió a la línea de banda.

—Tapaos los oídos —les dijo Jake cuando Honey anunció la derrota de Luli—. Se va a poner a chillar.

Lo hicimos, pero el grito de frustración de Luli sonó igualmente desgarrador.

Wit dejó la mochila propulsora de Claire en el suelo y trepó al árbol. Nicole, su nuevo objetivo, estaba allí, estudiándolo.

—Va a ganar desde un árbol —dijo Jake—. Lo anticipo desde ya…, va a ganar toda esta movida sin bajarse del árbol.

—No, no lo hará —repliqué.

Jake se inclinó hacia delante en su silla de playa.

—¿Qué te juegas?

Me reí.

—Jake, de verdad que no quiero robarte tus propinas de Mad Martha's…

—Vale, pero Meredith —intervino Eli unos instantes después—, ¿cuántas armas tiene ahí arriba? —Señaló la rama del árbol de donde colgaba la Super Soaker de neón.

—¿Y es eso legal siquiera? —preguntó Pravika—. Voy a preguntarle a Wink…

—No despegues el culo de tu silla, Pravika —dijo Luli, acercándose a nosotros. Parecía que los gritos habían servido de algo: estaba más tranquila y aceptó sin dudarlo el café helado que le ofrecí—. Sabes que la única regla es no salirse de los límites del ruedo.

—Creo que eso es todo —le respondí a Eli mientras Wit se colgaba la Super Soaker al hombro.

Tenía que pasar de la defensa al ataque; no había ninguna posibilidad de que Nicole se acercara al árbol, y el tío Brad se arrastraba lentamente cuerpo a tierra entre la hierba alta.

—Entonces, ¿cómo vamos a hacer esto, Wit? —le preguntó Nicole a su hermanastro. Incluso desde lejos, podías ver que la pistola le temblaba en las manos. No estaba apuntándolo; Wit no era su objetivo—. ¿Quieres correr un poco?

Wit se encogió de hombros.

—La verdad es que no.

—No eres nada divertido.

—Supongo que no.

Se quedaron en un punto muerto. Miré las dos líneas de banda y vi a Michael con un semblante absolutamente consternado. Su hermana menor y su querido hermanastro. ¿Cuál de los quería que ganara?

Wit levantó la Super Soaker con una mano, y Nicole intentó engañarlo unas cuantas veces antes de salir corriendo directamente hacia él.

Tal y como se había predicho.

—Déjalo —murmuré—. Déjalo ahora.

—¡Hostia puta! —dijo Luli cuando Wit dejó caer la pistola grande para coger otra pistola de la parte trasera de sus pantalones cortos. Disparó a su hermanastra en el cuello—. Eso ha sido…

—Asombroso —completó Pravika sin aliento.

—Un genio —se maravilló Jake.

—Creo que estoy enamorado de él —declaró Eli.

—Piénsatelo dos veces —murmuré al mismo tiempo que un rugido recorría la multitud y Honey anunciaba con una voz demasiado entusiasta: «¡Nicole, eliminada!».

—¿Piénsatelo dos veces? —me preguntó Eli. Se inclinó y me pellizcó—. ¿Por qué dices eso, Mer?

Por suerte, me salvé de responder; Nicole había atacado a Wit y estaban rodando por la hierba.

—¡Parad! —gritaron la tía Christine y Jeannie Dupré—. ¡Las fotos de la boda!

«Y el tío Brad. Solo quedan él y Wit…», pensé.

Nicole obedeció y salió del campo, siguiendo los pasos de Luli.

—Bueno, quedamos tú y yo, tío Brad —dijo Wit cuando el padre de la novia se levantó de la hierba—. Tú y yo.

—Lo sabía —dijo mi tío, sacudiendo la cabeza—. Tú o Mer..., sabía que sería uno de vosotros. —Hizo una reverencia—. Que gane el mejor.

Wit también hizo una reverencia.

—Que gane el mejor. —Sus manos estaban abiertas, nada que ocultar.

—*Diooss* —dijo Pravika—. Está desarmado.

Eli se aferró a mi brazo.

—Por favor, dime que tiene otra pistola escondida en los pantalones.

—¿Cómo voy a saberlo? —pregunté.

Mis amigos me miraron fijamente.

—No —les dije—. No tiene. Porque le supondría más peso...

Y es que Wit tenía que ser ligero de pies y empujar al tío Brad a una pequeña carrera. Se movía por el campo formando ochos, luego pivotaba bruscamente y corría en la dirección opuesta. El padre de Sarah le disparó una y otra vez, pero Wit siempre desaparecía antes de que el chorro lo alcanzase.

—¿Va a coger la Super Soaker? —se preguntó Jake en voz alta.

—Yo pillaría la botella de agua —dijo Luli—. Es fácil levantarla.

—¿Y la pistola? —sugirió Pravika.

Miré las dos líneas de banda, todo el mundo estaba muy atento y se inclinaba hacia delante en su silla. «Pronto —pensé—. Pronto lo celebraremos».

Cinco minutos después, el tío Brad jadeaba. No es que no estuviera en forma, pero Wit tenía diecinueve años y mi tío rondaba los sesenta. Wit dejó de correr y nos dio la espalda. Una línea de sudor recorría su camiseta, y llevaba el pañuelo alrededor del cuello.

—Hace calor —comentó.

—A más no poder —respondió el tío Brad, enjugándose la frente.

Todavía desarmado, Wit caminó hacia atrás, hacia la línea de banda, cosa de la que mi tío se percató. Le vi dar un paso adelante y reposicionar su pistola.

—No —susurró Pravika—. Está retrocediendo tanto que se va a salir de los límites…

—Relájate —le dije.

Wit siguió retrocediendo, al mismo tiempo que el tío Brad avanzaba.

Con lentitud, sin contratiempos.

Se intercambiaron divertidas bromas en el camino. Era un baile, un baile que concluyó cuando Wit quedó aparentemente atrapado en una esquina.

Pero una esquina directamente enfrente de mí.

—¡Espera, para! —exclamé, mientras Wit se llevaba una mano a la espalda, sus dedos preparados y esperando—. ¡Estás justo en el límite! ¡No te muevas!

—Sí —dijo el tío Brad como un villano de Disney—. No te muevas, muchacho.

Cuando apretó el gatillo, se oyó un grito ahogado y uno aún más fuerte un segundo después, cuando Wit se agachó para esquivar el chorro y susurró:

—¡Ahora, matona!

Rápidamente saqué la pistola rosa de debajo de mi asiento y se la puse en la mano, con un nudo en el estómago, mientras Wit saltaba, se lanzaba hacia delante y asesinaba al tío Brad para conseguir la victoria.

La multitud enloqueció.

—¡Witty! —Michael apareció de ninguna parte y levantó a Wit sobre sus hombros—. ¡Witty es el ganador!

El tío Brad se quedó pasmado.

—Pero no —dijo, negando con la cabeza—. No.

—¿Cómo que no? —preguntó Sarah—. Papá, vamos, has

perdido. —Le dio un beso en la mejilla—. ¡El segundo puesto sigue siendo genial!

—Ha roto las reglas —dijo el tío Brad. Wink y Honey acababan de acercarse. Michael bajó a Wit al suelo—. Meredith le ha pasado el arma.

—Sí, querido —dijo Honey—, pero técnicamente no hay ninguna regla que impida «recurrir a un amigo». —Sonrió—. Los finalistas y sus armas solo tienen que permanecer dentro de los límites. —Señaló la línea pintada con espray, el proyecto de mi padre del día anterior.

—Sin embargo, la silla de Mer se pasa de la raya, mamá —respondió el tío Brad—. Igual que la de los demás.

—En realidad, no —intervine—, porque tengo una tumbona de playa, no la clásica silla de playa.

La tumbona era otra joya que había encontrado en el cobertizo del Anexo. Estaba vieja y descolorida, pero aún se podía utilizar. Sabía que sería útil para algo.

—El reposapiés está justo al otro lado de la línea, dentro del ruedo —continué despacio, aunque el corazón me iba a mil por hora—. Escondí la pistola justo debajo.

Por supuesto, siguió una inspección. Wink se agachó para ver si la pistola había dejado la más mínima hendidura en la hierba; después de obtener la opinión de Honey, se llevó el megáfono a los labios.

—¡Atención, ya tenemos a nuestro campeón! ¡Stephen Witry!

Estallaron nuevos gritos. Sarah se abrazó a Wit y, por el rabillo del ojo, vi que Honey sonreía y acariciaba cariñosamente la mejilla de su hijo mayor.

—Algún día —le dijo.

Una vez que todo el mundo se hubo calmado, mis abuelos concedieron a Wit la medalla de oro de este verano (de plástico, de la farmacia del pueblo). Era idéntica a todas las que Claire había colgado en la pared de su habitación.

Lo observé. Le vi dar apretones de manos al resto de los finalistas; le vi chocar los cinco con mi madre y mi padre; le vi abrazar a Jeannie y a sus hermanastros. Luego, su padre y él se abrazaron durante un buen rato.

Al final, solo quedamos los dos en el ruedo. Wit estaba muy sudado, pero me estrechó entre sus brazos.

—Felicidades —le dije—. Eli ya ha proclamado su amor por ti.

Me dejó en el suelo y sonrió.

—No podría haberlo hecho sin ti —dijo—. Tú eres la razón de que haya ganado.

Pestañeé.

—¿Ah, sí?

—Sí —asintió.

—Oh, vamos. —Le hice un gesto de rechazo—. Lo único que he hecho ha sido pasarte la pistola.

Wit me envolvió en otro abrazo.

—¿Crees que estaría contenta? —susurró—. Sé que le habría gustado que fueras tú, pero, aun así…, ¿está bien que haya ganado yo?

—Sin duda —le susurré. El sol no podría brillar con más fuerza: Claire estaba abrumadoramente orgullosa—. Sin duda.

Me separé y le atusé el pañuelo antes de sonreír y besarle.

—Y, por cierto —murmuró, dándome otro beso—, no quiero a Eli. —Sus manos me agarraron de la cintura—. Te quiero a ti.

21

«*T*e quiero a ti».

¿Qué quería decir Wit con eso? ¿Estaba fingiendo, como habíamos acordado? ¿O estaba diciendo la verdad? No me decidía, pero sonaba más que sincero.

Me encaminé a la Casa del Lago o, como seguía llamándola la tía Christine, «la *suite* nupcial». Sarah me había invitado a peinarme, hacerme las uñas y maquillarme con ella y sus damas de honor. Solo era mediodía, pero tenía un plan para colarme con elegancia en su almuerzo; me apetecían unas torrijas.

En la Casa Grande seguían los preparativos para la recepción, a un ritmo menos pausado que el día anterior. Llevaban mesas redondas y sillas de mimbre a la carpa; de acuerdo con el tablero de Pinterest de Sarah, también habría una amplia pista de baile en el centro, con delicadas guirnaldas de luces colgadas del techo. También había fotos de varios centros de mesa; me pregunté cuál habría elegido ella.

Mis pies no pudieron evitar desviarse hacia la Casa Grande, no para acercarme al bullicio, sino para ver si Wink estaba en el porche.

—¡Meredith! —Levantó la vista de su libro. No sabía cómo era capaz de leer con tanto follón—. Pensé que ya estarías de camino a la Casa del Lago.

—Oh, todavía no —dije, de pronto sin ganas de torrijas—. Probablemente sigan almorzando. Es mejor que espere un poco más.

—No creo que a Sarah le importe —dijo mi abuelo mientras yo me acomodaba en la hamaca. Le dio un sorbo a su té—. En absoluto.

Asentí, pero me quedé con él. Ninguno de los dos habló durante unos cuantos segundos, hasta que Wink dejó su taza e hizo alusión a Wit.

—Muy impresionante —dijo—. Su triunfo de hoy ha sido muy impresionante. Por eso Honey y yo tenemos tan pocas reglas, ¿sabes?, para dar rienda suelta a la creatividad de los jugadores. —Se rio—. Le dije que tiene una invitación abierta a la Granja y que debe volver para defender su título. —Miró al horizonte—. Vosotros dos habéis insuflado nueva vida al juego.

Se me encogió el corazón.

—Y es admirable —continuó Wink antes de dejarme intervenir, aunque yo no tenía mucho que decir. Era como si alguien me hubiera robado la voz—. Creo que es admirable que haya reconocido su descontento en la universidad y que se tome el tiempo necesario para reflexionar y ver si quiere hacer cambios. —Silbó—. Nueva Zelanda está lejos, pero será una aventura. Una aventura que merece la pena, por la forma en que habla de ella. También será terapéutica, desde mi punto de vista. Por eso Honey y yo decidimos mudarnos aquí de forma permanente. Da igual la estación del año, la Granja te cura. Tiene poderes curativos.

—Sí, los tiene —me oí decir—. Los tiene de verdad.

Pero sentí un estremecimiento. Ya no estábamos hablando de Wit; estábamos hablando de mí. De mí y de mi decisión de estudiar en Hamilton en otoño..., una universidad increíble, la universidad donde trabajaba mi padre, y la universidad que estaba a menos de dos kilómetros de mi casa. Hice la solicitud en noviembre, me aceptaron en diciembre y desde entonces no me lo había pensado dos veces.

«¿Quieres estar cerca de casa? —sabía que me estaba preguntando mi abuelo—. ¿O necesitas estar cerca de casa?».

«Lo necesito», pensé. Al menos entonces lo necesitaba; había transcurrido menos de un año desde la muerte de Claire y seguía tan paralizada por el dolor que no podía imaginarme lejos de Clinton. La idea de que mis padres pudieran estar a una llamada de distancia en lugar de a un solo paseo del campus me inquietaba. «Estoy a salvo. Voy a estar a salvo»: esa fue mi reacción cuando leí la carta de admisión a la universidad.

Resultado: pedí el ingreso a la universidad en mi ciudad natal porque tenía miedo de irme. Mi hermana había muerto en su primera gran aventura lejos de casa, de manera que yo no quería aventuras. Quería estar con la familia; quería «familia».

Pero ahora, después de esta semana…, después de celebrar el legado de Claire y de conocer a alguien tan decidido a vivir la vida al máximo…

Empezaba a creer que «necesitar» había dejado de ser la respuesta. El pensamiento resultaba aterrador, pero sabía que tenía que afrontarlo.

—Vuelve a tu lectura —le dije a Wink, saltando de la hamaca—. Voy a ir a buscar unas torrijas.

Sarah y sus damas de honor llevaban conjuntos de pijama de raso a juego, pero la tía Christine me hizo salir de su *suite* antes de que se pusieran los vestidos. Wit subía por el camino de la entrada mientras yo bajaba por él. Los chicos debían de haber ido a hacer surf, después de todo; Wit llevaba un traje de neopreno doblado hasta la cintura.

—¿Qué estás haciendo? —pregunté, con el corazón en vilo. Parecía…

—Estoy terminando de maquillarme —dijo, señalándose la

cara. El cardenal verde no se había degradado por completo a un leve amarillo—. La tía Christine me mandó un mensaje para que moviera el culo y viniera.

—¿Por qué ella tiene tu número y yo no? —le solté.

Wit ladeó la cabeza.

—¿Quieres mi número?

—¡Pues claro!

Me lo dio. Rápidamente introduje sus datos en mi teléfono, pero no le envié un mensaje para que tuviera los míos. «¡Hola! ¡Soy Meredith!», hubiera quedado bastante ridículo.

—No vayas —dije, acercándome un paso y jugueteando con una de las mangas de su traje de neopreno—. Luce tu cardenal sin complejos.

Wit sonrió.

—Imprimiría más carácter a las fotos de la boda… —Me rodeó con un brazo. Nos volvimos para alejarnos juntos de la casa—. ¿Sabes que me han dicho que durará «dos» horas?

—Sí, eso es lo que dijo Sarah —respondí—. ¿Por qué no vienes al Anexo? Te prepararé unas golosinas para que no pases hambre.

—¿Haces golosinas?

—Sí, y muy ricas. ¿Te gustan los *puppy chow*?

Wit me levantó del suelo y me dio vueltas. Supongo que eso significaba que sí.

—¡Oye, cuidado! —me reí—. ¡No me deshagas el peinado! Nunca habría sido capaz de hacérmelo yo sola. Sin aparente esfuerzo, Danielle, la dama de honor principal, me lo había secado y trenzado en una corona.

—Lo siento, lo siento. —Volvió a dejarme en el suelo; tras una pausa dijo—: Tienes el pelo precioso.

Sonreí.

—Gracias.

Seguimos caminando; después de cargarlo con un táper de mis famosos cereales crujientes recubiertos de chocolate, mantequilla de cacahuete y azúcar en polvo, lo largué para que fuera a prepararse.

—Pues así está la cosa —dijo mi madre después de que me probara el vestido ante ella: sin tirantes y de color crema con lirios rosa concha y azul oscuro por todas partes. La falda se arremolinaba al girar, los tacones eran altos y llevaba el collar de dama de honor de Claire—. Vas a ir en bicicleta a la iglesia.

—Espera, ¿qué? —Dejé de dar vueltas por el salón y de imaginarme a Wit dándome vueltas por la pista de baile más tarde—. ¿Que tengo que ir en bicicleta a la iglesia?

—Sí —respondió mi padre—. Christine ha dicho que ayer, en el ensayo, aparcar fue una pesadilla. No queremos llevar muchos coches, porque esa calle es muy estrecha.

—Ah, vale —asentí. La iglesia de San Andrés estaba enclavada en North Summer Street, en Edgartown, y aunque era increíblemente idílica, con su histórico ladrillo rojo y sus ventanas blancas de arco, la iglesia y todo lo que la rodeaba era «diminuto»—. ¿Incluye eso ir en bicicleta por el camino de la Granja?

Porque recorrer cinco kilómetros por el camino de tierra vestida con un atuendo semiformal muy bien no podía terminar.

—No. —Mi padre negó con la cabeza—. Brad y yo ya hemos hecho varios viajes con la camioneta. Hay una flota de bicis esperándoos cerca del obelisco.

—¿Quién más va a ir en bici? —pregunté.

Media hora después, mientras se subía a su bicicleta de montaña naranja, Luli me dijo:

—Es de locos. Podríamos llegar tarde. Podríamos cruzar literalmente las puertas de la iglesia durante el «habla ahora o calla para siempre».

—No vamos a llegar tarde —repuso Pravika—. Solo es un trayecto de quince minutos.

—Y todavía están sacando las fotos previas a la ceremonia —dijo Eli con un suspiro.

Por desgracia, Eli no había podido hacer ninguna foto-bomba.

—Bueno, ¿salimos ya, entonces? —preguntó Jake, fulmi-nando con la mirada a Luli—. Si tan preocupada estás...

Y así es como los cinco empezamos a pedalear rumbo al centro, escoltados por un corro de chiquillos. Luli y Jake habían aceptado ir delante, Eli iría en medio, y Pravika y yo cerraríamos la marcha. Tanto ella como yo nos habíamos deshecho de los zapatos de tacón y los habíamos metido en las cestas de las bicis; mejor pedalear descalzas; sería divertido.

El sol nos observaba desde el cielo azul despejado; inhalé una profunda bocanada de aire isleño mientras pedaleábamos por el carril bici pavimentado. «Se va a casar, Claire —pensé—. Sarah se casa hoy».

Pasamos junto a Morning Glory y sus pastos verdes, las casas de dos plantas con tejados de cedro, los caminos secretos que se retorcían por las colinas, y finalmente nos topamos con las aceras de ladrillo de Edgartown.

—¡Cuidado! —gritó Eli por delante de nosotras—. ¡No tan cerca del bordillo!

—¡Mira, Nick! ¡Son como la familia Trapp! —Oí que al-guien decía; al volverme, vi a una chica rubia que iba de la mano de un chico con barba pelirroja—. ¿A que sí?

Sonreí para mis adentros. Eso era exactamente lo que pa-recíamos.

El desfile hasta la pequeña iglesia había alcanzado su máxi-mo apogeo para cuando aparcamos las bicicletas junto a la li-brería y fuimos unas calles más hacia North Summer.

—¡Vale, pandilla! —Eli dio una palmada—. ¡Id a buscar a vuestros padres!

Encontré a los míos en uno de los primeros bancos de la iglesia; se rieron cuando me senté con ellos.

—¿Qué? —pregunté nerviosa—. ¿Qué pasa? —Me llevé la mano al pelo para comprobar que seguía intacto.

—Tus zapatos —dijo mi madre—. Mer, ¿dónde están tus zapatos?

Miré hacia abajo y vi que iba descalza.

Mierda, los había olvidado en la cesta de la bicicleta. Habíamos tenido que guiar a muchos niños.

—Es un homenaje —dije, moviendo los dedos de los pies para mostrar mi pedicura—. Sarah va descalza por la Granja, así que yo voy a ir descalza en su boda.

Mi padre volvió a reírse.

—Te quiero, Meredith —dijo, y luego me dio un beso en el cogote—. No tienes ni idea de lo mucho que te queremos tu madre y yo.

Tal y como prometía la invitación de boda de Sarah y Michael, la ceremonia empezó a las cuatro en punto con un preludio de trompeta y la entrada de los abuelos. Tuve que volverme y resoplar en la americana de mi padre cuando Wink y Honey avanzaron juntos por el pasillo, mi abuela resplandeciente como una reina y mi abuelo con una gran sonrisa de satisfacción.

«No sé, Sarah —había bromeado él tras el anuncio de su compromiso—. Sé que quieres casarte en la Granja, pero no estoy seguro de que sea posible sin una entrada de los abuelos durante la ceremonia. Es una señal de respeto...».

—Hay que ver lo fanfarrón que puede llegar a ser —me susurró mi padre.

—Es el mejor —le susurré yo.

—Sí —convino mi padre—. Sí, los dos lo son.

A continuación, llegó el cortejo nupcial. Danielle y Gavin fueron la primera pareja. Los vestidos de las damas de honor eran de un azul verdoso de ensueño, y los padrinos llevaban esmoquin azul marino con pajarita azul claro a juego con el traje de Michael. Estaba tan emocionado que taconeaba el altar con sus zapatos color castaño.

Wit y Nicole parecían completamente aturdidos cuando les llegó el turno; avanzaron a trompicones por el pasillo, en vez de avanzar más suavemente. «Oh, señor», oí que decía Jeannie al mismo tiempo que el tío abuelo Richard preguntaba si estaban borrachos. Yo sabía que no. Su hermano iba a casarse; estaban emocionados.

Y, finalmente, Sarah. Estaba radiante del brazo del tío Brad, con un hermoso ramo de hortensias. Su vestido era despampanante y sencillo, blanco y sin mangas, con un largo escote de lágrima y la espalda baja. Llevaba la melena caoba suelta, recogida hacia atrás para mostrar sus llamativos pendientes de perlas. Aunque ella y Michael ya se habían visto vestidos de novios en Paqua, él parecía hipnotizado. Sarah rompió en una sonrisa más resplandeciente si cabe cuando llegó al final del pasillo. «Hola —vi que decían sus labios. Me encanta encontrarte aquí».

Siguió resplandeciendo más tarde, cuando Oscar Witry y algunos otros hicieron lecturas antes de que ella y Michael intercambiaran unos votos sensibleros, pero increíblemente dulces. Por supuesto, el de Sarah no podía estar completo sin citar a Taylor Swift, una frase del clásico *Lover*.

Cuando Michael la besó y subieron al altar como recién casados, con todos los invitados ya en pie, aplaudiendo y vitoreando, estuvo absolutamente luminosa. Michael levantó el puño en señal de victoria cuando salieron por la puerta.

—Hurra —susurré, sintiendo que Claire estaba mi lado—. Es una Dupré.

$\mathcal{L}$a recepción fue como si el tablero de Pinterest de la boda de Sarah hubiera cobrado vida. Me quedé sin aliento cuando entré en la carpa, decorada con guirnaldas de luces y vegetación en cascadas. Había una amplia pista de baile circular, mesas cubiertas de manteles blancos, sillas de mimbre color arena y centros de mesa coronados de hortensias azules.

—¿En qué mesa estás tú? —preguntó Wit, levantando una piedra lisa de color gris. STEPHEN WITRY, rezaba en una caligrafía negra que me puso la piel de gallina. Me encantaba su nombre.

—A ver —dije, escudriñando el aparador durante un momento hasta que encontré mi piedra…, y, cuando lo hice, el mío no fue el único nombre que me saltó a la cara.

benjamin fletcher se sentaba al lado de meredith fox.

La organizadora de la boda no había recibido el mensaje sobre Ben; probablemente, la tía Christine o Sarah habían olvidado transmitírselo. Empecé a reírme, a reírme con ganas.

—¿Qué pasa? —preguntó Wit soltando una risita—. ¿Qué es tan gracioso?

Cogí la piedra de Ben y se la entregué.

—Toma —dije—. Mira esto.

Wit la estudió y murmuró alto entre dientes, luego se dio la vuelta y salió directo de la carpa. Me lo imaginé lanzando la piedra a las dunas. A su regreso, me mostró una sonrisa.

—¿Tomamos algo?

—Por favor —respondí, y nos incorporamos a la larga cola de la barra.

Eli, Pravika, Luli y Jake ya habían pasado por ella y estaban reunidos junto a la tarta de bodas de tres pisos, probando el ponche con limonada de mora del que Honey había estado hablando toda la semana. Yo sabía a ciencia cierta que estaba delicioso; después de todo, era su receta secreta.

—Meredith, ¿eres tú? —oí que decía alguien cuando Wit y yo llevábamos un rato esperando. Al volverme, vi que era una de las primas de Sarah, que acababa de llegar en avión—. ¡Hace años!

—Darcy, hola —dije, recordándola de hacía varios veranos. La chica había socializado tanto en la playa que su voz seguía metida en mi cabeza cuando me iba a la cama por las noches—. ¿Qué tal todo?

Y así, sin quererlo, abrí las puertas a una puesta al día. Escuché a Darcy y asentí durante toda la conversación lo mejor que pude, pero lo único que quería era un poco de limonada, y mi estómago había empezado a rugir…

Wit la interrumpió con tacto para presentarse.

—Soy el hermanastro de Michael —dijo.

Tras hacernos un repaso de arriba abajo, Darcy sonrió.

—Formáis una pareja monísima —dijo, dando un sorbo de vino—. ¿Cuánto tiempo lleváis saliendo?

Me estremecí. «No formamos buena pareja», estuve a punto de decirle, aunque sabía que parecía lo contrario. Wit había pasado un brazo alrededor de mi cintura distraídamente, y yo me inclinaba hacia él para apoyar la barbilla sobre su hombro. Él descansaba la suya en mi cabeza. Todo era tan natural…, tan increíblemente pero «angustiosamente» natural.

Wit se enderezó un poco, pero su brazo permaneció firme alrededor de mi cintura.

—No mucho, Darcy —dijo, aclarándose la garganta—. De

hecho, la hermana de Meredith, Claire, intentó que saliéramos juntos hace un par de inviernos, pero nos hemos conocido esta semana.

—¿Esta semana? —se rio Darcy—. ¿En serio? —Puso su mano en mi antebrazo—. ¡Yo habría apostado que un año como mínimo!

—Sí, en serio —dijo Wit, y yo asentí. No porque estuviéramos fingiendo, sino porque el corazón… me dio un vuelco y se hinchó como ocurría siempre que estaba con Wit.

—¡Tengo que enviarte un mensaje al móvil! —exclamé cuando por fin llegamos al bar—. Nunca te he enviado un mensaje, por eso no tienes mi número.

Wit observó al camarero llenar nuestros vasos.

—No hace falta que me mandes un mensaje —dijo tranquilamente.

—¿Cómo? —Acepté mi bebida—. ¿No quieres que nos escribamos mensajes?

—No, sí quiero —respondió—. Sí quiero, pero no es necesario que me envíes tu número. —Se pasó una mano por el pelo y luego suspiró—. Porque ya lo tengo.

No le entendí.

—¿Que ya tienes…?

—Antes no estaba bromeando —murmuró—. Claire intentó que nos conociéramos de verdad…, me dio tu número esa noche, antes de irse del restaurante.

Sentí que los ojos me escocían.

—Pero nunca me escribiste —dije con voz entrecortada. Dejé que Wit me alejara de la barra—. Nunca te pusiste en contacto…

Torció los labios.

—Matona, ¿por qué me habría puesto en contacto contigo?

«Porque te habría adorado —pensé—. Te adoro ahora y te habría adorado entonces».

—Dejando de lado todo lo demás —prosiguió Wit, cogiéndome la mano—, a Claire se le olvidó mencionar que tenías novio. —Hizo una pausa—. Confieso que después de oír hablar de ti, te busqué en Instagram.

—¡¿Ves?! —exclamé, y la limonada de mora chapoteó en mi vaso—. Dices que pasas de Instagram, ¡pero no dejas de mirarlo!

Wit se sonrojó.

—Vale, entraste en mi perfil… Como un *stalker*… —le provoqué.

—Me dedico a curiosear —corrigió—, no a *stalkear*.

Le di un sorbo a mi bebida.

—Mm-hmm.

Él le dio un sorbo a la suya.

—Mm-hmm.

—Entonces, ¿qué te pareció? —pregunté.

—Me pareció que estaba hecho con mimo —respondió.

—Sí —convine, pensando en la barbaridad de tiempo que me había pasado editando fotos e inspirándome para los pies de foto—. ¿Algo más?

Wit vaciló.

—Dilo —lo animé—. Venga, suéltalo.

Miró su ponche y luego a mí.

—Pensé que no coincidías con la chica de la que Claire no podía dejar de hablar…, si te soy sincero.

Noté que me temblaba el labio superior, porque sabía que era cierto. Yo no era esa chica de color rosa claro que posaba en las fiestas e iba colgada del brazo de su novio como un accesorio. Yo era la chica a la que le encantaba reír con sus amigas bajo la luz del sol, dormir en una litera llena de arena de playa y sonreír mientras lamía la mantequilla de la cara de un chico guapo que se llamaba Stephen. Ese era mi verdadero yo.

Wit me apretó la mano.

—Pero eso hizo que me entraran más ganas de conocerte.

Le apreté la mano y le besé los nudillos, sin decir nada.

Michael y Sarah Dupré bailaron su primer baile; no fue con una canción de Taylor Swift, sino con la versión que la banda hizo de *Hearts don't break around here*, de Ed Sheeran. Había setenta y cinco personas mirándolos, pero dudé de que ellos notaran siquiera su presencia. Mi prima y su marido estaban demasiado ensimismados, sonrientes, embelesados y enamorados.

—De ninguna manera —dijo la tía Julia a nuestra mesa, negando con la cabeza. La tía Rachel y el bebé estaban bien, así que yo había convencido a la tía Julia para que viniera a la recepción—. Me encanta esta canción, pero es imposible que Michael la haya elegido. A él lo que le va es el *rhythm & blues*.

—Pero también es un *sheerio* —dijo Wit. Estaba sentado a mi lado; había decidido alternar las mesas a lo largo de la noche—. Es un *sheerio* en secreto.

—Perdona —dijo mi padre, ladeando la cabeza—. ¿Un qué?

—Un *sheerio* —respondí—. Por ejemplo, Sarah es una *swifty* porque es una fan de Taylor Swift, así que Michael es un *sheerio* porque le encanta Ed Sheeran.

—Bien, ¿y qué soy yo? —preguntó mi padre—. Si soy fan de Dave Matthews, ¿en qué me convierte eso? —Hizo como que hinchaba el pecho—. Sabes que ya llevo cuarenta y cinco conciertos.

—¡Oh, vaya, Tom! —dijo la tía Julia, inexpresiva—. Nunca lo habías dicho…

Por debajo de la mesa, la mano de Wit se posó en mi rodilla.

—¿Qué te pasa? —murmuró.

Yo no había desviado la vista de Sarah y Michael.

—¿Cómo sabes que me pasa algo?

—Lo sé, sin más.

Noté un rubor en la nuca y me obligué a impedir que se extendiera por mis mejillas.

—No me pasa nada —le respondí, y le besé la mejilla…, una, dos, tres veces. Al otro lado de la mesa, mi madre me miró—. Me muero de ganas de bailar contigo.

—No me extraña —respondió perezosamente—. Soy un bailarín excepcional.

—¿Qué me dices?

—Sí —respondió—. Porque, créeme, las habilidades para el esquí y el baile coinciden en cierto modo… —Se interrumpió cuando la música se atenuó y todos se levantaron para aplaudir a los recién casados. Wit cogió su chaqueta de esmoquin del respaldo de su silla y volvió a su asiento asignado, con su familia. Me guiñó un ojo—. No tardarás en verlo.

A todos nos encantaron los brindis. Danielle habló de que Sarah era la hermana que nunca había tenido, mientras que Gavin leyó en voz alta una serie de mensajes de texto que Michael le había enviado después de conocer a Sarah.

—He guardado estos mensajes durante cinco años —dijo—. Dicen que los mensajes no pueden transmitir cierto tono, pero en aquel momento… —Sacudió la cabeza—. En aquel momento pude adivinar…, pude adivinar, por todas las erratas que escribió de resaca, que «algo» había cambiado: había sucedido. —Levantó su copa de champán—. A tu salud, amigo. ¡A tu salud y a la de la tía buena empollona de tu «a-una-hora-pelín-temprana clase de psicología»!

Las lágrimas corrían por la cara de Sarah y Michael de tanto reírse. Ella le dio un puñetazo en el bíceps.

—¿Me puedes decir qué hay de elogioso en todo eso? —preguntó—. ¡Estuviste a punto de faltar a clase!

—¡Pero no falté! —respondió—. ¡Y dije que estabas buena!

Toda la carpa volvió a estallar en carcajadas. No tardaron mucho en servir la cena. Fiel a mi costumbre, pasé del plato de ensalada que tenía delante; en vez de comérmela, me levanté de mi silla y fui a ver a Danielle, que devoraba la suya a varias mesas de distancia.

—Ha sido un discurso maravilloso —le dije mientras ella dejaba el tenedor en la mesa y se movía un poco para hacerme sitio en su silla.

—Gracias —respondió—. Gavin ha tenido más estilo, pero yo quería hablarle a Sarah con el corazón. —Sonrió—. Aunque haya sido un poco disperso.

—No, no ha sido disperso —repuse—. Para nada. Me ha gustado mucho la parte en la que hablabas de la necesidad de tomarte un semestre libre y lo que dijo Sarah cuando le pediste consejo… —Tragué saliva con fuerza.

Danielle dio un sorbo a su vaso de agua.

—Empiezas la universidad el mes que viene, ¿verdad?

Asentí.

—¿Te apetece?

—Estoy confusa —reconocí, pensando en mi conversación con Wink sobre si quería o necesitaba quedarme cerca de casa. Primero necesitaba, luego quería, ahora estaba preocupada… por si me había precipitado en mi decisión. ¿Estaba siquiera preparada para la universidad?

Porque había más de un camino, comprendí. El discurso de Danielle había dado en el clavo, pero Wit ya me lo había señalado la víspera. «Creo que necesitas algo —me había dicho—. Algo diferente».

Danielle ladeó la cabeza.

—¿Necesitas hablar, Meredith?

—Sí —reconocí—. Eso creo.

Fue un alivio cuando la cena terminó y la banda volvió a tocar. El baile padre-hija del tío Brad y Sarah terminó con mi tío en un charco de lágrimas absoluto; Jeannie Dupré también necesitó pañuelos durante su baile con Michael. Wink llevó a Honey a la pista e indicó que los demás podíamos seguirlos. Sonreí de oreja a oreja cuando Wit me hizo girar en sus brazos.

—¡Qué dulce eres! —exclamé cuando nuestros dedos se entrelazaron y bailamos un vals.

Al principio, estuvimos un poco descolocados, pero salimos airosos.

—Sí, lo soy, ¡muchas gracias! —respondió, y me sonrió a su vez.

Eché la cabeza hacia atrás y me reí.

—¿Qué? —preguntó—. ¿Qué te hace tanta gracia?

—Tus dientes —respondí—. Tus dientes…

Morados. La limonada de mora le había dejado los dientes morados.

—¡Oh, no! —Wit dejó caer mi mano para taparse la boca—. ¿Qué diría la tía Christine?

Puse los ojos en blanco, y luego me cogió de nuevo la mano y me arrastró inesperadamente. Mis piernas se tambaleaban sobre mis tacones como las de Bambi. La corona de trenza también había perdido parte de su forma.

—Diría que somos un desastre sexi —le dije.

—Somos más que sexis —dijo Wit—. Somos deslumbrantes.

Un escalofrío me recorrió la columna. La carpa estaba húmeda por el calor de tantos cuerpos, pero, aun así, sentí un escalofrío, porque no creí que Wit se estuviera refiriendo al desastre que éramos.

—No lo hagas. —Sacudí la cabeza—. Dijiste, prometiste…

Me besó.

Solo fue un leve roce de sus labios manchados de bayas sobre los míos, pero me besó mientras un *flash* se disparaba en algún lugar cercano. Había tres fotógrafos de bodas moviéndose por la carpa esta noche.

—¿Crees que esa nos la han hecho a nosotros? —susurré.

—¿Cómo iba a ser de otra manera? —me susurró Wit, que ya nos hacía bailar de nuevo.

Me reí en su pecho y dejé la cabeza descansando ahí un

momento. Se había desabrochado la pajarita y los dos primeros botones de la camisa. Me quedé respirando su familiar aroma: naranjas, sudor, crema solar, el océano.

Derretirme. Quería derretirme.

—No, sinceramente —continuó—, estamos robando el espectáculo...

«Robando el espectáculo».

Espera... un... segundo.

Levanté la cabeza.

—¡Eli! —grité, mirando en todas direcciones y esperando que no estuviera cerca. Porque Eli se había pasado la noche de cháchara como el invitado favorito de todo el mundo, y yo no quería que hubiera arruinado mi foto con Wit con sus fotobombas. Algo me decía que esa foto era realmente especial y que querría...

Bueno, que la querría más que nada en el mundo.

—¡Eli!

—¿Sí, Mer? —Al mirar por encima del hombro vi a Eli a una docena de metros, a punto de colarse en una foto con la familia de la tía Christine—. ¿Todo bien?

Sí, todo bien.

Wit y yo bailamos un rato más, y luego mi padre me dio vueltas por la pista, y luego fue Wink, y después de eso felicité al novio. Michael aún tenía la cara manchada de glaseado de la ceremonia de corte de la tarta.

—Ni se te ocurra lamérmelo —bromeó—. Sé que a ti y a Witty os gustan esas cosas, pero... —Levantó la mano, un anillo de plata relució bajo la luz—. Ahora soy un hombre casado, Meredith.

—Y tanto que lo eres —dije, mirando a Sarah. Estaba descalza y le susurraba algo a Wit, que se estaba comiendo su segundo trozo de tarta—. Pero no te creas que eso va a desalentar a Honey.

Mi abuela y su flechazo permanente con Michael Dupré.

—Eh, eso no me preocupa —respondió, y señaló con la cabeza a su mujer y a su hermanastro. Honey acababa de acercarse a ellos. Abrazó a Sarah y le dio un pellizco a Wit en la mejilla—. Creo que ahora tiene ojos para otra persona...

Honey sonrió como una colegiala mientras atusaba el pelo de Wit.

—Si lo quieres —dijo Michael—, ve a por él.

Le hice un gesto despreocupado.

—Honey es inofensiva.

—No, Mer —dijo Michael—. Lo digo en serio. Imagina que yo no hubiera ido a clase hace cinco años. —Señaló a Sarah—. Podría haber perdido mi oportunidad. Ella me vio «ese» día. Había doscientas personas en el aula y, no sé cómo, ella me vio. —Se encogió de hombros—. Cualquier otro día, quizá no me habría visto, pero me vio, lo hizo, y ahora estamos aquí. Estamos «todos» aquí. —Miró a Wit y luego me miró a mí—. Dejaos de esa chorrada de «fingir». Si lo quieres, ve a por él. No desaproveches la oportunidad.

Sarah lanzó su ramo de hortensias justo antes de que ella y Michael se marcharan de luna de miel. Wit y yo nos reímos: Nicole Dupré fue quien lo cogió, pero Eli también dio un salto en el aire.

—Llevo treinta fotobombas —nos había dicho poco antes—. Me he presentado y he posado, me he sentado a las mesas y he sonreído, he hecho de las mías en la pista de baile. —Sacudió la cabeza—. Creedme, lo he hecho «todo».

Wit y yo estábamos en un rincón bebiendo de una botella de champán robada. Me notaba el estómago efervescente y caliente, pero no habría sabido decir si era por el champán o por él.

—¿Sabías que tu cara tiene forma de corazón? —me decía Wit.

—No. No lo sabía.

—Pues que lo sepas —dijo, y perfiló la forma—. Probablemente sea porque tienes uno muy grande.

Sonreí.

—Esa no ha sido tu mejor frase.

Me sonrió torciendo la boca.

—Supongo que no. —Volvió a levantar la mano para recorrer mis labios—. No he podido besarte lo suficiente esta noche —murmuró con su voz melodiosa—. Me apetece un poco besarte.

—¿Un poco? —Le acaricié el cabello en el nacimiento de la nuca, mareándome cuando noté que se le ponía la piel de gallina—. ¿Solo un poco?

Wit suspiró.

—De acuerdo, me apetece besarte desesperadamente.

—¿Desesperadamente?

—Desesperadamente.

Pero cuando se acercó, me aparté.

—Aquí no. —Señalé con la cabeza la salida de la carpa—. Sígueme…

Fuimos a hurtadillas al porche de la Casa Grande y cambiamos el champán por uno de los edredones que Honey siempre tenía en la hamaca. Se lo arrojé a Wit, que se lo echó sobre los hombros mientras yo me quitaba los tacones.

—¿Adónde vamos? —preguntó.

—Ya lo verás —respondí, con el corazón en la garganta.

Habíamos llegado al final. A nuestro último hurra.

Las estrellas de la noche relucían en lo alto, y la luna brillaba con tanta fuerza que no necesitábamos linternas. Era como si Paqua estuviera iluminada con un fulgor misterioso, misterioso en el sentido de que sabías que el mundo estaba lleno de posibilidades. Recorrimos juntos la red de senderos de la Granja; mis pies silenciosos sobre la arena y los de Wit arrastrándose dentro de sus zapatos. Si se dio cuenta de adónde íbamos, no dijo nada.

La hierba alta silbó cuando nos acercamos a las dunas y, en lugar de chocar contra la playa, oí que las olas del océano bañaban tranquilamente la orilla antes de retirarse mar adentro.

«Apenas una semana», pensé. Apenas una semana antes, Wit me había sorprendido durante mi paseo nocturno. Lo amenacé con un cuchillo, pero, al final de la noche, no quería que sus rodillas dejaran de chocar contra las mías. Su energía —todo él— era contagiosa.

—Me preguntaba si acabaríamos aquí —dijo cuando encontramos nuestro rincón secreto.

Le quité el edredón y lo extendí sobre la arena y la hierba apelmazada. Los dos lo miramos, preparados y esperando.

A diferencia de nuestro primer beso en su habitación, con toda aquella incomodidad, esta vez no dudamos, simplemente empezamos. Me acercó y me besó mientras yo subía por su cuerpo, envolviendo mis piernas a su cintura.

Me quité su chaqueta de esmoquin azul marino y él me bajó la cremallera del vestido, que cayó primero a mis caderas y luego al suelo cuando me acostó; desabrochamos juntos su camisa. Le besé el hombro, la clavícula, la nuez de la garganta…, la piel teñida de azul a la luz de la luna.

—Te adoro —susurré—. Por favor, dime que sabes lo mucho que te adoro.

En lugar de contestarme, Wit me besó otra vez. Me besó mucho e intensamente, sus labios dejaron a su paso las sensaciones en espiral que tanto me gustaban.

«Creo que lo sabe —me dije antes de que ocurriera lo demás—. Creo que lo sabe».

Después nos envolvimos juntos en el edredón de Honey. Yo no tenía ni idea de la hora que era, el mundo estaba maravillosamente borroso. Acurrucada en el cálido pecho de Wit, sus dedos se extendían por mis omóplatos. Los sentía como mariposas.

—Mmm —murmuré, pero él no dijo nada durante un rato, no hasta que me quedé dormida.

—Sé que no te gusta oír esto —le oí decir—, y sé que prometí no decírtelo, pero eres preciosa, matona. Eres preciosa, hermosa, despampanante, hipnotizante. —Hizo una pausa—. Pero eso no es todo lo que eres. Eres todo lo que Claire dijo y más. Inteligente, divertida, cariñosa, vivaz, fuerte, valiente…, todo. Lo eres todo. —Me besó la cabeza—. Y sé lo mucho que me adoras —susurró—. Lo único que deseo que es que sea tanto como yo te adoro a ti.

DOMINGO

23

El sol no asomaba por ninguna parte cuando mis padres y yo guardamos nuestras maletas en el coche a la mañana siguiente; había un cielo sombrío con nubarrones grises. Irnos de Vineyard siempre nos ponía tristes, y la isla lo sentía.

—De acuerdo —dijo mi padre cuando hubo cerrado con un golpe el maletero del Raptor—. ¿Empezamos, entonces?

Asentí, aunque me dolía la cabeza y tenía los ojos hinchados de tanto llorar. Todos los veranos hacíamos «rondas» antes de subir al transbordador para volver a casa. Mientras que la primera parada de mis padres fue la Casa Grande, yo fui a la Casa del Farol para despedirme del tío Brad y la tía Christine.

—Más vale que estés en el enfrentamiento final el año que viene —me dijo mi tío al abrazarme—. Siento que tenemos una cuenta pendiente. Fue pura suerte que te eliminara como lo hice.

—Puedes contar con ello. —Le di otro abrazo y luego le di las gracias a la tía Christine por una boda tan maravillosa—. Ha sido una de las mejores noches de mi vida —le dije, y era la pura verdad—. Por favor, organiza la mía algún día.

—Oh, Mer —dijo, sacudiendo la cabeza y sonriendo—. Eso lo haréis tu madre y tú. —Me besó la mejilla y luego susurró—: Pero podréis consultarme lo que queráis.

Después de dejarlos, devoré unos gofres con Ethan y Hannah en el Campamento.

—Pásate por el hospital —me dijo la tía Julia—. Para despedirte de Rachel y conocer al bebé.

—Tía Julia, perderemos el barco si vamos a conocer a Oliver —bromeé—. Ya sabes lo mucho que me gustan los bebés.

Sonreí; ya habíamos previsto pasar por allí de camino al ferri. No podía marcharme sin conocer a mi primo más reciente.

Abracé con fuerza a Ethan y Hannah antes de ir a la Casa Grande.

—Te enviaremos nuestros proyectos de arte —dijeron—, para que los cuelgues en las paredes de tu cuarto en la universidad.

Sentí un nudo en el estómago.

«La universidad».

—Gracias —dije—. Lo estoy deseando.

Pero ¿lo deseaba?

Mis padres y yo nos cruzamos de camino a la Casa Grande.

—Honey te ha preparado el té —me dijo mi madre.

—Y la tía Julia ha hecho más gofres —les dije.

—No se paren, señoritas —dijo mi padre, y mi madre y yo intercambiamos una mirada de exasperación.

Mi padre era muy tranquilo en la Granja, excepto el día que tocaba irse. Entonces no paraba quieto y siempre prefería subirse al primer ferri para volver a casa temprano. Por suerte, mi madre lo había convencido para que nos dejara dormir un poco después de la boda.

Wink y Honey estaban muy callados cuando entré en su cocina; el viento era demasiado fuerte como para sentarse en el porche. Bebí un sorbo de mi *earl grey* en silencio.

—Ayer fue increíble —dije finalmente—. Creo que nunca he visto a Sarah tan feliz.

—Sí —asintió mi abuela—. Yo también, fue una noche preciosa. —Alargó su suave mano y la posó sobre la mía—. Meredith —dijo—, no queremos presionarte, pero ¿has pensado en lo que te dijo tu abuelo?

«Lo que te dijo tu abuelo».

Lo que me había dicho cuando hablábamos de Wit.

Necesidad, deseo, preocupación.

¿Iría a Hamilton este otoño o me tomaría un año sabático?

Miré a Wink.

—Me lo estoy pensando —susurré—. Me lo estoy pensando de verdad. —Se me formó un nudo en la garganta—. ¿Me apoyaréis? ¿Decida lo que decida?

Wink se acercó a la mesa de la cocina y me puso las manos en los hombros.

—Soy tu mayor fan —dijo—. Siempre he sido tu mayor fan. Te apoyaré pase lo que pase.

—Como yo —dijo Honey, envolviéndome en sus brazos. Sus brazaletes tintineaban y respiré su aroma a lavanda—. Te queremos, cariño. Te apoyamos.

Apreté los ojos y les dije que yo también los quería.

Wink se apartó primero.

—Ahora, date prisa —dijo—. Tienes unas cuantas casas más que visitar y, como dice tu padre, el tiempo corre…

No había nadie despierto en la Casa del Lago, y me salté la Cabaña por completo. Solo Oscar Witry y Jeannie estaban despiertos en la Casa del Páramo. La madre de Michael se ofreció a prepararme el desayuno, pero aún estaba hinchada de los gofres, así que negué con la cabeza y la abracé.

—Sé que es difícil —murmuró, frotándome la espalda—, pero, por favor, señorita Meredith, ven a Nueva Orleans cuando quieras. Hay mucho que ver, y nos encantaría tenerte en casa.

Mi última parada fue el Complejo de Condominios de Nailon. Primero bajé la cremallera de la tienda de Eli y Jake; ambos estaban durmiendo, y tenían para rato. Mis amigos se quedaban en la isla todo el verano.

—Voy a ahogar mis penas en el trabajo esta noche —dijo Jake cuando lo desperté—. Voy a prepararme una copa de helado y me la comeré en tu honor..., con extra de chispas de arcoíris... —Bostezó—. Te voy a echar de menos, Mer.

—Yo también te voy a echar de menos, Jake —le dije—. Hablamos pronto.

—Más vale que lo digas en serio —murmuró Eli cuando le dije lo mismo, alborotando su larga melena—. Y vuelve el próximo verano.

—Lo haré. —Solté una risita—. Lo prometo.

Porque sabía que lo haría. Ignoraba lo que me deparían los próximos nueve meses, pero sabía que el año que viene estaría aquí, en Vineyard, en la Granja, con mi gente favorita. Claire y sus sueños de trabajar en la isla me habían inspirado. Ella siempre me inspiraría.

Respiré hondo antes de entrar en la tienda de Pravika y Luli. Divya no aparecía por ningún lado —«¿estará con algún padrino?», me pregunté—, pero Pravika se quejó cuando me despedí.

—No —dijo, agarrándose a la manga de mi sudadera—. No, todavía no. Solo ha pasado una semana. No puedes dejarnos.

—Pero el deber me llama —respondí, suspirando—. Me esperan en Clinton y la tienda de *bagels*. Necesitan volver a encadenarme a la caja registradora. (Mi jefe se enfadó en serio cuando le pedí una semana de vacaciones).

Desde su saco de dormir, Luli resopló.

—Te odio. —Pravika me dio un cálido abrazo—. Te quiero.

—Yo también te quiero —dije, y luego me volví hacia Luli.

Me había dicho a mí misma que no me pondría nerviosa cuando me despidiera de ella. Me había disculpado; había hecho todo lo posible por aclarar las cosas entre nosotras. La pelota estaba en su tejado. No había necesidad de ponerse nerviosa.

—Usted lo pase bien, mocita —dije, evocando una broma de cuando éramos pequeñas. La tía Christine nos llamaba «mocitas» cada vez que hacíamos una travesura—. Hablamos pronto, ¿de acuerdo?

Luli no respondió al principio; esperé, pero no hubo respuesta. Luego, finalmente, se bajó del colchón de aire y cruzó la tienda hasta donde estábamos Pravika y yo.

—Cuando te envíe *snapchats* divertidos, hazme el favor de contestarme —dijo—. Te has perdido muchas de mis mejores obras de este año.

Asentí.

—Intentaré igualar tu ingenio.

Y luego, en un abrir y cerrar de ojos, salí por la puerta. «Pedir perdón no es propio de Luli —me dije con lágrimas en los ojos—. Yo ya le debía una disculpa, y como no le dije nada antes de que ella me abordara a mí primero, cree que no me debe ninguna…».

—¡Espera, Meredith! —oí que gritaban detrás de mí—. ¡Mer, espera!

Al volverme, vi a Luli, con el cabello oscuro enmarañado, zigzagueando entre las tiendas.

—¿Qué ocurre? —le pregunté.

—¡Lo siento! —soltó—. Sé que llego un poco tarde, demasiado tarde, pero siento haber sido tan perraca, por eso que te dije en el baño de que pasaste de nosotros por Ben y de que estabas haciendo lo mismo con Wit, y que él te rompería el corazón. —Suspiró—. Y siento mucho haberte dicho que te fueras después de haberte disculpado. Ahora lo sé… Claire era mi amiga, pero era tu «hermana». Me dolió que no me hicieras caso durante tantos meses, y sé que desearías haberlo hecho mejor, pero era tu hermana. No puedo ni imaginar lo que sería perder a Jake… —Sacudió la cabeza—. No puedo ni imaginarlo.

Mis ojos volvieron a llenarse de lágrimas.

—Gracias —susurré—. Gracias, Luli, esto significa mucho para mí. Espero —dejé escapar un suspiro—, espero que podamos volver a ser amigas.

Luli me miró.

—Mocita, somos amigas.

Sonreí.

—Amigas para siempre.

—Sí, para siempre. —Miró a su alrededor—. Ahora dime, ¿dónde está tu amor no-tan-secreto?

—Oh. —Mi sonrisa vaciló—. Ya nos hemos despedido…

Por la noche, Wit y yo nos vestimos, doblamos el edredón y regresamos en silencio a casa cogidos de la mano. Cuando llegamos delante del buzón del Anexo, me dio un fuerte y largo abrazo, y mis pies se despegaron del suelo por un momento. No hubo beso, solo un abrazo.

—Adiós —susurró.

—Adiós —susurré.

Y luego me quedé mirándolo mientras se iba hacia la Cabaña, con las manos metidas en los bolsillos y la cabeza echada hacia atrás para contemplar las estrellas.

—¡¿Adiós?! —exclamó Luli—. ¿Os dijisteis adiós anoche?

—Sí —asentí—. Hubiera sido demasiado doloroso esta mañana…

Mi amiga levantó la mano.

—¿Adiós por ahora o adiós para siempre?

—Para siempre —susurré, sintiendo que se me hacía un nudo en el estómago—. La semana ha terminado, Luli. La boda ha terminado…

—¡Meredith! —Luli se mostraba incrédula—. ¿Estás de coña? Negué con la cabeza.

Ella también negó con la suya.

—¡A veces eres tan exasperante! Todo el mundo con dos ojos en la cara ha visto cómo perdíais la cabeza el uno por el otro. ¡Pero, tía, si he oído que has dormido en su cama todas las noches de esta semana! —Me miró fijamente—. Un poco atrevido, por cierto.

—Vale, sí —dije—. Es Wit, y estamos…

«Totalmente liados».

Luli sonrió.

—¿Ves? A eso me refiero. Lo vuestro solo acaba de empezar.

—¡Pero si se va a Nueva Zelanda! —exclamé—. Se va a la otra punta del mundo todo el año que viene, y sí, me ha pedido que le acompañe, pero no sé. Solo nos conocemos desde hace una semana. No debo olvidar que solo nos conocemos desde hace una semana.

—¿A quién le importa eso? —dijo Luli—. ¡Vete con él, o quédate aquí y sal con él de todos modos! —Se rio—. Estoy segura de que le encanta FaceTime, y tú te pondrás las pilas en ese sentido.

Me escocían los ojos.

—Luli, no sé.

—Meredith, vamos —insistió—. Esta es tu oportunidad.

«Esta es tu oportunidad».

Recordé a Michael en la recepción de la víspera, cuando me contó que estuvo a punto de perder su oportunidad con Sarah. «Ahora estamos aquí —me dijo—. Estamos todos aquí...».

Se me aceleró el pulso. «Si lo quieres, ve a por él», pensé.

Salí disparada hacia la Cabaña, pero al entrar en la habitación de Wit la encontré vacía. La cama desnuda, la mesita de noche despejada, nada en la cómoda ni en el armario. Estaba absolutamente vacía. Se me hizo un nudo en la garganta mientras intentaba recordar si me había dicho cuándo pensaba marcharse. Su padre y los Dupré seguían en la Granja, así que ¿por qué no estaba él?

«¿Dónde estás, dónde estás, dónde estás?».

—¡Me cago en la leche! —exclamó Gavin cuando las bisagras de la puerta de su casa chirriaron—. ¿Qué pasa con vosotros y esa manía de no llamar a la puerta? —Se sentó en la cama y me di cuenta de que no estaba solo.

Danielle se había subido las mantas hasta los hombros.

—Wit no está en su habitación —dije con voz quebrada.

—Bueno, no, claro —respondió Gavin—. Tenía el ferri por la mañana. —Se frotó la frente—. Rumbo a su casa, en Vermont, creo.

Me quedé boquiabierta.

—¿Qué?

—Que se ha ido —dijo Danielle, con un tono que indicaba que quería que me largara de allí. Podía entender por qué—. Tenía un ferri temprano. Su madre lo recogerá en Falmouth y lo acercará en coche a su casa en Vermont. ¿Vale?

—Vale —asentí, y me volví rápidamente para irme, oyendo los gruñidos de Gavin y Danielle cuando la puerta se cerró a mis espaldas.

Todos tenían resaca.

—Luli —dije cuando respondió al teléfono—. Reúnete conmigo en el granero de los tractores. Vamos a necesitar el todoterreno.

—¿Por qué no le mandas un mensaje y ya está? —gritó Luli por encima del bramido del viento mientras el viejo todoterreno de Wink enfilaba la carretera de la Granja.

Conducía ella; a mí me temblaban demasiado las manos como para poder sujetar el volante o cambiar las marchas.

—¡Porque he borrado su número! —respondí.

Después de separarme de Wit la víspera, me derrumbé en la litera de Claire, borré su contacto y me puse a llorar en la almohada de mi hermana. Incluso después de tantas idas y venidas, pensé que cortar todos los lazos con él me haría sentir mejor.

Ahora me arrepentía de haberlo hecho.

—¿E Instagram? —preguntó Luli—. ¡Escríbele!

—¡No se está cargando! —contesté con voz estridente—. ¡La aplicación no se está cargando!

Cerré Instagram y volví a comprobar el horario del ferri.

Eran las 10.15. El último barco había salido de Vineyard Haven a las 10.00, pero había otro que salía veinte minutos después. Con suerte, Wit iría en ese.

Miré el velocímetro del todoterreno.

Cuarenta y tres kilómetros por hora.

Daba la impresión de que íbamos a cinco por hora.

—Date prisa —dije, con el corazón palpitando—. ¡Por favor, Luli, ve más deprisa!

Ella levantó una ceja.

—¿Más deprisa?

—Sí —asentí rápidamente—. Más deprisa.

Me estremecí un poco cuando pisó el acelerador, pero menos que a principios de esa semana. Luli era una buena conductora, habíamos conducido juntas antes de sacarnos el carné. Wink le había enseñado bien, estaba sobria y tenía pleno dominio del coche. Yo tenía la corazonada de que no iba a pasar nada. Luli respetó el límite de velocidad durante el trayecto a Vineyard Haven, y mis piernas no pararon de rebotar arriba y abajo. Por supuesto, nos encontramos con todos los semáforos en rojo.

—¿Qué vas a decirle? —preguntó a bocajarro.

—No lo sé —respondí entre dientes—. Lo importante es que lleguemos.

—¿Y si ya está en el barco?

—Entonces compraré un billete allí mismo… —empecé, pero enseguida me cubrí la cara con las manos—. ¡Mierda, mi cartera está en mi mochila! En el Raptor.

—No te preocupes —dijo Luli—. Yo llevo la mía, y con algunas propinas de Jake del Mad Martha's.

Me incliné sobre la consola del todoterreno y le besé la mejilla.

—¡Bendita seas!

Cuando llegamos a Vineyard Haven, la Steamship Authority estaba abarrotada y todos los vehículos esperaban para embarcar en *The Island Home*. Kayaks atados en los portaequipajes de los Volvo, Range Rovers cargados de maletas y sillas de playa, portabicicletas colgando de todoterrenos gigantescos. Incluso los Wranglers sin techo estaban ahí, pero no salía música de ellos. Todos lloraban su partida.

—¡Buena suerte! —me dijo Luli mientras me desabrochaba el cinturón de seguridad y bajaba del todoterreno.

Los coches subían por la rampa y di un rápido repaso a la fila de pasajeros. La gente se abría paso para entrar en el ferri, pero no vi a ningún chico rubio entre ellos.

«Bueno, allá vamos», me dije.

Entré corriendo en las oficinas de la Steamship Authority, pero había una cola de gente para comprar billetes de última hora. Se me retorció el estómago mientras esperaba; cuando por fin llegó mi turno, la sangre me bombeaba tan fuerte en los oídos que no pude hablar; me limité a entregar un fajo de billetes de dólar. Hasta eso lo veía borroso.

Todavía no habían acordado la zona de paso, pero yo había entrado en una espiral de pánico tan grande que me preocupaba que el embarque estuviera a punto de terminar.

—¡Esperen! —grité—. ¡Espérenme!

El taquillero se rio.

—Justo a tiempo.

Le dediqué una breve sonrisa y luego subí por la rampa y accedí al barco. Si Wit no estaba en este ferri, esperaría a mis padres al otro lado. Luli se lo contaría todo.

—No, Jeffrey, todavía no —dijo una mujer mientras yo sorteaba los coches—. ¡Tengo que desabrocharte el cinturón de seguridad primero!

—¿Estás de guasa, Eliza? —dijo otro—. ¿Te has olvidado el cargador en la casa?

Llegué al hueco de la escalera y subí los escalones de dos en dos. «La cubierta superior. Si está aquí, estará en la cubierta superior...», supuse.

Una brisa fresca se arremolinó a mi alrededor cuando salí, y las nubes se despejaron para que el sol brillara; era la magia de Claire. Sentí calor en la espalda. Un puñado de familias ocupaba los asientos y, cerca de la barandilla, los niños se apelotonaban para mirar por los grandes prismáticos.

Se me hizo un nudo en el estómago.

Allí estaba, alto y fuerte, con el pelo tieso por la sal, luciendo unos vaqueros con zapatillas a medio atar y una camiseta azul claro que me resultaba familiar y en la que se leía #hurraesunadupré en la espalda. La tela se agitó con la brisa y se me humedecieron los ojos de inmediato. Parpadeé para disipar las lágrimas y, aunque aún no sabía qué iba a decirle, mis pies me llevaron hacia él.

Mientras cruzaba la cubierta, una niña tiró de la camisa de Wit y le señaló los prismáticos. Era su turno. Lo vi sonreír y apartarse. Se apoyó en la barandilla, mirando el mar. Sonó la bocina del ferri.

Inspiré hondo.

Y entonces lo hice.

—¡Hola, Stephen! —saludé; dos segundos después, estaba a su lado. Sonreí, le cogí la mano y le dije—: Cuéntame más cosas de Nueva Zelanda.

UN AÑO DESPUÉS

EPÍLOGO

*L*as tartas salieron a las 14.00. Era una hermosa tarde de julio, el cielo azul brillaba con nubes blancas que parecían tan infladas como hojaldres. Después de terminar mi turno en la librería, comprobé mi teléfono y encontré un mensaje: «¿A qué hora tengo que estar allí?».

Puse los ojos en blanco y contesté:

«¡No es la primera vez que vienes! ¡13.50!».

«Solo bromeaba —me escribió mientras subía a mi bicicleta—. Tranquilízate».

Eran las 13.53 cuando salí del carril bici y el Morning Glory apareció en el horizonte: infinitas hectáreas de campos verdes y la laberíntica granja con tejado de cedro rodeada de flores silvestres, jardines, niños y mesas de pícnic. El sudor me resbalaba por la espalda del paseo en bici y el pulso me latía con fuerza. Esperaba que ya estuviera dentro; hoy la competencia sería dura.

Pero, por supuesto, no estaba.

—¡Michael! —llamé, dando pisotones por el aparcamiento de grava—. ¿Qué leches?

Estaba ocupado presumiendo de coche. Era un International Harvester Scout de 1973, lo último en patrullas de playa. «Nuestro coche isleño», lo llamaba. Estrechó la mano de los nuevos fans del vehículo y trotó hasta mí. Prácticamente lo arrastré camino arriba y dentro de la casa, donde, efectivamente, los clientes circulaban buscando comestibles mientras fulminaban con la mirada el expositor de tartas, aún vacío.

—No entiendo por qué tenemos que hacer esto —dijo mientras yo colocaba su cuerpo de jugador de fútbol en una posición que bloqueara la inevitable estampida—. Creía que uno de los beneficios era...

—Solo si quedan sobras —dije, inclinando la cabeza para admirar mi obra—. Lo que nunca es el caso de las tartas.

Asintió, levantó los brazos y se crujió los nudillos. Los panaderos estaban sacando las tartas y el dulce aroma del azúcar y las bayas flotó hasta nosotros. Grupos de personas se acercaban a los estantes de exposición, como depredadores escudriñando a su presa.

—Haz tu truco —murmuró.

—Y tú haz el tuyo —dije, y luego caí de rodillas al suelo—. ¡Disculpen! —Me arrastré entre los clientes que tenía delante—. ¡Disculpen, pero creo que se me ha caído un pendiente! Es un regalo de mi abuela por mi cumpleaños. Una reliquia familiar...

Michael silbó cuando aparecí con la friolera de cuatro tartas: de arándanos, de manzana, de melocotón y, cómo no, de fresa y ruibarbo. Luego deambulamos por la tienda, escogiendo otras necesidades para la cena familiar anual de Wink y Honey. Dos docenas de mazorcas de maíz, lechuga fresca, tomates enormes, pimientos morrones, cebollas rojas, *mozzarella* y pan de calabacín (mi padre se había terminado nuestra hogaza esa misma mañana).

—¿Puedo conducir yo? —pregunté mientras nos incorporábamos a la cola para pagar en la caja.

—Claro —dijo Michael—. Si prometes no ir a la velocidad de la luz.

Lo miré fijamente.

—Michael, eran ocho kilómetros por encima del límite de velocidad.

—Meredith, la multa por exceso de velocidad marcaba veinticuatro.

—¡No conducía yo!

Se encogió de hombros.

—Fuiste su cómplice.

Sonreí para mis adentros. Pravika, Jake y yo habíamos hecho un pedido en Mad Martha's unas semanas antes y habíamos tenido que pisar el acelerador hasta casa para que los helados no se derritieran. Un policía nos pilló justo antes del desvío de la carretera de la Granja. Como nunca nos había parado la policía, Pravika se mordió la lengua mientras Jake entregaba su permiso de conducir y yo sacaba el seguro de la guantera.

Wink nos echó la bronca.

—Mira, ese coche es la niña de mis ojos —dijo Michael.

Resoplé.

—No dejes que Sarah te oiga decir eso.

—Ella sabe lo que quiero decir… —repuso, pero el resto de la frase se quedó en el aire.

Por fin habíamos doblado la esquina de la cola; el corazón me dio un vuelco.

Luego se recuperó.

—¡Stephen! —grité, y el cajero que estaba detrás de la caja registradora me miró. Melena pajiza, ojos turquesa brillantes, piel besada por el sol y la dichosa sonrisa torcida.

Michael suspiró mientras se acercó a la caja registradora de su hermanastro.

—Te juro que nunca me acostumbraré a esto. Nadie, y quiero decir nadie, excepto tú lo llama así.

—Y más les vale —dije riendo.

Mi apodo especial para Stephen no era un apodo en absoluto.

—Entonces, ¿ahora las cosas son así? —me había preguntado muchos meses antes—. ¿Ya no soy Wit?

333

—¿Quién es Wit? —le respondí.

Estábamos en Vermont, cinco días antes de que se fuera a Nueva Zelanda.

Empezó a hacerme cosquillas en el sofá del salón.

—Bien —dijo mientras me reía—. Bien. —Me hizo cosquillas en el costado—. Pero solo para ti, matona.

—¿Qué estás haciendo aquí? —le pregunté ahora, viéndolo escudriñar nuestras cosas. No había ni una mota de suciedad en su camiseta azul Morning Glory. Stephen solía trabajar en el campo.

—Alguien se puso enfermo —contestó—, así que necesitaban una mano extra para ayudar en la hora punta... ¡Qué bien! —Sus ojos se iluminaron—. ¡Cuatro tartas!

—Que fácilmente las podrías haber apartado a un lado y llevado a casa tú mismo —dijo Michael con sorna.

—Eso va contra las reglas.

—No debería ser así —refunfuñó Michael.

Ayudé a meter la comida en unas bolsas. Incluso con el descuento de empleado de Stephen, pensé en eso que Wink solía decir: «¡Es imposible salir de Morning Glory con tartas y una cuenta de menos de cien dólares!».

—Espera —dijo Stephen antes de que nos fuéramos—. Olvidas algo.

—No, tengo el recibo —respondió Michael.

Pero yo sonreí y le endilgué las bolsas para darle a Stephen un abrazo de despedida.

—Eres muy afectuosa —murmuró después de que le diera tres besos rápidos en la mejilla. No sabía por qué, pero siempre eran tres. Uno no era suficiente.

—Sí, lo sé —dije como si nada, deslizando un brazo alrededor de su cintura—. Alguien me hizo esa misma observación en cierta ocasión.

Michael tosió.

—No es profesional, Witty.

Stephen me soltó y luego guiñó un ojo.

—Seré muy afectuoso «después».

Le guiñé un ojo también.

—Ya sabes dónde puedes encontrarme.

Michael me dejó conducir a casa. Cargamos mi bicicleta en la parte de atrás; para demostrarle lo seria que era, me recogí el pelo en una coleta y, teatralmente, me puse las gafas de aviador de Wink.

—¡Larguémonos de esta tienda agrícola! —exclamé.

Se rio.

—Menuda cabeza de chorlito estás hecha.

Me ajusté la gorra de béisbol de Hamilton antes de girar la llave en el contacto y salir marcha atrás de nuestro aparcamiento. Acababa de terminar el primer año de carrera. Cuando había sorprendido a Stephen en el ferri el verano anterior, de alguna manera todo encajó. Él estaba deseando vivir una aventura, pero yo no. Al menos no todavía. Ir a otro continente no habría resuelto mis problemas; sabía que debía resolverlos en casa, con mis padres cerca por si los necesitaba. ¿«Necesitaba» ir a la universidad cerca de casa? ¿O «quería» ir a la universidad cerca de casa?

Las dos cosas, decidí. Mis padres parecieron aliviados cuando sugerí que fuéramos a comprar los muebles para el dormitorio y, por supuesto, Wink y Honey apoyaron firmemente mi decisión.

Me encantaba Hamilton. Me gustaba muchísimo. Los de mi grupo de orientación habían seguido almorzando juntos mucho después de que las reuniones hubieran terminado, y nos convertimos en un grupo de amigos muy unido. Algunos habían pasado unos días en Vineyard hacía un mes. «¡Qué bien, Luli! —habían dicho cuando ella y yo fuimos a recogerlos al ferri, recordando su visita a Hamilton en abril—. ¡Qué alegría verte!».

El hecho de estar a dos pasos de mis padres también tenía sus ventajas. Si tenía que hacer la colada, podía prescindir de las máquinas comunitarias y volver a casa andando, y a mis amigos les encantaba venir a comer platos caseros de vez en cuando. A mi madre le entusiasmaba cocinar para un grupo de personas. Voy a probar una nueva receta de lasaña esta noche, me escribía en un mensaje. ¡Dime si le apetece a alguien!

Yo tenía muy pocas quejas.

Excepto que echaba de menos a Stephen. Lo echaba «mucho» de menos.

—No te vas a ir —le dije durante nuestra última despedida en Vermont. Estábamos junto al Raptor, mi cabeza enterrada en su camisa—. No te vas a ir, vas a venir a Clinton el próximo fin de semana, preferiblemente con caramelos de azúcar de arce.

Él se rio.

—¿Vas a decir eso durante los próximos nueve meses?

Golpeé la cabeza contra su pecho.

—Voy a intentarlo con toda mi alma.

La distancia fue más difícil de lo que había pensado. Nos comunicamos de todas las maneras posibles, pero a veces parecía imposible. Me sentaba en la sala común de mi residencia a las ocho de la mañana para llamarlo por FaceTime, y luego lloraba a mares en la ducha antes de salir a desayunar. «Está de "bajón Stephen"», decían mis compañeras de dormitorio esos días.

Pero también hubo «sorpresas Stephen». Sin previo aviso, llegaban paquetes con mi nombre garabateado en mayúsculas. Su letra tenía el poder de pararme el corazón. Mis favoritos incluían pequeños recuerdos de sus viajes, un diario de cuero que siempre contenía una nueva carta para mí y una camiseta desteñida o una camisa de franela que olía a él: su champú de naranja, el jabón, el sudor y algún nuevo aroma que había adquirido en Australia. Siempre me ponía la camiseta para irme a dormir, y la camisa de franela en el campus, hasta que olían a mí; luego se las enviaba con mi propia anotación en el diario.

Acabamos llenando varios cuadernos: cartas, dibujos, pegatinas, letras de canciones, poemas mal escritos. Le dije que le quería por primera vez en un cuaderno.

Te quiero, Stephen. Te adoro, pero te quiero aún más.

—Yo también te quiero, matona —me dijo una noche por teléfono, y sonreí, sabiendo que por fin había recuperado el cuaderno—. Te adoro, pero te quiero aún más.

Sin embargo, no había nada mejor que las vacaciones de primavera. Hamilton nos dio dos semanas libres y yo las pasé explorando Australia con él. Habíamos estado separados siete meses. Stephen se rio cuando me lancé a sus brazos en el aeropuerto y enredé mis manos en su pelo. Me abrazó con fuerza.

—No tienes ni idea de cuánto he echado de menos que te subieras encima de mí…

Luego nos convertimos en la pareja más irritante de Instagram para todo el mundo; subíamos fotos juntos en Australia y sus exuberantes paisajes. Nunca incluimos pies de foto, solo #ÁtameAWitry.

«Diosss…». @mpdNOLA había comentado la primera foto. «Ha vuelto».

«¡Y tanto que ha vuelto! ¡Y con más ganas que nunca!», respondió @Sarah_Jane.

Cuando llegó la hora de marcharme, ninguno de los dos quería soltar al otro, y le prometí estar en el aeropuerto de Nueva Orleans cuando él volviera en mayo. Porque esa ciudad era otro de los miedos que había superado: Sarah y Michael habían sido mis anfitriones en Acción de Gracias, y me había encantado.

—Vale, bien —suspiró Stephen, aliviado—. ¡Uf! —gruñó—. Ahora tengo que volver a Misiles Meredith…

Se me erizó el vello de la nuca.

—Espera un segundo —le dije, apartándome para mirarlo—. ¿Qué son *Misiles Meredith*?

Dejé las tartas en la encimera de la cocina del Anexo y me puse un bikini que había comprado en Australia. El resto de mis amigos seguían en el trabajo, así que llené una bolsa de asas y fui a Playa Secreta. Loki, Clarabelle y otros perros que ladraban se cruzaron en mi camino, siguiendo el rastro de algo.

Por supuesto, el lago Paqua estaba desierto. Desenrollé la toalla y me unté la crema solar antes de acomodarme y sacar un diario de mi bolsa. Ese no estaba lleno de mi correspondencia con Stephen; solo contenía mi letra manuscrita. Él me había inspirado; si podía escribirle cartas a él, podía escribirle cartas a cualquiera.

Claire había atesorado una colección de plumas estilográficas, así que solo utilicé las suyas y marqué la fecha con tinta azul oscuro. Escribí:

Querida Claire:

Por alguna razón, hoy me ha hecho pensar en todas las cazas del tesoro de Paqua que hicimos cuando éramos pequeñas. ¿Recuerdas que Wink inventaba las pistas? ¿Y el mapa de la Granja que dibujamos juntas? Nunca olvidaré aquel verano en el que...

No le escribía todos los días, solo cuando más la echaba de menos. Mi terapeuta me había ayudado a entender que, independientemente de dónde leyera ahora Claire sus libros, «siempre» sería mi hermana. Nada podría separarnos de verdad. Cada carta era un recuerdo, lo que se me ocurría en el momento, y siempre las firmaba igual:

Enviando mi amor
a cualquier parte
y a todas partes,

MER

Después volví a meter el diario en la mochila y nadé hasta la plataforma flotante del lago. Los gastados tablones de madera estaban calientes por el calor del sol, así que me acosté y cerré los ojos. Me pareció que apenas llevaba cinco minutos dormida cuando noté que unas gotas de agua me salpicaban los dedos de los pies. Los moví, pero no me desperté del todo. Luego volví a notar lo mismo…, y otra vez…, y «otra vez».

—¡Stephen! —exclamé incorporándome, pero vi que estaba sola—. Buen intento —dije, rodando sobre mi estómago para arrastrarme hasta el borde de la plataforma—. Sé que estás ahí…

Pegué un grito cuando quebró la superficie del lago, sacando la cabeza fuera del agua. Se rio de mí al verme con los puños levantados, dispuesta a soltarle un puñetazo.

—Te he asustado —dijo—. ¿A que sí?

—¿Cómo es que ya estás de vuelta? —pregunté.

Stephen frunció el ceño.

—El trabajo terminó hace rato —dijo, y miró al cielo, al sol, que se hundía lentamente—. Todo el mundo ha terminado por hoy.

Oh…, así que me había quedado dormida durante más de cinco minutos. Stephen dejó una mano apoyada en mi rodilla mientras seguía flotando en el agua.

—Le he escrito a Claire —le conté, pasando los dedos por su resbaladizo cabello—. Antes… le he escrito una carta en mi diario.

Asintió.

—Supuse que lo harías, sabiendo qué día es hoy…

Se interrumpió y me tendió la mano. La tomé y entrelacé nuestros dedos.

Permanecimos en silencio hasta que el sol estuvo considerablemente bajo en el cielo. Levanté nuestras manos entrelazadas y le besé los nudillos.

—Será mejor que vayamos —dije, deslizándome en el agua fresca a su lado—. Nos esperan.

—Sí —dijo—. Pero primero...

Me sumergí en el agua antes de que pudiera besarme, y las burbujas de risa salieron a la superficie cuando él también se sumergió y me abrazó. Luego me escapé de sus garras y llegué antes que él a la orilla.

—¡Deprisa! —grité—. ¡Si llegamos tarde, tendremos que lavar los platos!

La cocina estaba hasta los topes, así que me llevé fuera al bebé. Una de las colchas de Honey ya estaba extendida en el césped y me senté para mecerlo en mis brazos. Nos sonreímos; era una niña muy sonriente.

—Voy a enseñártelo todo —le dije—. Voy a enseñarte todo lo que hay que saber de la Granja, y nos lo pasaremos pipa juntas...

Apenas transcurrió un minuto cuando oímos la voz de su madre.

—Ay, Dios mío, ¿dónde está? —gritó Sarah desde el interior de la casa. La mayoría de las ventanas estaban abiertas a la brisa de la tarde—. ¿Dónde está Claire?

—Creo que mi prometida la tiene fuera —dijo Stephen.

—Wit, cariño, las cosas no funcionan así —le dijo Honey.

—¿Por qué no? —preguntó—. Meredith es la madrina de Claire, y yo soy el padrino de Claire, somos sus padrinos. Me parece lógico. —Una pausa—. Además, Mer me ha llamado su «prometido» una o dos veces...

—¡Fue en un sueño! —le grité mientras todos se reían—. ¡Fue una vez, un sueño!

—Sea como sea —dijo Stephen—, ¿no te encantaría tenerme como nieto, Honey?

Me sonrojé, y me imaginé que mi abuela se sonrojaba tamb)ién: estaba colada por Stephen. Este verano él se alojaba en la Casa Grande, y ella le preparaba el desayuno cada mañana, mientras que a Wink se limitaba a decirle que el café estaba listo.

—¡Uy, qué bien! —Sarah se sentó conmigo en la colcha y besó la frente de su hija—. Me preguntaba dónde estabas, amorcito mío…

La mesa de la cena estaba cubierta de bandejas de deliciosos manjares veraniegos, rodeada de su habitual batiburrillo de sillas. El tío Brad y la tía Christine se jactaban de la victoria de sus parejas en el *tubing* de esa tarde —mis padres coincidieron en discrepar—, mientras que yo le contaba a la tía Rachel todos los detalles sobre el nuevo novio de Eli. Michael tenía a Claire en brazos y Sarah los miraba embobada, sin dejar de sacarles fotos. Sentado en lo alto de su taburete, Stephen hablaba con la tía Julia sobre sus deseos de plantar un huerto de hortalizas y hierbas en algún punto de la Granja.

—La Casa del Páramo, idealmente —dijo—. Estoy pensando que ese terreno es el más fértil…

Finalmente, una vez que las tartas fueron cortadas y servidas con bolas de helado, Wink se levantó de su silla y la mesa guardó silencio.

—Esta noche es muy especial —empezó, y luego se corrigió—. Bueno, eso no es del todo cierto. Todas las noches con vosotros —señaló alrededor de la mesa—, con mi familia, son especiales. Aprecio cada día de playa y cada paseo en tractor al atardecer. Honey y yo nos sentimos muy afortunados de poder vivir aquí y ver crecer a nuestros hijos, y a sus hijos…

Como para corroborar sus palabras, Claire gorjeó.

Todo el mundo se rio.

—Sí, señorita Dupré —insistió Wink—, y tenemos la suerte de ver crecer también a «sus» hijos. —Sonrió, y las líneas de la risa en el contorno de sus ojos se hicieron más profundas—. Pero esta noche es una ocasión especial —continuó—, porque marca la inauguración de un nuevo capítulo en la Granja. —Hizo una seña a Honey—. Querida, si tienes a bien...

Mi abuela desapareció dentro de la casa, y todo el mundo se quedó boquiabierto cuando volvió con un reluciente trofeo dorado. Cogí la mano de Stephen debajo de la mesa; sentí que estaba a punto de echarme a llorar. Ya había adivinado lo que esto significaba, pero entrecerré los ojos para ver las elegantes inscripciones cuando Honey le pasó el trofeo a mi abuelo. El nombre de mi hermana estaba inscrito una y otra vez, seguido del de Stephen.

—A partir de ahora, el ganador del juego del asesino será galardonado con la Copa Claire Fox —dijo Wink—. Sé que todos valoráis mucho las medallas de plástico, pero esto... —Se interrumpió y miró el trofeo; la mano le temblaba un poco—. El verano pasado jugamos en memoria de Claire; de ahora en adelante, «siempre» jugaremos en memoria de Claire.

—Nuestra diosa del juego del asesino —concluyó Honey—. Su legado vivirá para siempre.

La mesa entera aplaudió. Apreté la mano de Stephen y luego me levanté para abrazar a mis padres. Mi madre me secó las lágrimas y me dio un beso en la mejilla.

—Ah, y una cosa más —dijo Wink varios minutos después, mientras se servía despreocupadamente una tercera porción de tarta de melocotón—. ¡Se os asignarán los objetivos a medianoche!

Me escabullí de la cama cuando supe que mis padres estaban dormidos, aunque también fui consciente de que los despertaría al salir. La puerta mosquitera y sus bisagras oxidadas no habían perdido su toque mágico.

—No vuelvas muy tarde, Meredith… —dijo mi madre como en sueños cuando la puerta se cerró chirriando detrás de mí.

El viento arreció cuando crucé el campo con mi sudadera y mi pantalón de pijama, y me reí sin razón cuando llegué al camino de entrada de la Casa Grande y luego me agaché a recoger trozos de conchas marinas aplastadas.

Después me escabullí hasta la parte delantera de la casa para tirarlas contra la ventana de Stephen.

—¡Rapónchigo, Rapónchigo!* —grité susurrando—. ¡Trae aquí tu trasero ahora mismo!

Su ventana chirrió al abrirse.

—¡Solo si prometes protegerme! —respondió Stephen con otro grito-susurro—. ¿Por casualidad tienes un cuchillo?

Solté una risita. Sí, mi navaja estaba ahora en Paqua, en lugar de permanecer inútilmente escondida en una caja en mi casa.

—Por supuesto —respondí—. Cualquiera que se cruce en nuestro camino está condenado…

Stephen se rio y se subió al tejado del porche sin esfuerzo. Había adquirido práctica desde su «asesinato» en la azotea el verano anterior. Al fin y al cabo, lo hacíamos todas las noches. Algunas noches quedábamos aquí, otras en el Anexo, pero siempre dábamos paseos juntos.

—Bien —dijo una vez que se hubo deslizado por una columna hasta el suelo—. ¿Lista?

Le ofrecí mi mano; la tomó y me hizo girar en sus brazos para que nos besáramos.

—Lista —le dije después.

* En alusión al cuento «Rapónchigo» [Rapunzel] de los hermanos Grimm (N. de la T.).

Y nos pusimos en marcha.

Durante estos paseos hablábamos de cualquier cosa. Hablábamos de todo. Hablábamos del futuro. Stephen había pedido el traslado de Tulane a la Universidad de Vermont, y le hacía ilusión enseñarme a esquiar en invierno. Mientras tanto, yo estaba emocionada porque íbamos a vivir en la misma costa, por no decir ya en el mismo «continente».

Sin embargo, seguí insistiendo en mis «sorpresas Stephen». No me importaba si solo era una hoja otoñal o un periódico de la uni. Cuando llegaban sus paquetes, cuando veía su letra...

En fin, me derretía y mi día mejoraba completamente.

—De acuerdo —aceptó—, siempre y cuando reciba mis Misiles Meredith a cambio.

Esa noche hablamos del juego del asesino.

—¡Míralos! —nos acusó el tío Brad en la cena, al vernos cuchichear—. ¡Ya están tramando algo!

—En realidad, no —respondió Stephen—. Le estaba diciendo a Mer lo encantadora que está esta noche.

Hice de tripas corazón para no reírme.

Habíamos estado conspirando.

—¿A quién tienes? —le pregunté.

—¿A quién tienes tú? —respondió.

Le susurré un nombre al oído.

Él me susurró otro, y luego:

—¿Deberíamos hacer un nuevo pacto?

—No —negué—. Sabes que ya lo tenemos. —Trepé por su cálido cuerpo y le rodeé la cintura con las piernas, colgándole los brazos al cuello para atusarle el pelo—. Porque te adoro, Stephen —murmuré—. Te adoro, pero te quiero aún más.

—¿Tanto como yo te quiero a ti, matona? —me preguntó, sonriendo a la luz de la luna, con su sonrisa tan torcida y perfecta.

No respondí. Me limité a besarlo, y luego él se limitó a besarme a mí.

Tras escabullirme de la habitación de Stephen a primera hora de la mañana siguiente, visité el viejo roble que había al fondo del jardín del Anexo y pasé los dedos por las muescas que Claire había hecho en el tronco, al tiempo que imaginaba las inscripciones de su trofeo.

—Voy a ganar —susurré al llegar a la última marca—. Este año voy a ganar.

AGRADECIMIENTOS

*D*e nuevo mi mejor reparto, de nuevo en luces brillantes: Eva Scalzo, mi fantástica agente. Sabes que tuve que cerrar la puerta a un mundo y a sus personajes increíblemente especiales para poder viajar a este nuevo mundo: gracias por entender lo difícil que fue para mí. Sin embargo, aquí estamos y no podría ser más feliz. Gracias por poseer la capacidad única de ayudarme a tejer una historia cuando lo único que hago es gritar frases al azar por teléfono: «¡Martha's Vineyard! ¡Taylor Swift! ¡Boda! ¡Hermanas! ¡Asesino! ¡Timothée Chalamet! ¡El final de Notting Hill!».

¿Qué brujería es esta?

Gracias por pensar que soy una delicia y, por favor, que sepas que el sentimiento es mutuo.

A mi editora, Annie Berger: creo que te hice una propuesta similar, ¿no? ¿Quizás fue un poquito más específica? «¡Todo pasa en una semana! ¡Una boda en Martha's Vineyard! ¡Pero también el competitivo juego del asesino! ¡Una familia encantadora y extravagante! ¡Y un romance superbonito!».

En cualquier caso, gracias por acoger el concepto y dejarme escribir el libro de verano de mis sueños. Ahora lo único que quiero es irme con un ejemplar a la playa y leer hasta que se ponga el sol. No podría haberlo hecho sin vuestro apoyo y orientación.

¡El equipo de Sourcebooks! Quiero mencionar especialmente a Cassie Gutman, Jackie Douglass, Alison Cherry, Nicole Hower, Michelle Mayhall y a mi increíble artista de cubierta, Monique Aimee. Cada centímetro de este libro es una belleza que admirar.

Martha's Vineyard: me encantas. Nuestra historia de amor empezó antes de que supiera caminar y sé que durará toda la vida. Siento una admiración especial por la familia Flynn, por trabajar incansablemente para preservar este trozo de paraíso y abrirlo para mí cada verano. La idea de la granja Paqua no se me ocurrió así sin más. Tengo mucha suerte de saber lo que dice realmente el obelisco.

Por el Escuadrón de Verano de 2011… ¡Oh, qué semana! Celebramos mis dieciséis añitos con camisetas personalizadas y coloridas, Hayden se puso a bailar en la playa y Scott fotografió a Jen desde la azotea. ¡Todos nos lo pasamos en grande!

Tampoco podría haber escrito este libro sin tener *in mente* las bodas. Trip y Cindy Stowell, College Boy y Miss Machette, Hayden y Danielle Schenker, y, por supuesto, Jerry y Jennifer Walther. Fue necesaria la fusión de cuatro parejas para crear el día especial de Sarah y Michael.

Por cierto, felicidades atrasadas a todos.

Erica Brandbergh, me encantó nuestro club de portátiles y *caffè latte*. Gracias por mantenerme a raya durante mi fase de redacción. «¿Estás escribiendo?», me preguntabas (cuando se suponía que tú también estabas escribiendo), a lo que yo respondía tímidamente: «No, pero estoy trabajando en la lista de reproducción de Spotify».

Una vez más, me siento muy agradecida con mis lectores beta: Delaney Schenker, Mikayla Woodley, Madeline Fouts y Kelly Townsend. «¡Este es el libro rompedor definitivo!», podría ser uno de los mejores cumplidos que he recibido nunca, y, Sarah DePietro, no tienes ni idea de cuánto me llenan el corazón tu atónito silencio y tus salvajes aspavientos.

¡Mucho amor a la tripulación de Nueva Orleans! Josh, por

ser tú. Kasi, por responder a todas mis preguntas sobre el *gumbo*. Y, Katie, por dejarme robar el nombre de tu precioso hijo. Si no estoy ya allí, prometo que iré pronto.

En el frente casero, gracias a los Brandbergh, los Schenker y los Webber por dejarme escribir en su mesa de la cocina o del salón cuando me cansaba de escribir en la mía. Stacy, ¿es «jolín» o «jolines»? ¡Más caramelos Sweetarts, por favor, Suzanne! Uy, Kathleen, ¿este gato cuál es?

Y MDS, ¿por dónde empezar? ¿Por una clase de quinto grado, quizá? ¿Contigo vistiendo una sudadera verde de cremallera y una falda *boho* de rayas (#moda) y explicándole a nuestra profesora que, en teoría, tú debías estar en humanidades y no en estudios sociales como el resto de la clase? Podría escribirte palabras y palabras, pero todo se reduce a esto: gracias. Gracias, Madison, por escribir la historia de Meredith conmigo. Por considerar cuidadosamente cada lluvia de ideas, por leer cada capítulo a la mañana siguiente de su finalización, por infundirme ánimo cada vez que perdía fuelle. Eres mi consultora creativa favorita, eres un genio que flipas, eres mi mejor amiga. XO, K.

Me siento muy agradecida a la familia Walther y a todas las personas de su órbita. Este último año ha sido difícil para el mundo entero, pero gracias por todo el amor y el apoyo que nos habéis mostrado a mi familia y a mí durante nuestros momentos más complicados. Ya fuera haciéndonos la cena, ya fuera cuidando de nuestros perros o acogiéndome una o dos noches, gracias por vuestra amabilidad y generosidad.

El clan Webber: los Fox no serían nada sin vosotros. En estos personajes se entretejen pedacitos de nuestra gran familia, y yo no lo hubiera hecho de otra manera. Gracias a Ross Webber, sobre todo. No soy abuelo, pero escribir el personaje de Wink fue algo muy natural porque tú eres el mío.

A mamá, H y E: odio la expresión «gracias por aguantarme»…, pero, en realidad…, gracias por aguantarme. Estuve obcecada con una idea cuando redactaba este libro, cosa que no facilitó la convivencia conmigo. No participaba en todas las conversaciones, tuve muy poca paciencia, y por eso lo siento. Por favor, que sepáis que os quiero, que estoy aquí para vosotros y que creo que saldremos de esta. Somos fuertes.

Y, por último, papá. Sabías que este libro llegaría, pero me gustaría que lo hubieras tenido en tus manos. Ojalá hubieras podido pasar a la página de la dedicatoria, asentir con esa sutil manera tuya y decir algo astuto como: «Dos pájaros de un tiro».

«La avaricia rompe el saco», te habría respondido.

No sabes cuánto me hubiera gustado que tuviéramos ese momento, no sabes cuánto te echo de menos. Veinticuatro veranos. Pudimos disfrutar de veinticuatro veranos en Vineyard, y fueron mágicos, los atesoraré para siempre. Te atesoraré para siempre, mi maravilloso, valiente y cariñoso padre. Aunque ya no pueda oír tu risa ni sentir que me sacudes los hombros, sé que sigues estando conmigo. Siempre caminaremos juntos por los senderos de la Granja.